チャールズ・ウィリアムズ／著
風間賢二／訳

天界の戦い

War in Heaven

JN138365

扶桑社ミステリー
1707

WAR IN HEAVEN
by Charles Williams
1930

目次

天界の戦い

登場人物

ライオネル・ラックストロー —— 出版社パーシモンズ社の社員

バーバラ(バブス) —— ライオネルの妻

エイドリアン —— ライオネルとバーバラの息子

ケネス・モーニントン —— パーシモンズ社の社員

グレゴリイ・パーシモンズ —— パーシモンズ社の前社長。〈カリー〉の所有者

スティーヴン・パーシモンズ —— パーシモンズ社の社長。グレゴリイの息子

ジャイルズ・タムルティ —— 著述家

ジュリアン・デヴナント —— カストラ・パルヴロールムの大執事

ベイツビー —— デヴナントの代理牧師

ノース・ライディングス公爵 —— 貴族。詩人

コルクホーン警部補 —— ロンドン警視庁所属

コンヤーズ警視長 —— ハートフォードシャー州警察本部長

ディミトリ・ラヴロドプロス —— 薬剤師。ギリシャ人

マナセ —— ユダヤ人

ジェシー —— 〈カリー〉のメイド

ラディング —— グレゴリイ・パーシモンズの従僕

スウェーツ —— ノース・ライディングス公爵の使用人

第一章　前兆

　電話がけたたましく鳴っているが、むなしいばかり。その部屋にいる人間は死んでいるからだ。

　ほんの少しあとのこと。ライオネル・ラックストローは昼食から戻ってくると、電話の着信音を廊下で耳にした。いそいで受話器に駆け寄る。そのさい大きな仕事机の下からブーツとズボンを履いた両脚が突き出ているのを目にしたが、まずは電話が鳴っているのが気になった。

「はい」ライオネルは電話に出て言った。「ええ……無理です、十七日より前は……いいえ、かれの意向なんて関係ないです……いや、だれが知りたがっているんです？……ああ、ミスター・パーシモンズね。十七日と伝えてください……ええ……はい、送ります」

　受話器を戻し、大きな仕事机の下から突き出ているブーツのほうに振り返る。電話になにかしているのだろう。その作業のために、なにかと口実を作り、機会をうかがっては部屋に入ってくる。そしてたいていあたりを探るように見まわしたり、なにか適当なことを話しかけたりしてくるが、眼下のこいつは通話を盗み聞きしていたのにちがいない。ライオネルは、ブーツに向かって腰をかがめた。

「長くかかりますか？」ライオネルは、大きな仕事机の一番上の引き出しと床に投げ出されている両脚との空間に語りかけた。返事がないので、その場を離れ、帽子と手袋と本をそれぞれの棚に置き、自分のデスクに戻ると、そこにあった書類を何枚か手に取って目をとおしてから元に戻し、ふたたび向かい側の大きな仕事机の闇に向かって、さらに辛抱強く言った。「あとどのぐらいですみます？」

応答なし。床に投げ出されている足を自分の足で小突きながら、もう一度たずねても反応がない。あまり気乗りしなかったが、仕事机の向こう側にまわった。そちらはさらに暗い。侵入者の顔を見ようとしながら、声をいささか張りあげて言った。「おい、ちょっと、どういうつもりだ？」相手がうんともすんとも言わないので、ライオネルは立ちあがってひとりごちた。「なんだよ、死んでる？」のかもしれない、とすぐさま思った。

午後二時半ごろ、ロンドンの出版社のオフィスに死体が転がっていることは通常ありえない。が、今やその信念は、現実離れした現象を目の当たりにして、超ド級のあざけりの対象となってしまった。ライオネルは、先ほど閉めた背後のドアに視線を少し向けながら、通常の思考回路の回復を試みた。自分の不在中にいつなんどき妻が交通事故――バスがスリップして横転したり、大型トラックがハンドルを切りそこねて突っ込んできたりする事態――に遭遇するかもしれないといった妄想を抱くことがあるが、それを振り払うときと同じ要領だ。まあ、こういうことはある――棚の最上段の片隅に潜んでいる、目に見えないほど小さくて不快な精霊を思い起こさせる――昔も今も、そしてたぶんこれから先もこの手のことは生じる……ガワー・ストリートでは大学生同士の紛争のあおりを食って、人々が自宅の玄関先で押しつぶされ、通りに医者が出ていた。もちろん、そんなのは嘘っぱちだ。しかし今回は、床に伸びている足に触れようとしながら、これはほんとうのことなのだろうかと思った。

ライオネルが触れた足は、その持ち主の精神に感覚情報をまったく伝達していないようだ。したがって、それ以上ちょっかいを出すのはやめた。そこで外に出て、廊下をわたって別のオフィスに行った。その一室の主は、テーブルに覆いかぶさるようにして新聞の切り抜き記事にしるしをつけていた。

「モーニントン」ライオネルは声をかけた。「仕事机の下で男が寝てるんだ。どうしても目を覚まさない。ちょっと来てくれないか？　そいつはどうやら」と言いかけて、不意に現実感にとらわれた。「完璧に死んでるようなんだ」

「なんとラッキー！」モーニントンはテーブルから上半身を起こしながら言った。

「もしそいつが生きていて、きみの仕事机の下に潜り込んだきり、なんの反応も示さないとしたら、きみがそいつの癇に障るようなことをしたんじゃないかな。だから、むしろ死んでいたほうが好都合だ」かれは廊下を進みながらつづけた。「いわば現代版W・B・イエイツの『王の敷居』――自分のことをバカにする相手のテーブルの下に潜り込んで、ふて寝をしているだけで、たぶん餓死ではないだろう――それは今よりロマンチックな時代のことだ――が、サンドイッチと魔法瓶を詰めたカゴを持っていくべきで……ところで、魔法瓶（thermos）の複数形はなんだ?」かれは問題の足を見つめた。ついで仕事机に近づいて片膝をつき、日が陰って見えなくなりかけている片脚に手を置いた。そしてライオネルを見あげた。

「様子がおかしい」モーニントンは語気鋭く言い放った。「ダリングに来てもらえ」

そして両膝をついて仕事机の下を覗き込んだ。

ライオネルは廊下を反対方向に走り、数分後には四十五歳くらいの背の低い男を連れてきた。小男の顔は危惧よりむしろ好奇心に輝いている。モーニントンはすでに、テーブルの下から死体を出そうと奮闘努力していた。

「こりゃあ、死んでるよ」モーニントンはライオネルと小男のダリングがやってくるなり言い放った。「とんだお荷物だ！　向こう側にまわってくれ、ダリング。ボタンになにか引っかかってるんだ。はずれるかどうか見てほしい」

「触れずに警察にまかせたほうがいいんじゃないか?」ダリングがきいた。「死体を動かしちゃだめだろ」

「死んでるかどうかわからなかったんだ。まあ、あんたの言うとおりだな」と言って、モーニントンは、床に横たわっている男の踝《くるぶし》あたりを調べて、突然立ちあがった。

「死んでる、まちがいない。パーシモンズはいるか?」

「いや」とダリング。「四時まで戻らない」

「じゃあ、忙しいぞ。あんたは警察に通報してくれないか? で、ラックストロー、この部屋にだれも入ってこないように廊下で見張っていてくれ。さもないと、プランプトンがイヴニング・ニュースに連絡して半ギニー稼ぐことになる」

そのためプランプトンは、それから二十五分ほど、ライオネル・ラックストローが扉の向こう側になにを隠しているのか知るよしもなかった。ライオネルは、自分のオフィスの前に突っ立って、デスクの引き出しから持ち出してきた長文の手紙を読んでいるふりをしていた。だれかが通りかかっても話しかけられないように。

かたやダリングは、階段を下って正面玄関に向かった。そこでは鏡が入り組んだ具合に取り付けられて相互反射している。そのせいで方向指示パネルが迷路じみた役割を果たしていて、外来者は、現場スタッフへのインタビュー希望者や著者のための待合室、あるいは売店がどこにあるのか、そしてどのパネルが階段への直通の廊下を示しているのかを見わけるために行ったり来たりすることになる。そうした事態が起こらないように、ダリングは正面玄関で待機していた。やがて警察官と医師が同時に到着したので、かれらに階段を上りながら状況説明をした。

階段の最上段は奥行きのある広い踊り場になっていて、左手にはさらに上へとつづく階段がある。いま上がってきた階段の正面に、踊り場を隔てた奥に、七年前に父親が引退してから社長になったスティーヴン・パーシモンズの個室がある。踊り場の両側は細い廊下になっていて、左右遠くまでつづいている。そこにライオネルやモーニントン、ダリング、その他の社員のオフィスが連なっている。

廊下の右側突きあたりがプランプトンの部屋である。ライオネルの部屋は廊下の左側発端にあり、その一画に地下へつながる階段が設置されている。しかし、その階段の途中には通用口があり、それを抜けると、向かい側が壁になっている屋根付きの中庭に出る。そこはこの建物の表と裏の通りを結ぶ空間になっている。したがって、だれもが容易にライオネルの部屋に侵入することができた。事件担当の警部補がモーニントンに愉快そうに言うには、「首を絞められるために」。

警部補がそのように表現したのは、死因が絞殺だったからだ。それは警察が死体を確認して明らかになった。ライオネルは、死者に見覚えがないかよく見てほしいという警察側の要請にしたがって、紫色に変色した顔と驚愕に見開かれた目を一瞥したが、否定的な言葉を残してあとずさった。モーニントンはより静観的で、ダリングはより好奇心旺盛だったが、両者ともにじっくり考えたすえに、床に横たわっている見知らぬ人物についてなにも覚えがないと述べた。

死者は小柄で、下層中産階級にありがちだが、身だしなみがあまり小奇麗ではない。山高帽が仕事机の下でつぶれていた。ポケットには安物の時計と硬貨しか入っていない――紙幣は所持していない。丈夫な紐が首にまきつけられて、肉に食い込んでいた。

警察は内密に捜査を開始するにあたって、社員たちを現場から追い払ったが、すでにほとんどは事件を耳にしていた。その結果、電話かその他の方法で、あっというまに事件発生の一報がフリート・ストリートに届き、警察が建物に入っていくのを目にするとすぐに集まり始めた野次馬をかきわけて、報道記者がやってきた。死体発見のニュースは公式に伝えられたが、詳細は群衆のあいだで飛び交うさまざまな憶測から気に入ったものを各自で選ぶことになった。それら噂話には、実際の殺人についての生々しい証言や犯人に関する千差万別の記述、あるいは社員全員が逮捕されたとか、果ては警察官が血の海になった地下室を足首まで浸かって歩かなければならなくなったというデマまであった。

そのような狂乱状態の最中に、ミスター・パーシモンズ自身は出版協会の会合から四時ごろ戻ってきた。すぐさま、事件現場を仕切るコルクホーン警部補がすり寄ってきた。スティーヴン・パーシモンズは温和な顔立ちをしており、些細なことで不安そうな表情を浮かべる小男だった。いまはいつもより以上に心配そうな面持ちである。自室で警部補に面と向かって座らされているからだ。パーシモンズは自社の職員のだれよりも件《くだん》の死者に関して知らなかったが、警部補がききたかったのは死体のことではなく、むしろ社員の個人情報だった。

「さて、ライオネル・ラックストローですが」コルクホーン警部補はたずねた。「死体はかれのオフィスで発見されました。ここに勤務して長い？」

「ええ、何年にも」スティーヴン・パーシモンズは答えた。「ほとんどの社員がそうです。このフロアーにいる人は全員――まあ、他の職員も似たり寄ったりです。わたしより勤続年月は長い。大半の社員が。わたしは、社長だった父が引退する三年前に入社したんです――代替わりして七年たつ。つまり、ここでの勤務年数は十年です」

「で、ラックストローはそれ以前から？」

「ええ、そうです、まちがいありません」

「かれのことでなにか知りませんか？」警部補は問い詰める。「現住所とか？」

「ダリングがすべて把握しています」憂い顔の小男は言った。「かれが全社員の個人情報を知っています。そういえば、ラックストローは数年前に結婚していますね」

「かれはどんな仕事を？」コルクホーン警部補はつづけた。

「紙や活字の選定、製本などにたずさわっています。どちらかといえば小説作品を担当しています。父が引退してから、わたしは小説をかなり多く出版してきました。そのおかげで、わが社は大きくなった。ベストセラー作家をふたり輩出しています――ミセス・クライドとジョン・バスタブルです」

「ミセス・クライドは……」コルクホーン警部補はじっくり考えた。「『彗星と星』の作者ですね？」

「ええ、その夫人です。九万部売れました」スティーヴン・パーシモンズは答えた。

「ほかにどんな分野を？」

「えーと、父がよく刊行していたのは、実際のところ、そこから創業したのですが、いわゆるオカルトものですね。メスメリズムや占星術や名だたる魔術師列伝とか、その手のものです。売れ行きはあまりよくなかった」

「ラックストローはその分野も担当していた？」

「まあ、何点か」出版業者は答えた。「しかし言うまでもなく、この業種では、分担は明確ではありません――きっちり正確に分けられているわけじゃない。いまはモーニントンが担当しています。もちろん、わたしの下で」パーシモンズは急いで付け加えた。「それと、かれはかなりの量の宣伝や広告もこなしています。さらには書評も」

「えっ、書いている？」警部補はきいた。

「とんでもない」出版業者は驚いて否定した。「書評を読んで、引用できる文章を選ぶんです。書評を書くなんて！　まさか、ありえませんよ、警部補！」

「ミスター・モーニントンは長いのですか？」コルクホーン警部補はつづけた。

「ああ、何年も前からです。もう言いましたが、かれらはわたしより先にここで働いているんですよ」

「ミスター・ラックストローは、今日は長い昼食時間をとっていたらしい。著者のひとりといっしょに。ほんとうですか？」

「たぶんそうなんでしょう」パーシモンズは言った。「かれがそう言うのなら」

「あなたはそのことを知らなかった？」コルクホーン警部補はきいた。「かれから一言もなかった？」

「まさか、ありえませんよ、警部補」不安な表情を浮かべたパーシモンズは先ほどと同じセリフを口にした。「部下の編集者が著者に会いたいとき、一時間休みをわざわざわたしに申請すると思いますか？　わたしがかれらに仕事を与え、かれらはそれをこなしているだけです」

「ジャイルズ・タムルティ」コルクホーン警部補は言った。「ご存じですか？」

「その人の最新作を予定しています。タイトルは『民俗学における聖なる器の歴史的痕跡』。探検家で古物収集家ですよ。ラックストローは図版関係で頭をかなり悩ませていましたが、昨日の話では、その問題はかたづいたようでした。ええ、かれはジャイルズ・タムルティに会いに出かけたのだと思います。でも、それはジャイルズ卿本人にたずねればよいのでは？」

「いや、つまり……」コルクホーン警部補は言った。「社員のだれかが外出した場合、その人のオフィスへの不法侵入を防ぐ対策はされていますか？　この建物には表と裏に出入り口があるのに、だれも監視していない」

「待合室に少女がおります」パーシモンズは異を唱えた。

「少女！」コルクホーン警部補は応じた。「おしゃべり相手がいないときは読書をしている。うむ、守衛としてかなり役に立ちますな。さらには、その待合室の横の廊下は階段につうじている。そして裏口にはだれもいない」

「まあ、不審者が平然と侵入してくるとは思わないので」出版業者は浮かない顔で言った。「ドアに鍵をかけていくこともあると思います。たくさんの書類を広げたまま外出しなければならない場合は」

「で、その鍵は挿しっぱなしとか？」コルクホーン警部補は皮肉をこめて言った。

「もちろん」パーシモンズは答えた。「わたしが入り用なものがあるときにそなえてのことだと思います。だれも入れないようにするためじゃありませんし。ただたんに、トラブルを避けるため、および入室しようとする人に注意をうながすためです。つまり、不法侵入などめったにないことでしたし、それに——」

コルクホーン警部補がさえぎって言った。「実業家の管理体制はよくわかりませんな。子どものときから保守主義者だったもので。ビジネス界を見れば見るほど、わたしはますます慎重派になりますよ。この業界ではだれもが自由に出入りできる」

「いや、そんなことはありませんよ」とパーシモンズ。

「あるんです」とコルクホーン警部補。「予期しないことが起こる。あなたは信心深いですか、ミスター・パーシモンズ？」

「えーと、いや——宗教的には」出版業者はためらいがちに答えた。「つまり、いわゆる狂信的なほうではありません。けれど——」

「わたしもちがいます」コルクホーン警部補は言った。「教会に行く機会もありあまりません。でも、ここ数カ月の間に二度、妻といっしょに彼女のウェスレー派の日曜ミサに行きました。いや、実にすばらしかった、ミスター・パーシモンズ。毎回、聖書の同じ個所を朗読するんです。マルコの福音書十三章ですが、こう結ばれています。『わたしがあなたがたに言うこの言葉は、すべての人々に言うのである。目を覚ましていなさい』その言葉は、わたしには一般大衆に向けてのものだと思われた。しかし、『わたしがあなたがたに言う』の〝あなたがた〟は、わたしたち警察のことです。そして、『すべての人々に言うのである。目を覚ましていなさい』は、そのようであればあるほど、迷宮入り殺人事件は少ないでしょう、ということです。ともあれ、これからミスター・ダリングに会いに行きます。じゃあ、これで、ミスター・パーシモンズ」

第二章　三つの家庭の夕べ

1

エイドリアン・ラックストローは、オーブンにチキンを慎重に入れて扉を閉じた。テーブルに戻ると、チキンに添えるポテトを買い忘れていることに気づいた。憤懣やるかたないうなり声を発しながら、テーブルの片隅に置いてある買い物カゴを手に取り、帽子をかぶって、改めて買い物に出かけた。庭の門にさしかかると、しばし考えた。母が食料品を調達するさい、わけへだてなく利用している二軒の店のうちのいずれに向かうべきか。けっきょく、近いほうの店に行くことにして足早に進む。「ジャガイモをみっつ」エイドリアンは小声で、いささか心配そうに言う。

「かしこまりました」と店員。「五シリングになります」

エイドリアンは支払いをすませると、ジャガイモを買い物カゴに入れて、家に戻り始めた。ところが、交差点の見通しがよくなるまで路面電車が通過し終えるのを角で待っているあいだに、左側の停車駅が目に入った。駅をかなり迷っている面持ちで一、二分見つめながら、チキンに添えるポテトの重要性について考えを改めた。そこで先の店に戻ると、ジャガイモをすぐに送るように記したメモといっしょに買い物カゴを残して、急いで駅に戻った。路面電車に乗り込むと、橋やトンネルが次々と後方に流れていくのが見え、石炭運搬車と客車をしっかりと牽引する機関車がブライトン路線を突進していく。しかし、列車が目的地に到着しないうちに、エイドリアンの母親がいつものようにせわしなく部屋に入ってきてつまずいた。その結果、模型の駅をキッチンの床まで蹴飛ばした。母親がすぐにあやまったので、エイドリアンは機嫌を直し、ブライトン郊外から数マイル離れた場所で立ち往生している玩具の列車を残して、夕食の準備を手伝った。母親がつかのま、椅子に腰をおろした。するとエイドリアンは、あわてて声を発した。

「あっ、ママ、そこにすわらないで、ぼくの席だよ」

「あら、ごめんなさい」バーバラ・ラックストローは言った。「夕食の支度をなにかしてくれたの？」

「うん、いまそこに置くつもりだったの」エイドリアンは説明した。「チキンが焼けたかどうか見てくる。すごくおいしそう！」

「まあ、素敵！」バーバラは上の空で言った。「それ、大きいの？」

「あんまり」エイドリアンは言った。「でも、ぼくとママ、それとバース叔母さんにはじゅうぶんだよ」

「あら」バーバラは驚いた。「バース叔母さんが来てるの？」

「えーと、来るかもしれない」とエイドリアン。「なんでぼくにはバース叔母さんがいるの？」

「ある赤ちゃんが大きくなってバース叔母さんになったのよ、坊や」バーバラは答えた。「知らないうちにそうなっていたけど、よかったわよね。いまのところは。エイドリアン、おとうさんはコールドソーセージでだいじょうぶかしら？　だって、ほかになにもないみたいだし」

「ぼくは食べたくない」エイドリアンは即答した。

「そうよね。でも、月末はいつもお金がないの」とバーバラ。「あら、とにかく、おとうさんが帰ってきた」

ライオネル・ラックストローは、午後に精神的ショックを受けたにもかかわらず、自分でも驚いたことに、その影響からほぼ脱していた。トゥーティングの街角にさしかかったときに初めて、記憶力が思いやりをしめして死んだ男の顔を忘れさせていることに気づいた。その部分健忘は予想以上に自然で、かつかなり効果的だった。かれの心の片隅には、常にしつこく潜んでいる感覚がある。それは、人生には現実離れした危険の可能性があるという強迫観念だが、完全には表に出ることはない。しかし、妻が約束の時間に遅れたりすると、震えあがるほどの不条理な警戒心がかき立てられた――その感覚は、今や監視の目を逃れ、隠しておくどころか、捉えておくことができないほど偏在している。自分が見た顔や聞いた言葉は、広大な虚空に存在し――自身も存在感の薄い顔と声だけに縮小されて――少しのあいだ、その内部にグロテスクかつおどおどした様子で留まっていた。オフィスで業務の再開を一時間ほど試みたのち、結局、届けられていた数枚の社内の回覧状に署名しただけで退社した。署名の「LR」が風船のように膨張し、同時に自分の内部と周囲でぬるぬると絡み合いながら回転した。以前、それほど恐怖を感じないまでも、同じような瞬間を感じたことがあった。そのときは妻をひたすら想うことで落ち着きを取り戻し、不安感から逃れることができた。しかし今晩、そのおなじみの試みをしても、思い浮かぶのは、顔をそむけて逃げ去る妻の姿のみ。追いかけようとするが、なにやら恐ろしい。ライオネルは鍵を鍵穴に差し込みながら、息子エイドリアンの思考は潜在的な欺瞞の乱舞とつながっているのだと気づいた。どのような恐怖が待ち受けていようとも、がむしゃらに突き進む機械仕掛けのような勇気をもって立ち向かおう。意を決し、かれは自宅に入った。

帰宅の挨拶を普通にかわすだけでは不安の暗雲は晴らせなかった。妻のバーバラに微笑みかけながらも、間男がいまさっき帰ったばかりではないのかと思ったりする。エイドリアンが夕刊に掲載されている電車の写真を見ているのを眺めながら、こんな奇抜な思いにとらわれる――実にバカげた虚妄だ、ぜったいに――見た目は四歳だが、頭脳は四十歳の平凡な中年男性と変わらないのでは。神童か？　いや、だがしかし、なにやら恐ろしい理由があって、その天才ぶりを隠しているのだろう。いまは時期尚早なのだ。帰宅したライオネルがひとりで夕食をとっているあいだ、バーバラはエイドリアンを寝かしつけていた。そのときライオネルの脳裏に犯罪小説や史実の陰惨な話が数かぎりなく想起された。安全で幸せな家庭の陰に隠れて慎重に毒を盛られた被害者たち。問題は、毒を投与されるかどうかではなく、すべての食べ物や他のあらゆるものそれ自体が毒かもしれないということだ。結果として、物事の本質には、苦しめながら栄養を与える毒が含まれているのではないだろうか。つまるところ、呼吸せずにはいられない空気そのものが、世界の精神的な悪意に長く耐えることを可能にしているのでは？

ライオネルは、そのような夢想に取り憑かれてぼんやりと座っていたが、そこにバーバラが戻って来て夕刊を広げた。例の午後の事件が第一面に報じられていた。かれはその一件について自分から切り出せなかったので、妻の緩慢なまなざしが事件に関する報道記事に向けられる瞬間を待った。だが、そんな瞬間はなかなか訪れない。実際のところ、妻は新聞全体にざっと目を通し、かれがこれまでまったく気にもしなかったどうでもよい小記事にだらだらと時間を費やしてから、たんなる人間のどうでもよい愚行に関心を示して初めて、その瞬間は訪れた。バーバラはなにげなくページをめくり、見出しに目を留め、記事に視線を走らせると、新聞を椅子の肘掛に置いて、タバコをくわえた。

「エイドリアンが文字をちゃんと書けるようになったの」バーバラは言った。「今日はKの字が上手だった」

ライオネルは崖っぷちに立たされた気がした。これは宇宙の悪意の一例だ。妻にはあらゆるチャンスを与えたのに。新聞をまともに読んでいなかったのか？　おれは自ら事件について語ることで、あの忌まわしい記憶を蘇らせなければならないのか？

「知ってる？　今日の午後、ぼくの勤務先でなにがあったか？」

「いいえ」バーバラは驚いた様子で言い、そこで言葉を切った。「あなた、調子悪そう。具合がよくないの？」

「体調はよくない」ライオネルは認めた。「どうしてだかは、それを見ればわかる」と言って、肘掛に置かれている読みさしのスター紙を指さした。

バーバラはその新聞を手にした。「どこ？　〈都会《シティ》の出版社で殺人〉。えっ、あなたの勤務先じゃないでしょ？　ライオネル、そうなの！　どこで？」

「ぼくのオフィスだ」ライオネルは答えながら、妻の座っている椅子の背後に新たな死体が隠されていないかどうか考えた。たしかに今日の午後、死体が発見された。しかし、発見されず、人の目には映らない死体があるかもしれないのでは？　目の前にいるバーバラはどうだ？　ほんとうは死んで床に横たわっているとか？　差し向かいにいる女性は、幾千もの夜にわたって同じような格好で座っていたバーバラに対する自分の記憶を投影しているだけのイメージに思える。この恐ろしくて猥雑な宇宙では真偽はわからない。

バーバラ——もしくは一見バーバラらしい女性——が口を挟んだ。「でも、あなた、なんて恐ろしいこと！　どうして言ってくれなかったの？　きっとこわい思いをしていたのね」彼女はふたたび新聞を放り出して、ライオネルの横にひざまずいた。

ライオネルは妻の手を握りしめ、少なくとも自分の身体は正常であるかのように感じた。精神はどうであれ。結局、宇宙がバーバラを創造したのだ。そしてエイドリアンは、風変わりだが、少なくとも限度はわきまえており、息子なりに現実的だ。ライオネルが夢見た邪悪で残酷で警戒心の強い現実離れした子供は、エイドリアンのような気性と物事に対する不屈の興味を同時に持つことはできない。悪魔でさえ、悪魔でありながら同時に普通の子供にはなれない。かれは握った妻の手首を頬にあてると、その感触が身内に湧きあがる病的な興奮状態を鎮めてくれた。「実に忌まわしい一件《ビジネス》だ」と言って、もう片方の手をタバコに差しのべた。

2

ケネス・モーニントンは、ことあるごとにライオネルと議論している。悲観主義は常に、過剰にロマンチックであり、あまりにも感傷的とさえ言える世界観の結果なのかどうかについて。その夜、部屋でひとり食事をしながら、モーニントンはいささか軽蔑したような心持ちで自身に指摘した。おれがはっきりと衝撃を感じたのは、人が人を殺すとは思っていなかったからだ。「とはいえ」モーニントンはひとりごちた。「不穏な侵入者を排除しようとするのは当然だ――それが人間であろうとなかろうと。そうした心構えができていないのは愚の骨頂。ある種の人間は、作家のトマス・ド・クインシーが述べているように、生まれながらにして殺害される気性を有する。殺すか殺されるかは当然至極なことだ。だからといって、教区牧師のところにこのリストを届けるのをやめる気はない」

モーニントンは立ちあがると、教区財政に関する報告書のために分析していた書類を手元に集めてから、聖シプリアン牧師館へ向かった。自宅からわずか十五分の距離である。かれは、いやな仕事をしている自分がいやだった。だが、これまで友人の助けを拒んだことは一度もない。たぶん、牧師も友人のひとりだ。モーニントンは、十八歳のときに、どちらかといえば超然とした上から目線でキリスト教に反対するサークルでしばらく過ごしたことがある。その結果、当然のなりゆきとして、キリスト教を信仰するようになったのではないかと思っている。つまり、キリスト教は宇宙を見下すことなく、自分自身と他のすべての人を蔑《さげす》むことのできる宗教だったからだ。かくてかれは、議論や会話において悲観主義者と楽観主義者の長所を同時に味わうことができた。勤勉で実務的な司祭である教区牧師とモーニントンとが意気投合したのは、かつてともに似たような立場に追い込まれる重圧を受けたからである。その晩、牧師館には先客がいた。ゲートルを巻いた丸々として小柄な聖職者が座って葉巻をくゆらせながら原稿をめくっていた。モーニントンは書斎に通された。そこに牧師と先客が座っていた。

「おや、きみか」牧師は言った。「さあ、入って。きみのことを話していたところです。こちらはカストラ・パルヴロールムの大執事、かれがミスター・モーニントンです。きみのオフィスはたいへんなことになっているね！　きみが関係しているとか？」

モーニントンは大執事にお辞儀をした。すると相手は眼鏡をはずして会釈し、「ひどい」と言った。モーニントンは、とりあえずこう思った。まるでこの人は、なにを話したらよいのかよくわからないので、必死に相手の期待にそえることを口にしようとしているようだ。「実に、ひどい！」

「ええ、まあ」とモーニントンは答え、相手の重ね重ねの同情発言に反感を抱いた。「もちろん、大迷惑です。建物がひっくり返ったような騒ぎです。そのせいで、ブックマン誌に広告を送るのを忘れてしまいました――だから、今月号にはわが社の広告は出ません。それがほんとうに腹立たしい。殺人事件に仕事をだいなしにされるなんて真っ平です。しかもそれは、わたしのオフィスで起きたわけじゃない」

「ああ、出版業界人の見方ですね」教区牧師が言った。「コーヒーはいかがです？しかしその気の毒な被害者……どこのだれだかわかったのですか？」

「いえまったく」モーニントンは意気揚々と答えた。「警察は物証として死体を確保している。ただ、それだけです。かなり大きくて、持ち運ぶには不便、そして有効期限は数日。自然の摂理ですね。そんなことより、ブックマン誌こそがわたしの頭痛の種なんです――あなたには計り知れないでしょうけど」

「ああ、本気じゃないですよね！」教区牧師は異を唱えた。「広告の重要性と殺人とを同等のものとして比較するなんて」

「ミスター・モーニントンの言うとおりですよ」大執事が言った。「結局、人は驚異的かつ偶発的な出来事のせいで自分の歩みを止めてはならない。義人《ぎじん》は歩みを止めませんよね?」

「しかし、でも、殺人は――」教区牧師はあらがった。

大執事は肩をすくめながら言った。「生きとし生けるものにとって公理は同じです。明日では遅すぎる、ですよね?」

「そのとおりです」モーニントンが応じた。「しかし、わたしの驚異的かつ専門的な悩み事であなたたちに気苦労をかけさせるわけにはいきません」

「実は」大執事は穏やかにつづけた。「わたしたちは当初、あなたの会社について、かなりちがった話をしていたのです」かれは手にしている眼鏡でテーブルの上の原稿を指し示すと、おどけた表情でモーニントンを見て、こう言い添えた。「あなたなら、察しがつくでしょ」

モーニントンは、お世辞を言われてうれしそうな表情をしながら、その実、不信の念で声がひび割れかかっていた。「本ですか?」

「本です」教区牧師が言った。「大執事はキリスト教と国際連盟に関する一連の講演を行っています。それをちょっとした著作にまとめました。きっと売れます。で、当然、あなたのことが頭に浮かんだのです」

「ありがとうございます」モーニントンは答えた。「失礼ですが、この出版企画を支援する心構えが大執事にありますかね？　必要であれば出資していただけますか？」

大執事はかぶりを振って言った。「いや、それはできません、ミスター・モーニントン。いわば、モラルに欠ける。よく言われるように、本は子供のようなもの。人は自分の子供にあきれるほどの愛情を抱いている——親バカです。それでよいのです。しかし、わが子は他の子供たちより優れていると本気で考え、広く世に出し、さらに立派になるよう——あなたの言うように〝支援〟する。といったことは、わたしにはとても愚かで、ほとんど邪悪なことのように思えます」そして、原稿に向かって悲しそうにかぶりを振った。

「原則として、あなたの意見には同意できません」モーニントンは言った。「自分の考えていることが他の人のより優れているなら、それを世に知らしめるべきです。現代の民主主義的な謙虚さには我慢がならない。あなたが原稿を送った出版社があなたより優れた鑑識眼を有しているとどうしてわかります？　原稿が不採用になったら、どうします？」

「原稿をあらゆる出版社に送って」大執事は答えた。「すべて拒否されたら、出版社側の判断を信じるべきだと思います。〝全世界の判断に誤りなし！〟、ご存じでしょう」

「聖アウグスティヌスの言葉ですね。でも、ちがう」とモーニントン。「どう考えてもまちがっています。〝全世界〟は、より知的な人々から判断力を学ばなければならない。混沌とした精神は力づくでないかぎり新しい考えを受け入れない。剣による強制あるのみ」

大執事は原稿を手に取ると、ページをめくりながら声に出して読みあげた。「〝人間の意識段階としてのプロトコル命題〟、〝資質と国民性〟、〝キリストにおける知の様態、および人類におけるその対応関係〟、〝国際連盟は代表か?〟」

「その原稿は」モーニントンは顔をあげながら言った。「専門家と一般大衆のいずれにも受け入れられると思います。いまのところ小社で引き受けられるとは思えませんが、読んでみたい。持ち帰ってもよろしいですか?」

「今週末は手元に置いておきたい」大執事は答えた。「熟考したいところ、考え直したいところが一、二カ所とギリシャ語のチェックを少ししたい。月曜か火曜にお持ちしましょうか?」

「そうしてください」モーニントンは言った。「もちろん、わたしが出版の是非を決めるわけではありません。原稿はまず、社の政治に関心のある校閲係のところにまわされるでしょう。そもそもかれらには、章の見出しから理解できないでしょうけど。でも、ぜひ持ってきてください。パーシモンズ社の刊行リストはロンドンでもっとも雑然としています。『フォクシー・フロッシーの浮気』や『黒魔術に関する哲学的考察』といった具合です。でも、後者の書籍は先代社長の企画ですけど。まあ、その原稿を持ち込む言い訳にはなります」

「以前あなたは、父親のミスター・パーシモンズは引退したと言ってましたよ」教区牧師が口を挟んだ。

「かれは〈宵の明星〉です」モーニントンは答えた。「いわば、薄闇にひときわ輝く光といったところ。かなり頻繁に現れます。地平線上を常に漂っていて、東から西へ二週間に一度は輝きます。少なくともパーシモンズ社の専用オフィスに出現します。素敵な生き物ですよ——オカルトに関する倒錯的な嗜好の持ち主ですが」

「気がかりなことに」教区牧師は表情を曇らせた。「オカルトと呼ばれるものへの関心が高まっている。今日における真の宗教の欠如とあやまった好奇心の産物です」

「ああ、あやまち、そう思うのですか？」モーニントンはたずねた。「どのような好奇心でも好奇心はまちがっていると？　ヨブについてはどうです？」

「ヨブ？」大執事がきいた。

「私見を述べさせていただきましょう。ヨブが三人の友人たちより優れていたのは、なぜ不幸なことがわが身に起こるのか自然な好奇心を抱いた点です。三人の友人たちは、じっと耐えるだけでしたが、ヨブはいわば、神がなにを考えておられるのかをたずねたのです」

教区牧師はかぶりを振った。「そして、おまえには理解できないと告げられたのです」

「理解できないと愚弄されたのです――ちょっと意味合いがちがいます」モーニントンは応じた。「単なる語り合いとしては、おそらくなにかが欠けている。財産も家も家族も失い、煮え湯を飲まされながらゴミ溜めに座っている男に向かって、『河馬《かば》を見よ！』と言うなんて」

「それでヨブは感銘を受けたようですが」大執事は穏やかに言った。

「そのとおり」モーニントンは認めた。「かれは明らかに完璧な愚か者だった。別の言い方をすれば」そして帰宅するために立ちあがって付け加えた。「では、街で会いましょう、あなたが帰る前に――カストラ・パルヴロールム（Castra Parvulorum）でしたっけ？　〝子供のキャンプ〟とは楽しそうな名前だ！」

「残念ながら、一般的にはそう呼ばれていません」大執事は言った。「住民たちは、ファードルズ（Fardles）と称しています。〈グリムの法則〉によって」

「〈グリムの法則〉？」モーニングトンは驚いてたずねた。「グリムは子供（parvuli）のためにおとぎ話を書いた兄弟ですね？　でも、なぜそんな法則を作ったんです？　またどうして、だれもその法則に注意を払わなかったんだろう？」

「わたしはインド＝ヨーロッパ語と関係があると理解しています」大執事は答えた。

「The Castra が落ちて、parvulorum ではpがfに、vがdになった。そしてグリム兄弟は、かつてなにが起こったのかを発見した。でも、わたしはできるだけ昔の名前を残すようにしています。ロンドンから遠くありませんから。カエサルがその名前をつけたのは、かれの兵士たちがその町で多くのイギリス人の子供を捕まえたからだと言われています」

「となると、なぜグリム兄弟がその名称に干渉したのかわからない。」モーニントンは両手をふりながら言った。「ファードルズ……モーリス・ヒューレットのエッセイのようだ。カストラ・パルヴロールム……それだと……まるで、ローマ帝国のようだ。えーと、おやすみなさい、大執事殿、おやすみなさい、教区牧師。いや、見送らなくていいですよ」

3

実は、教区牧師館でモーニントンが年配のほうのミスター・パーシモンズのことを話していたそのとき、そのパーシモンズ社の先代社長は、イーリングのフラットで快適な椅子に座って、息子の午後の冒険譚に耳を傾けていた。大柄な長老パーシモンズは、息子のスティーヴンがその日の信じがたい出来事にますます興奮して語っていく様子を、背もたれに寄りかかって愉快気に見ていた。

「ビジネスに悪影響をおよぼすのではないかと心配なんだ」と言って、現社長の息子スティーヴンは、突然、話を終えた。

父親は軽くため息をつき、暖炉の火を見て言った。「ビジネスか、わしは心配なんぞせん。読みたい本があれば、人は購入するものだ」老パーシモンズはちょっと口をつぐんでから先をつづけた。「今日、会おうと思って会社に電話したんだ。おまえは外出中だった」

「電話を?」息子は言った。「だれも教えてくれなかった」

「かえってよかった」老パーシモンズは応じた。「今は知る必要はないからな。おまえは死因審問に召喚されることはないだろう。ただ、だれかにきかれたら、わしにきけばわかると言っておけ。おまえの言動を知っておきたいのだ」

スティーヴンは窓の外を見ていたが、一分ほど経過してから口を開き、うわの空で言った。「どんな用件だったんです? なにか重要なこと?」

「社の財務状況について話をしたかった」父親は言った。「まったく理解できない点がいくつかある。それに、あいかわらず小説の比率が高すぎる。資産の無駄遣いだ。同工異曲の小説を大量生産するために使っているだけだ。他の分野の書籍とのあいだに明確な比率を設けてほしい。『フロッシー』などというあきれた戯言のかわりにわしの『集中統制』を刊行することができるだろうに。スティーヴン、聞いてるのか？」

「ええ」スティーヴンはいささかムッとして答えた。

「おまえにわしの著作を本気で出すつもりがあるとは思えん」父親は平然と述べた。「読んだのか？」

「ええ」ともう一度言ってから、スティーヴンは窓際を離れて室内に戻った。「わからないんです。言ったでしょ、ぼくの好みではないと――ほかの人もたぶんそうだと思います。でも、もちろん、その種の心理分析的な本にかなりの需要があることは知っています。でも、確信がまったく持てなくて――」自信なさそうに言葉を切った。

「確信を持てたとしても、スティーヴン」父親は言った。「わしはたいしてうれしくない。今回、確信を抱けなかったのはどうしてだ？」

「まあ、すべての事例――というか物語」スティーヴンは曖昧な言い方をした。「どれも事実なんだろうけど、なんだかとても――奇妙奇天烈だ」

「スティーヴン・パーシモンズ著『わたしが読んだ奇妙奇天烈な物語』」父親はバカにした口調で言った。「だが、わしの著作で語られているのは物語じゃないぞ、スティーヴン。科学的な実例だ」

「でも、それらすべてが拷問に関するものだった」息子は答えた。「かなり凄惨な事例についての——ああ、恐ろしい！　売れるとは思えない」

「確実に売れる」父親は応じた。「おまえは科学者ではない、スティーヴン」

「略図や図表、その他もろもろ」息子はつづけた。「すごく製作費がかさむ」

「まあ、おまえの好きにすればいい」老パーシモンズは答えた。「でも、クリスマスまでに刊行してくれなければ、自費出版で出す。それだともっと高くつくことになるぞ、スティーヴン。それに、もっといろいろと書きたしてやる。これ以上増えたら、わしの預金口座は目もあてられない惨状をきたす。しかも価格はつけない。寄贈するからだ。余剰在庫はすべて燃やす。週末までに決断してくれ。週が明けたら結果を聞きに来る。すべてはギャンブルだよ、スティーヴン。おまえは、勝つと確実にわかっている賭け以外はしたくないのだろ？　あのな、わしに余力があれば、おまえが大敗するのを楽しみたいよ、スティーヴン。それはさておき、スティーヴン——」

「頼みますから、いつまでもそんなふうにスティーヴンと呼ばないでください」みじめな表情で息子は言った。「とうさんはぼくを困らせるのが好きなんだ」

「ところで」父親は穏やかにつづけた。「今日、おまえに会うためにだけで会社に行ったのではない。わしはある男を殺したかった。それにはおまえの仕事場が最適だ。昔も今も、そんなふうに思える」

　スティーヴン・パーシモンズは、椅子の背もたれにふんぞりかえっているずっしりとした巨体をじっと見つめながら、こう言った。「とうさんはぼくを不安がらせている——そうでしょ？」

「かもな」相手は言った。「まあ実際のところ、おまえを心配させていることはわかっている、スティーヴン。おまえの母親が精神病院に入ったのも、そうした気苦労のせいだ。ひどい悲劇だ、スティーヴン——妻とそんなふうに切り離されるなんて。そうしたことはなにひとつおまえには起こってほしくない。わしはまだまだ若い——子供をもうひとりもうけたい、スティーヴン。そう、スティーヴン、もうひとり子供がほしいのだ。財産を残してやれる子供が。わしの事業に関心を持つ継承者がほしい。それにはなにをすればよいのかわきまえておる。ところで、おまえが生まれたときのことだがな、スティーヴン——」

「ああ、全能の神よ」息子は声を張りあげた。「そんなこと言わないで。いったいどういうことです——人を殺したい？」

「どういうことか？」父親はきいた。「その意味か。前日まで考えてもみなかったな、ほんとうだ——そう昨日、ラックストローが昼食時に来宅するとジャイルズ・タムルティから聞かされたとき——ふと念頭に浮かんだんだ。そして、わしらがいっしょに実際にラックストローのオフィスに行ってみると、だれもいなくて見とがめられることもなかった。もちろんリスクはあったが、さほどのことではなかった。わしは、金を持ってくるまでのあいだ、相手にそこで待機し、外に出ずにドアを閉めておくように頼んだ。すぐにかたづいたよ、スティーヴン。それにかれは小柄だったし」

スティーヴンは、それ以上問いただすことができなかった。父親は正気なのか？老人が戯言を言って、自分を不安におとしいれようとしているのだろうか？そうだとしたら？父親はそれで精神的に解放されるのか？

「まず、スティーヴン」突然、声が耳に突き刺さった。「おまえは確信を持てないし、持とうともしない。それに単なる思い込みで父親を非難するのはよくない。おかあさんは精神病院にいるんだぞ。ついで二つ目、わしは遺言――一、二週間前に作成した――に全財産をイースト・ロンドンに共同社会を設立するための資金にあてると記した。とてもいたたまれない気分だろ、スティーヴン、すべてを撤回しなければ。でも、だいじょうぶ。そんなことにはならない。だれかに質問されたら、自分は聞いていないと答えなさい。でも、わかってるよな、わしはおまえと社の財務状況について話をしたかったんだ。来週また、その件について話し合いに来る」

スティーヴンは立ちあがって言った。「ぼくのことも狂わせたいんだろ？ああ、後悔先に立たず！」

「わしのことはわかってるだろう」父親は言った。「おまえを絞め殺すのに躊躇すると思うか？まあ、するかもしれん。しかし、もうだいぶ時間も遅い。なあ、スティーヴン、おまえは気に病みすぎだ。わしはいつも言ってる。おまえはひとりで悩みを抱え込んで、あれこれ考えすぎだとな。だれか社員と話し合ったらどうだ——あのラックストローとかと？　でも、おまえはいつだって秘密主義だからな。おそらく、そうしたほうがいい。かえって好都合だろう。それにおまえは妻をめとっていない。わしを絞首刑にできるか、それともできない？」息子はドアを後ろ手で閉めて去っていった。だが、父親はあいかわらず大声でまくしたてた。「妖術師は焼かれた、焼かれに行くために、かれらは急いだ。いまだに必要なのか？　妖術師は聖人のように追放されなければならないのか？　それともわしは単に疲れているだけなのか？　もうひとり子供がほしい。それと、聖杯《グラール》を手に入れたいのだ」

老パーシモンズは椅子にふんぞりかえり、将来の可能性と直近の過ぎ去った日々のことを考えた。

第三章　都市《ザ・シティ》の大執事

死因審問が月曜日に行われ、公式結果としては、「単独もしくは複数の人物たちによる殺人」と評決が下され、心理的結果としては、三人の犠牲者をもたらし、かれら自身の心境が強調された。世界は、ライオネル・ラックストローにとってはより幻想的であり、ケネス・モーニントンにとってはより低俗であり、スティーヴン・パーシモンズにとってはより悩ましいことが証明されたのである。待合室に住み込みで勤務している若い娘も尋問を受け、彼女にかつてないほど刺激的で楽しいひとときをもたらしたが、検視官に有益な情報はなにひとつもたらされなかった――事件発生の時間、ずっと書簡の帳簿のインデックス作りに没頭していたため、オフィス脇の通路を人が出入りしたことにまったく気づかなかったのである。

しかし、事件のあった翌日の火曜日には、当然のことだろうが、彼女はより用心深くなっていた。その日の終わりまでに、三人、いや四人の来客を目にした。会社は六時に閉まるが、四時半ごろ、創業者のグレゴリイ・パーシモンズが彼女に愛想笑いを浮かべながら、廊下を重い足どりで息子のオフィスに向かった。四時十五分ごろ、エイドリアンを連れたバーバラ・ラックストローがエントランスに現れて——通常、年に三、四回は来社する——やはり階上に消え去った。その十五分から三十分のあいだに、礼儀正しくて丸々と太った聖職者が待合室のドアの前をうろついていて、ミスター・モーニントンはいらっしゃいますか？　とおずおずとたずねた。彼女は、その聖職者を通りすがった事務員の少年に託して、インデックス作りに戻った。

グレゴリイ・パーシモンズは、息子のスティーヴンが少し驚きつつも大いに安堵したことに、先週の金曜日の人をからかって楽しんでいるような雰囲気を一掃したようだった。かれは社の状況のさまざまな財政上の観点について、まるで通常のビジネス上の問題にすぎないかのように論じた。そして、おそらく死因審問の結果が事件の幕引きとなることに満足している、と述べた。ただし、警察が犯人を発見するという、ありそうもない結果も入っていたが。そして、『集中統制』の話題を持ち出した際には、これまでスティーヴンがその著作の出版にあまり乗り気ではなかったことなどおくびにも出さなかった。かくてスティーヴンは、神経障害性疼痛から突然解放されて、気がつけば、クリスマスまでにはその作品を刊行することにして——いまはまだ初夏だった——来週中に見積もりを出すと約束し、妥当な価格について話し合っていた。一時間ほどかわした会話の終わりに、グレゴリイはこう言った。「ところで昨日、ジャイルズ・タムルティと会った。で、頼まれた。刊行前の自著からある段落を削除してほしいと。すでに編集担当のラックストローには葉書を送ったらしい。わしは、その葉書がちゃんと届いているかどうか確認したい。いっしょに行ってもいいかな、スティーヴン」

「この手紙にサインをしおわったら、とうさんが戻ってくるまでには行く準備をしておきます」スティーヴンは言った。そして父親がうなずいて出て行ったとき、かれは思った。とうさんがあのオフィスでほんとうに人を殺したのなら、犯行現場には二度と足を踏み入れたくないはずだ。ああやってぼくをからかう。最悪だ。でも、たぶん、とうさんはそう思っていない。

ライオネル・ラックストローは、雇い主の神経障害性疼痛よりも甚大で広範囲におよぶ神経痛にひどく苦しんでいたが、その日は、仕事のかなりの重圧のせいで、痛みについてくよくよ思い悩まずにすんでいた。出勤してまもなく、ケネス・モーニントンがオフィスに押し入ってきて、ジャイルズ・タムルティの『民間伝承の聖なる器』の刷り見本をわたしてくれと頼んだ。

「大執事と会うことになった」モーニントンは言った。「かしこまることはないよ――大執事は民間伝承に興味を持つべきだろ？　おれは常々思ってるのだが、大執事たちはキリスト教以前の、ほとんど先史時代からの民間伝承の生きた標本みたいだよな。つまり、連綿と続く両性愛《バイセクシュアル》の伝統だよ。それに宣伝になる。大執事が宣伝費を取らないかだって？　宣伝料、大執事、請求！　突撃！　カストラ・パルヴロールム、進め！　こちらからは以上だ」

「そうであってほしいね」ライオネルは言った。「ゲラはあの棚にある。持って行け」

「全部はいらない。ああ、忙しき哉《かな》。殺人事件や祝日が毎日あるわけじゃないからな」

午後になり、ライオネルのもとにジャイルズ卿からほとんど解読不能な葉書が届いた。二一八ページにある短い段落を削除するよう記されていたが、ライオネルは、その該当箇所の引用文に手を加えようとは思っていなかった。だが、葉書に指定されている段落に印をつけた。ライオネルは、責了にしようと思っていた矢先のこの訂正に少しいらだった――全体の最終部分だったので、大きな不都合は生じなかった――が、それよりもジャイルズ卿の金釘流に悪態をついた。その文面は――ライオネルは苦労して解読した――「わたしには思われる」と書き出されていたが、そのあとすぐにまったく読めなくなる。そして終盤になってようやく意味を取り戻す。数字の二一八が古代ピラミッドのように聳え立っており、それをちまちました略字のようなものが取り囲んでいる。しかし、指示は理解できた。そうでなければ、ゲラは印刷所に送られていただろう。

その後、大執事が到着すると、モーニントンは本音と建前が入りまじった生温かさで出迎えた。聖職者の人柄は好きだったが、かれの持ち込み原稿は嫌いだった。国際連盟に関する原稿のせいで何時間もウンザリすることになった。というのも、モーニントンは単に出版を拒否することができるにもかかわらず、少なくとも原稿にざっと目を通さなければ、踏み込んだ意見を言うことができないからだ。また国際連盟が世界のあらゆる卑劣なものの底辺に位置していることも承知していた。そのことはモーニントンにとって、貴族主義に対する完全にして計り知れないほどの矛盾に思えた。貴族的な立場こそが精神的権威への積極的な渇望へとかれを駆り立てるからだ。プラトンやそういった人々が権力をもって支配するのを見たかったし、同時に『法律』の激しい審問を懐かしく思い出した。しかしながら、モーニントンはそんなそぶりを見せることなく大執事を歓迎し、原稿について話をかわした。

「こんにちは、大執事さん」モーニントンは早口で言いながら、相手の本名を知らないことに思いあたった。原稿に記されているにちがいないと思い、素早くそれに目をやった。「来社いただき、ありがとうございます。どうぞ、入ってお座りください」

大執事は好意的な笑みを浮かべて応じると、小包を机の上に置きながらこう言った。

「ミスター・モーニントン、いささか後悔しています。あるいは、あなたが担当の仕事だと知っていたら、こんなお願いはしなかったでしょう」

「それは」モーニントンは笑いながら言った。「明確で、冷静で、明晰で、極悪非道な見方ですね。あなたが少しは自責の念を抱いてくれたなら、わたしは優しいと呼べるような心持ちになるでしょう――それは実に原稿に対する感情としては珍しいです」

「作家と出版社の関係は」大執事は述べた。「わたしはいつも、抽象的で非人間的な決闘のようなものだと思っています。そこに感情はない」

「えっ、感情が？」モーニントンは口を挟んだ。「パーシモンズ社長にきいてください。著者たちにも」

「あるんですか？　驚きです」大執事は紐で結ばれた小包に目をやった。まだその紐を持っている。「あのですね」かれは考え込むように言った。「わたしは特になんとも思いませんよ。あなたがわたしの原稿を出版しようがしまいが、だれかほかの人が担当して刊行しようがしまいが、たいしたことではない。わたしに出版する気がなかったら、それは問題です。わたしは本気で思っているからです。その原稿を本にするという考えは健全であると。そして、その必要最低限の活動、つまり出版することで、わが責任は果たされるのです」

「ご自分の原稿を冷静に受け止めていますね」モーニントンは微笑みながら答えた。

「ほとんどの著者は、自分は今世紀で最も重要な作品を執筆したと思っています」

でも、これほど至極重要な著作はない。ご存じ、テニスン卿が詠《うた》う「夜に泣く幼子」ですよ。アリストテレスはそれだけの人物だったのでは?」

「ああ、誤解しないでください」大執事は言った。「わたしもひそかにそう思っているかもしれない――いや、それはない。ひょっとして、あるかもしれない。でも、この本に対するわたしの態度にはなんらちがいはない。イデアに関するいかなる書物で

「まあ、こちらにとってもありがたいです」モーニントンは言った。「どうやら小社で原稿を引き受けるか否か、どちらでもかまわないようですから」

「そのとおり」大執事は答え、原稿の束をモーニントンのほうに押しやった。「ただし、出版されない場合、理由をぜひともうかがいたい」

「その超然とした態度からすると」相手は原稿を束ねている紐を解きながら答えた。「なにか前もって手を打ってあるのですかね。いかなる忌まわしい理由が、このような天空の静けさを打ち砕くことができるのだろうか?」

大執事は両手を組んで双方の親指をくるくるまわした。「人間とは弱きもの。実際、わたしは罪人の中の罪人です。しかし、わたしもまた、神の手の中にある。いかにわたしが言葉が愚かであろうとも、またいかにその言葉を自身で真に受けていようとも、それがなんだというのでしょう?　ふん!　ミスター・モーニントン、あなたは一連の驕り高ぶった著者の相手をしてきたのにちがいない」

「著者と言えば、この刷り見本に関心をお持ちになるのではと思いまして」と言って、モーニントンはジャイルズ卿の『民間伝承の聖なる器』を差し出した。

大執事はそれを受け取ってたずねた。「優れた作品なんでしょ?」

「読む時間がなかったんです。でも、聖杯《グラール》について論じられている箇所がありまして、きっと関心を持たれるのではないかと」と言いながら、脇に置いてある手書き原稿の最初のページにさっと目を走らせた。すると、『キリスト教と国際連盟　カストラ・パルヴロールム大執事ジュリアン・デヴナント著』と読めた。ああ、ありがたい、これで眼前の聖職者の名前がわかった、とモーニントンは思った。

一方、三人目の訪問者は小さな仲間を連れて、ライオネル・ラックストローの部屋に侵入していた。息子のエイドリアンの誕生日プレゼントを買いに街に来たのだが、目的を果たしたあと、予定どおりに夫のオフィスを訪問したのである。このかねてからの取り決め——このような計画はこうした人たちにありがちなように二、三週間前に立てられていた。だが、先週の金曜日に発生した危難がライオネルをよりいっそう不安な気分にしていた。はたして妻のバーバラが現れることで、オフィスに充満している不穏な雰囲気はなんとか浄化されるだろうか。かれは、バーバラ自身が犯行現場に耐えられるかどうか、少し疑問に思っていたが、実際には、殺人事件は彼女にとってほとんど意味を持たなかったからか、あるいは夫の心情を察したからか、彼女は難色を示さずに、きちんとオフィスを訪れた。エイドリアンが日付スタンプに執拗な関心を寄せた数分間は、ライオネルにとって、自分がいそいで引き起こした空想のなかで確固たる現実として感じられた。しかし、バーバラの存在は、ライオネルを完全に幸福にするには、あまりにも反抗的な性質をそなえていた。かれはテーブルに向かって座る妻に、英雄さながらの挑戦的な気概をもってキスをした。ライオネルとバーバラのラックストロー夫妻はなにも知らないわけではなかった。事件に関するかれら夫婦の無頓着ぶりは、そうではないのに無知であるかのようにあからさまに擬態しているだけである。だが、エイドリアンの無知はなにやら建設的だった。ライオネルはこう思った。テーブルの下の死体は、この一点集中型の子供にとっては、不愉快というより退屈で不必要なものなのだろう。死体は空間を占領する単なる物理的な障害物であっても、自由奔放な精神の行く手を阻むものではないのかもしれない。それこそライオネルが必要とするものだった。自分の不安定な思考は重量を必要とするが、世界という影の場所を行き交う猥雑な影のいったいどれを重石として利用すればいいのか、とかれは自身に問いかけた。エイドリアンは日付スタンプから紙屑入れへ、紙屑入れからファイルへ、ファイルから電話へと探求をつづけた。かたやライオネルはモーニントンに電話をかけ、自身の通話技法を披露しようとした。そのときドアが開き、グレゴリイ・パーシモンズが現れた。

「失礼した」グレゴリイ・パーシモンズは戸口で立ち止まって言った。「ほんとうにすまない、ラックストロー」

「どうぞお入りください」ライオネルは立ちあがりながら言った。「こちらはわたしの妻ですから」

「ラックストロー夫人には以前お会いしたことがある」先代社長のパーシモンズは両手を振りながら言った。「でも、そちらのお若い方とは初対面だと思う」と言って、エイドリアンの方へゆっくりと移動した。

「エイドリアン」バーバラが言った。「来てご挨拶をしなさい」

子供が母親の言葉に従順に従うと、グレゴリイ・パーシモンズは片膝をついて重々しく控えめな礼儀正しさで応じた。だが、ふたたび立ちあがったさいには、エイドリアンから目を離さずにバーバラにこう言った。「実にすばらしいお子さんだ！」

「とてもお利口さんです」バーバラはぼそっと言った。「でも、もちろん、かなり手はかかります」

「子供とはそんなものです」グレゴリイは言った。「だが、その見返りがある。息子がいてよかったといつも思ってます。子供のしつけはすばらしい経験です」

「エイドリアンは自分でしているんです、しつけを。残念ですが」バーバラは少し恥ずかしそうに答えた。「でも、すぐにでも親が教え始めなければならないのはたしかですね」

「そうです」グレゴリイはあいかわらずエイドリアンから目線をそらさずに言った。

「忌まわしい仕事です。なにが悪かを教えるのは。でも、どのみちやらなければならない。ダメにするにはあまりにも惜しいお子さんです。かさねて失礼なことを言います――子供ってほんとうにすばらしいと思いますが、子供は大人に会うと、成長したら自分がダメになってしまうと感じるものです」と言って、バーバラに微笑んだ。

「ご主人をごらんなさい、わしを見てください！　わしたちもかつては赤ん坊だったのです」

「まあ、そうですね」バーバラは微笑み返しながら言った。「でも、わたしはライオネルがまったくダメになったとは思いませんわ。パーシモンズさんも」

グレゴリイ・パーシモンズは軽く会釈をしながらかぶりを振り、ライオネルに向き直った。「わしがここに来たのは、ラックストロー、昨日ジャイルズ・タムルティと会ったさい、かれはきみに自著について葉書を送ったが、それをちゃんと読んでくれたかどうか心配していた、ということを伝えるためだ」

「たったいま届けられましたが、なんとか処理しました。ジャイルズ卿は、ある段落を削除してほしかったのです」ライオネルは答えた。

「訂正は間に合ったんだね？」グレゴリイは重ねてきいた。

「刷り見本を見てください。今夜出る刷り見本には、その該当箇所が削除されています」ライオネルは言って、一枚のゲラ紙を差し出した。グレゴリイは礼を述べながらそれを受け取り、赤線の引かれた箇所に目をやった。「ここだ。二一八ページ最後の段落」と言って、かれはしばし通読した。

　廊下を隔てた向かい側の部屋では、大執事が二一七ページをめくり、次のページを読んだ。

「したがって」と書かれている。「これらの証拠と、これまで提唱されてきたまったく不合理ではないと思われる仮説的論法を考慮すれば――将来、新たな事実が発見されれば、この論法は崩れるかもしれないが、それまでは、この分野を不当に支配していると見なされることはないだろう――その聖杯《グラール》は確実に追跡され、その彷徨をたどることができ、現在、ファードルズの教区教会に安置されていると言えるほどだ」

「なんたることだ！」大執事は言った。そして、「そう、その段落だ」とグレゴリイ・パーシモンズは言った。そして、しばし双方のオフィスに静寂が訪れた。

　大執事はじっくり考えた。自分はファードルズにあるめったに使用されない杯《カリス》に関して調べたが、実はこれまでなにか新事実が発見されたわけではなかった。前任の教区牧師が死去する一、二年前、近隣の非常に重要な人物――ヴァーサ王立勲章《KVO》や殊勲《D》従軍《SO》勲章、その他数多くの功績をなしたジョン・ホレイショー・サイクス＝マーティンデール卿が亡くなっていた。この偉大で善良な人物の確固たる聖職者精神を記念して、かれの未亡人は祭壇備品一式と祭壇の皿を教区教会に贈った——それまで使用されていたのは、年代ものだが不揃い品で、もっともよいものは銀製の皿《パテナ》と杯《カリス》だった。それら祭壇の古い備品は未亡人からの新たな贈与品のおかげでお役目御免となった。だが、大執事が牧師館と教区を引き継いださい、前任者の使用していた祭壇品にこだわった。かれは、その古い銀製の杯《カリス》を何度か入念に調べ、友人たちにも見せたが、特別な調査をする理由もなく、そうすることも容易ではなかった。しかしながら、新たな提言がその杯《カリス》に対して新規な興味を抱かせた。大執事は、モーニントンに二一八ページの段落に注意をうながそうとしたが、気が変わった。本が刊行された暁には、自分は時間をたっぷりとられることになる。つまり、あまりにも多くの人々が杯《カリス》のことを知り、その結果、自分は非常に複雑な状況に対処しなければならないかもしれない。多くの人々が、こうした外観や物質的なものを過度に重要視している。大司教が乗り出すかも？　また、考古学協会や——おそらく心霊研究協会の人々も。どうなるのかだれにもわからない。口を閉じて静観したほうがよい。

「この著作が出版された暁には、ぜひ入手したい」大執事は声を張りあげた。「ミスター・モーニントン、一冊送ってもらえますか？」

「でも、そのためにお見せしたのではありません。あなたがおもしろがるかなと思っただけです」モーニントンは言った。

「とても興味があります」大執事は認めた。「ある意味では、もちろん、聖杯《グラール》が重要なのではありません――それは聖別されたワインの注がれた杯《カリス》の象徴であって現実味は薄い。しかし、物質的なものがそうであるように、聖杯《グラール》もまた、それが使用された瞬間や、何世紀にもわたるその冒険の激しさのようなものを吸収していると考えられます。その意味で、わたしにはよろこびであり、熱望さえします」かれははっきりと付け加えた。「その歴史を学ぶことを」

「まあ、お好きなように」モーニントンは答えた。「わたしはあなたを誘惑したり、脅したりして、業績不振なパーシモンズ社のポケットに金が入るようにしているわけではありませんからね」

「言うまでもありません」大執事は帰ろうとして立ちあがりながら言った。「そもそも、なぜ自分が誘惑されたり、脅されたりしなければならないのです?」

「ことに出版社の編集者によってね」モーニントンは微笑みながら言いたした。「では、できるだけ早く手紙を差しあげます、ミスター・デヴナント。四十日後ぐらいに。たいていの作家にとっては受難の四旬節ですが、あなたにとっては三位一体の祝日とかわらないでしょう」

大執事は厳めしくかぶりを振った。「人はとても弱いものです、ミスター・モーニントン、わたしは善行を積んでいるつもりですが……どうなることやら。もちろん、そんなふうに思うなんて、とても愚かなことです。では、さようなら、そしてありがとう」

　モーニントンは大執事のためにドアを開け、かれのあとから廊下に出た。そのまま進むと、グレゴリイ・パーシモンズとラックストロー一家がスティーヴン・パーシモンズの部屋の前の踊り場にいるのが目に入った。ついでグレゴリイがバーバラに話しかけるのが聞こえた。「ええ、そうしたほうがいいです。ラックストロー夫人。子供たちになにを望み、なにを目指すべきかを教えることはできない。子供たちの心はわからないのだから。しかしいくつかの規則を示すことで、なにをしてはいけないかを教えることはできる。あやまちを犯すことを恐れなさい——わしはそのようにスティーヴンに言い聞かせてきました」

「かわいそうに《ル・マルール》！」モーニントンは一団に頭を下げながらつぶやいた。そして同じ笑顔でもグレゴリイに対しては敬意として、またバーバラには親愛の情として表した。大執事の足が一瞬、最初の階段の上で迷ったように動きを止めた。しかし、戻ろうとしたとしても、気を変えたようだ。そのままモーニントンと連れ立って表玄関へ進んだのだから。

「ええ」バーバラは通り過ぎるモーニントンに気を取られながら言った。「そうでしようね」

グレゴリイは話題を変えた。「もう休暇の予定は決めたんでしょうね。どちらへ行かれるのです?」

「えーと」ライオネルが答えた。「今年は遠出をするつもりはなかったんです。でも、エイドリアンがひと月ほど前に軽い麻疹《はしか》にかかりまして、それで療養のために旅行することに決めました。ただ、どこも予約でいっぱいで、このままではどこにも泊まれそうにありません」

「押しつけがましいようだが」グレゴリイはためらいがちに言った。「ほんとうに宿泊所が必要なら、わが家の近くにコテージがある。実は、わしの敷地内にある物件だが、いまのところ空家だ。もしよければ、どうぞ」

「ミスター・グレゴリイ、なんてすばらしい方なんでしょう!」バーバラは声を張りあげた。「ありがたいわ、まさに渡りに船です。ところで、どちらにお住まいですの?」

「田舎ですよ」グレゴリイは答えた。「ハートフォードシャー州です。ファードルズという小さな村の近くです。実は、そちらに引っ越したばかりで。元はレディ・サイクス=マーティンデールのものでしたが、彼女は健康のためにエジプトに行くように医者に言われたんです。で、わしがその家と土地を買い取りました。だから、わしにとっては未知の領域なんです。わしとエイドリアンとで探索できるでしょう」

「なんてすてきなんでしょう！」バーバラは言った。「でも、ほんとうにいいんですか、ミスター・パーシモンズ？　都会から逃げ出したかったんですが、あきらめかけていたんです。ほんとうによろしいの？　ご迷惑では？」

「かまいませんよ、そこで少しあなたがたとお会いできれば」グレゴリイは請け合った。「そして、エイドリアンがわしをかなり気に入ってくれたなら」かれは少年に微笑みかけ、「あなたとご主人は……」と言うと、最後は手振りで、ラックストロー夫妻に小旅行への門戸を開いた。

「ご親切にどうもありがとうございます」ライオネルは口を開き始めた。

「よしなさい、たいしたことじゃない」相手は応じた。「空いてるコテージがあるから、どうぞお使いください、というだけのことだ。コテージについては、のちほど文書で知らせる。いつ来られるかな、ミスター・ラックストロー？　七月？　一週間か二週間後に書こう。では、わしはコテージの様子を見に行かなければならん。おやすみなさい、ラックストロー夫人、五週間後くらいにまたお会いしましょう。おやすみ、エイドリアン」と言って、腰をかがめながら小さな手を握った。「おやすみ、ミスター・ラックストロー。コテージに来てくれることになってうれしいよ」グレゴリイ・パーシモンズは大きく手を振って立ち去った。

「なんて神々しい人なの！」バーバラは階段を下りながら言った。「エイドリアン、ねえ、ほんとうに家族旅行に行けるのよ。田舎に行きたいでしょ？」

「田舎って、どこ？」エイドリアンがきいた。

「あら、あっちのほうよ」バーバラは答えた。「通りのずっと向こう側。野原があって牛がいたりして」

「牛はきらいだよ」エイドリアンは冷ややかに言った。

「たぶん見かけないよ」ライオネルが口をはさんだ。「すごく運がよかったな、バーバラ」

「言うことなし、とってもすてき」バーバラは大喜びして言った。

「新しい電車を持って行ける？」エイドリアンはたずねた。好きなもの、必要なもの、手放したくないと少しでも思うものはなんでも持っていっていいという両親の許しを取っておいたほうがいいという考えが頭の中で渦巻いていた。かくてラックストロー一家は六月の蒸し暑い夕暮れどきの外に出た。

第四章　最初の聖杯《グラール》奪取計画

カストラ・パルヴロールム大執事は翌朝、ファードルズの村の教区牧師館に戻った。そこで職務整理をしてから数日間の休暇を取ることになっていた。書斎で一、二時間過ごしたのち、突然立ちあがり、牧師館を出ると、庭と教会堂を通りすぎ、小さなノルマン様式の教会に向かった。モーニントンのオフィスで読んだ記事の記憶が、その教会に近づくにつれて、より強烈に思考を占有していく。ジャイルズ卿の言うとおりなら、聖杯《グラール》はだれにも気づかれぬまま、そこの聖具室に置かれていることになる。これまで大執事が興奮したところを見た者はいない。ボーア戦争のさい、同僚の手助けをして新兵募集の集会を解散させたときでさえも。そのとき友人たちの懇願に屈したように、今でさえ自分自身に負けそうだ。かれは、心底の熱意からというより、むしろしつこい訪問者を適当にあしらうような軽い気持ちで小道を進んだ。

教会はいつもと変わらず、早朝の礼拝から夕暮れまで開いていた。そのとき、聖堂番は大執事の薔薇の手入れをしており、ファードルズは幹線道路からはずれているので、外来者が訪れることはめったにない。実際、ファードルズは教会から少し離れたところにあり、最寄りの家は四分の一マイルほど離れていた。村のメインストリートはそこからさらに四分の一マイルほど先である。鉄道の駅を正三角形の頂点とすると、底辺のふたつの角に村と教会がそれぞれある。その正三角形の底辺と向かい合うような位置に似たような三角形が形成されているが、それが今は亡きジョン・ホレイショー・マルティンデール卿の所有地だ。屋敷――〈仲間《カリー》〉と呼ばれており、したがってそれは大執事には密やかなよろこびを、生来世間知らずのジョン卿には気楽な場所を意味した――は、敷地の中央に建っている。無駄に広大で、築何年なのか、いつの時代の様式なのかもわからない大邸宅である。その二つ目の正三角形の頂点に、グレゴリイ・パーシモンズがライオネルに話をした空き家のコテージがあった。

大執事は教会に入り、聖具室《ヴエセル》に向かった。そして、丈のある年代物の箪笥《たんす》の鍵を開けて、収納されている神聖な器を取り出し、教会内に戻って祭壇に置いた。ついでそれをよく観察した。

かなり古い。見ただけでわかる。簡素きわまりない。あきれるほどだ。容器部分の深さは十五センチほどで、それに見合う脚が付いている。その細長い脚は、下方に向かうにしたがって太くなり、最終的に小さな台座に連なっている。全体の丈はおよそ四十センチ。大執事が見たかぎりでは、いかなる印も装飾もない。ただし、縁の下に一センチほどの線が入っている。その杯《カリス》は、かれのわかる範囲では、銀製で、あちこち少しへこんでいるものの、まだまだ使えそうだ。それは祭壇に置かれていたが、さながらレディ・サイクス＝マーティンデールが悲しんで後任牧師の聖具室を新しい金の杯《カリス》で豊かにするまでの長きにわたって毎朝、そこに据えられているように見える。大執事は立ったまま、その杯《カリス》についてじっくり考察した。

もちろん、ありえないことではない。大執事はジャイルズ卿の記述を正確には覚えていなかった。それには考古学者が聖杯《グラール》をエルサレムからファードルズまで追跡した経緯が記されていた。すなわち聖杯《グラール》は、ここでは普通の伝承があちらでは地元の噂話として囁かれ、あるいは印刷された断片や未発表の写本に言及されていたり、さらには古いタペストリーの端切れや遠く離れた市庁舎の彫像として表象されていたりする。しかしながら大執事は、それらすべては奇妙にも整然とした絵空事にすぎない可能性があるとはっきり理解していた。だから器《ヴェセル》そのものを重要視することはなかった。しかし、頭の片隅では意識していた。そうした空想になんらかの真実が潜んでいるとしたら、多くの人がその種の絵空事を重大視するかもしれない。眼前の物体が聖杯《グラール》だとしたら、人はどうするだろう？　少なくとも教会職員の手にわたってよかった。またありがたいことに、教会職員でもできないことがある。たとえば、教会の祭具を売却することは禁じられている。しかし、大執事は自問した。大富豪に売り払ってなにが悪い？

その器《ヴエセル》を聖具室に戻そうとしたが、しばらくたたずんで思案した。やがて考えを変え、キャビネットに鍵をかけて祭壇に戻った。「ああ、愛しき主《しゅ》よ」かれはいささか声を張りあげた。「汝のものであるならば、この器《ヴエセル》を我のもとに留めさせたまえ、これまで汝が手にしておられたのなら、今度は我に譲らせたまえ。もしそうでないのなら、主のためになおも我に礼節をつくさせたまえ。憐み深き主よ。この器《ヴエセル》が汝のものであったとしたら、すなわち汝が触れたのですから」と言って微笑むと、杯《カリス》を手に取って牧師館に戻った。

そして快適な寝室に直行した。内扉を開けて小部屋に入る。おそらくかつては更衣室だったと思われる。今はパレットベッドと固い椅子が二脚、テーブル、ひざまずき台だけが置かれている。壁には十字架だけがかけられている。片隅の小さな棚に本が数冊並んでおり、テーブルの上にも何冊か置いてある。天井の低い壁に取り付けられている窓からは、教会に面した墓地が見える。大執事は炉棚に重荷を下ろし、それを一、二分眺め、つぶやくように祈りを唱えてから昼食に向かった。

昼食後、大執事は庭を軽く散策した。かれは自分の休暇中に代行を務める牧師を徹底的に嫌っていた。その人物は高齢だが、臨時収入が必要なために明日からここにやって来る。大執事は、その長身痩軀で文句たらたらのおしゃべり好きな役立たずの牧師が、自分の椅子に座り、自分のベッドで眠ると考えると、かすかだが確実に心が痛んだ。自分の椅子やベッドだからということより、このような気配りの行き届いた心地よいものが無能な人間の不毛な侵略にさらされるのは恥ずべきことだと思ったのだ。大執事は片手を伸ばして花に触れてから、それを引き抜いた。「感情的になっている」かれは自分に対して思った。「椅子は善意に満ちている、あるいはベッドはよろこんでもらいたがっている、そのようなことがわたしにわかりようがあるだろうか？そうかもしれないし、そうでないかもしれない。かれらの命は、神のうちにキリストとともに隠されている。ああ、すべての神々のうちの〈大いなる神〉に感謝しよう」かれは静かに唱えた。「主の慈しみは永遠にあれ」

「ミスター・ダヴェナント？」背後で声がした。

大執事は、ちょっと驚いて振り返った。かすかに見覚えのある大柄な男が庭の門の向こう側からこちらを見ている。

「あー、はあ」大執事はあいまいな返事をした。「ええ、そうです。ダヴェナントです」

「大執事殿、そう呼ぶべきでしたね」相手は快活につづけた。「声をかけてすぐに、自分のまちがいに気づきました」

「いや、かまいませんよ」大執事は応じた。「わたしに会いたかったのですか？　お入りになりませんか?」と言って、見知らぬ相手のために門を開けた。

その男は感謝の言葉を述べると、つづけて言った。「ええ、会いたかったんです、かなり。わしはパーシモンズ。グレゴリイ・パーシモンズです。先だって、〈カリー〉を購入しました。あなたのお隣さんになったわけです。でも、村の噂では、あなたは明日、出かけてしまわれるとか。ですから今日は、単にご近所挨拶に来ただけではないのです」

「なにはともあれ」大執事は小声で言った。「こちらに来て、すわりませんか?」かれはガーデニングシートを指さした。

「ああ、そこに、いいですね」グレゴリイ・パーシモンズは応じた。そして、「ありがとうございます」と言って差し出されたタバコを受け取った。「実を言うと、大執事殿、わしは物乞いとして来たのですが、乞食ではありません。他人のための物乞いでありまして、自分のためではありません」

大執事は眼鏡に触れた。パーシモンズという名前は、前日モーニントンの務める出版社を訪問したことを思い出させた。そして、いま自分が耳にしている声は、子供のしつけについてアドバイスをしていた男の声かと自問した。なにやら腹立たしい。大執事は、子供のしつけという言葉が嫌いだった。

「わしは、ある司祭と知り合いなんです」グレゴリイ・パーシモンズは話をつづけた。

「かれは祭壇用家具をものすごく必要としています。特に聖なる器《ヴェセル》を。新たに立ちあげる伝道教会のためです。ところで、ここに来る前、わしは周辺で何人かと言葉をかわしました――熱心な信者の食料雑貨店の主人や聖歌隊の少年などです。かれらの話から推測すると――まちがっていたら、そう言ってください――ここの教会にはほとんど使われていない杯《カリス》がいくつかあるらしい。ならば、今ではレディ・サイクス＝マーティンデールから贈呈された新しい祭壇用具一式があるのですから、不用な古い杯《カリス》を格安で譲っていただけないでしょうか、わたしの友人のために？」

「なるほど」大執事は言った。「ええ、そうですね、おっしゃることはわかります。しかし失礼ですが、パーシモンズさん、新しい杯《カリス》の方が、なんというか――〝復活〟品よりよいのでは？」かれはグレゴリイに控えめな微笑みを浮かべた。そして内心では、キリストの別称を口にしたことに笑みを漏らしていた。

「あのですね」グレゴリイ・パーシモンズは言った。ゆったりとくつろいだ様子でタバコを吹かしている。「友人は祭壇用に新しい家具を好んではいない。かれは蓄積された力と集中された神聖さについて、ある種の理論を持っているのです。神学者ではないわしには理解できない。しかし、その理論のおかげで、かれは長年使われてきたものに愛着を抱くのです。たぶん、あなたにはその気持ちがおわかりでしょ？」

「ええ、わかります」大執事は言った。「けれど、今回の場合、そちらの期待にはそえません。杯《カリス》を手放すことはできない」

「おっしゃること、ごもっとも」相手は答えた。「わしはまとはずれな言い方をしてしまったようです、大執事殿。でも、考え直してくださると思います。もちろん、わしはよそ者ですが、ここの生活の一端なりとも感じたい。その杯《カリス》を友人のために購入することで、ある種の魅力的な興奮を送ってやることができたらと思ったんです。そして、もしあなたが望むなら、よろこんであなたのために代わりの新品を買って持ってきますよ……思ったんです、よくわかりませんが……わしはそう思った……」

声がしだいにしぼんで小さくなった。かれは庭を眺めながら物憂げに座っている。内気だが善良で、少し不器用だが真面目で、新しい環境で自分の居場所を見つけようとしている引退した都会人であり、知らないがゆえに無作法になってしまう話題には触れないように気づかっているようだ。大執事はグレゴリイを一瞥し、一分間の沈黙ののち、かぶりを振って言った。「いいえ。申し訳ありませんが、ミスター・パーシモンズ、その杯《カリス》は売り物ではありません。でも、あなたのためになにかできるかもしれない。この先、八マイルほど行ったところに教会があります。まさにあなたが望むようなものがあると思います。最近、聖母マリアのための小さいチャペルに祭壇を設置し、同時に主祭壇の器《ヴェセル》も取り替えたのです。都合、ふたつも新しいのを購入したようです。牧師がまだ古いものを手放していないなら、かれこそがあなたの取り引き相手です——かれは一週間前に着任したばかりですが、それ以前はわたしがその教会に勧めていました。よろしかったら紹介状を書いて差しあげます——人の好《よ》い牧師ですよ。旧家ラシュフォース一族のひとりです。かれらはハーバート家の傍流です。古き良き英国国教会の家系と言えます。クリスチャンネームはハーバート——とても愉快な男です。教会の行事に献身的な人でもあります。四旬節の断食とかその手のことに。懺悔《ざんげ》罪の告白も聞くそうですよ。けれど、わたしはせきたてられでもしないかぎり、懺悔には耳を傾けたくない。むろん、そんなことはどうでもよい。どのみちわたしにはなにもできない。それが信徒職としての大執事の良さです。しかし、この役職にはある種の威信や名声などがついてきます。それをかれに誇示したくはありません。まあ、そんなことをここで言ってもしょうがないのですが。ハーバート・ラシュフォースです、はい、紹介状を書きますよ。いや、それよりもっといいことがある——あちらに出かける用事があります、あったかな？　うん、あります——今晩。わたしからかれに電話して聞いてみます。まだ持っているのなら、あなたによろこんで譲ってくれるでしょう。気にすることは少しもありません——かれは裕福ですから。かれが明日、〈カリー〉に届けてくれますよ、たぶんそうするでしょう。もちろん、あなたが個人的に受け取ることを望まないとしても、かれからあなたの友人に直接送ってもらうこともできる。その友人の教会はどこにあるとおっしゃいました？」大執事は万年筆を手にすると、膝の上に紙を置き、愉快そうにかついぶかしげにグレゴリイ・パーシモンズを見つめた。ふたりの周囲では花々が優しく揺れ動いていた。

グレゴリイ・パーシモンズはちょっとあっけにとられた。大執事が古い杯《カリス》を手放すのを拒む理由が思いあたらなかったからだ。それでもまだかれは、万が一面倒があるにしても、件《くだん》の杯《カリス》がどのようなもので、どこに保管されているのかを確認することができると思っていた。すると突然、まるでファードルズの反対側の州に飛ばされて、すぐには戻る方法が見つからないような気がして途方にくれた。そこで一瞬、架空の聖職者の友人をファードルズ出身にしようと考えた。地元生まれにすれば恩恵を得られると意図したのだが、それは危険すぎると思い直した。

「ああ、いや」グレゴリイは言った。「さしつかえなければ、友人の名前は伏せておきます。必要な用具を買えないことをむしろ恥じているかもしれないし。だから、わしとあなただけで、ほかの人を巻き込まずに内密に解決できれば、そのほうがずっといいと思ったんです。聖職者は自分が貧しいことを認めたくないんですよね？　だから——」

くそっ！　また同じセリフを繰り返すのか、とグレゴリイは思った。しかし、大執事の見事に丸い顔にかかっている金色の眼鏡が真剣にこちらを注視している。また、これまでふたりのあいだにたえまなく言葉が飛びかっていたのに、いまでは気まずい沈黙が降りている。「ええと」かれは深淵を飛び越えようと努めながら言った。「譲っていただけなくて残念です」

「でも、わたしは提供すると言っているのですよ」大執事は言った。「ファードルズにある古い杯《カリス》が、特に欲しかったわけではないでしょ？」

「わしがこれから住もうとしている場所にあったものをいただければと思っただけです」グレゴリイはそう言って、突然こう付け加えた。「友人と別れるとき、なにか良いものを贈りたいと思った。最高級品で威光があり、より馴染みのあるものを」

「でも、祭壇用の杯《カリス》の話をしていたじゃないですか」大執事は当惑した様子で反論した。「どういう意味ですか、ミスター・パーシモンズさん——絶品で権威があってなどというのは？」

「その杯《カリス》のことです」グレゴリイは答えた。「たしかにそれは……」

大執事は人なつっこく笑いながらかぶりを振った。「いや、ちがいますね。そうじゃない。たんなる杯《カリス》なのではない。というのも、それが聖杯《グラール》そのものだった場合」かれは万年筆にキャップを被せ直して片付けながら、思慮深げにこう言いたした。「あなたには見分けがつかないでしょう」かれは立ちあがった。いささか気落ちしていた。うかつにも聖杯《グラール》のことを他人に口走ってしまったからだ。「ともあれ、お詫びしなければなりません。でも、ご理解いただけるでしょうが、わたしには片付けなければならない仕事があります。なので、明日、ラシュフォース牧師のところに行きます。お許しいただけますか？　かれに話をしましょうか？」

「ご親切にもそうしてくださるのなら」グレゴリイは答えた。「ああ、いや、手間をとらせるわけにはいきません。自分で会いに行きます。あなたの名前を出してもいいですか？　ええ、むしろそうしたほうがいいですよね。それではお邪魔しました、大執事殿」

「ごきげんよう」大執事は応じた。「戻りましたら、またお会いしましょう」

大執事は門まで付き添いながら、グレゴリイ・パーシモンズとなごやかに談笑した。しかし、その突然の来訪者が立ち去ると、ゆっくりと牧師館のほうに戻りながら、さきほどまで相手とかわした話を熟考した。最近、困窮している伝道教会があったか？　先ほどの来訪者は、その教会の後援者なのか？　それに杯《カリス》？　ありうるとさえ思える。バカげた古文書学者の幻想的な夢の中では、ランスロットとガラハッド、そして幽玄な乙女たちが紋章と象徴と宗教に彩られた古風なページェントの中で躍動し、かれら円卓の騎士の長きにわたる探索の旅やキャメロットの願望、サラスの使者などが物語られる。それらの根幹をなすエルサレムの聖遺物はイギリスの村に放置されたまま眠っているはずだ。「ファードルズ、カストラ・パルヴロールム、すなわち〈子供たちのキャンプ場〉。まさに〈神の子〉自身の安息の場ではないか？」と思いながら、大執事はふたたび牧師館に入り、自分に言い聞かせるように唱えた。「驚くべきことをなさるお方。主の慈しみは永遠にあれ」

この教区では、毎朝七時に礼拝を行う。夏には信徒の小集団がやってくることもある。その前、六時四十五分ごろになると、大執事は慣習によって朝の祈りを公に唱えることになっていた。週に一度、木曜日の朝、かれは教会の管理人に手助けしてもらった。その他の朝は、自分ひとりで行った。しかし、管理人が寝坊することが多くなったので、大執事は教会の鍵を自分で管理するほうがよかった。翌朝の六時半ごろ、大執事は鍵を手に西門を訪れた。しかしながら、扉を見て驚き、立ち止まった。錠がはずされていたのだ。しかも、扉は引きはがされて反対側の壁に立てかけられていた。大執事は扉を凝視し、近寄って観察すると、急いで教会内に入った。数分後には、被害のあらましがわかった。洗礼盤の近くに設置されていたふたつの献金箱――〈貧者〉のための箱と〈教会〉のための箱――も開けられ、中に現金が入っていたとしたらだが、略奪されていた。祭壇の燭台は投げ飛ばされており、そこに置かれていた蠟燭は粉々に砕かれ、祭壇の飾り布は引きはがされていた。聖具室ではキャビネットの鍵が壊され、故ジョン卿を記念する金の杯《カリス》が金の聖体皿《パテナ》とともに失われていた。白壁に印がいくつか殴り書きされていた――「男根」大執事はかすかな笑みを浮かべてつぶやいた。正面扉に戻ると、管理人が教会堂の門の前にいた。その先の歩道では、教区の敬虔な婦人ふたりが安全を期して立ち止まっていた。大執事はみなに急いでくるように手招きし、かれらが到着したところで状況を伝えた。

「でも、大執事――」メジャー夫人が叫んだ。

「でも、ミスター・ダヴェナント――」ウィロビー夫人は年齢とファードルズの住民権所有の年月の長さにおいて近隣の女性のだれよりも勝っていたので、大執事を個人名で呼ぶことを自らよしとしている。そして、「いったいだれが？」とメジャー夫人と声を合わせて言った。

「ああ！」大執事は穏やかに言った。「これは実に興味深いではありませんか？」

「冒瀆では？」メジャー夫人は言った。

「浮浪者でしょうか？」ウィロビー夫人は言った。

「トウロウがいたら調べさせるのに」教会管理人はきっぱりと言った。「でも、かれはウェスレー派メソジストを自称しているので、この惨状の犯人を見つけたいとは思わないでしょうね。わたしが行って、かれを引っ張ってきましょうか？」

「わたしのところに弟が滞在しているとは、なんと幸運なことでしょう」メジャー夫人が声を張りあげた。弟は海軍にいて、犯罪には慣れていますの。軍法会議の傍聴もしたことがあるし」

ウィロビー夫人は、より広い経験から、すぐに行動を起こすより、もっといい方法があることを知っていた。大執事の目が管理人とメジャー夫人両者の提案に輝いているのを見てとると、彼女は不愉快そうにこう言った。「あらら、ふーん！」最高の聖職者でも、意想外にも宗教について流行の波に乗ることがあるということを、彼女は心得ていた。

「いや」大執事は言った。「メソジストのトウロウに依頼することはありませんよ。もちろん、あなたの弟さんがこの破損した扉を検分することにやぶさかではありませんがね、メジャー夫人。逮捕してほしいとまでは思いません。冒瀆は、今日では、司祭が起訴できるような犯罪ではありません」

「でも――」メジャー夫人と管理人が異を唱え始めた。

「緊急の課題は」大執事はよどみなく言った。「朝の礼拝ですよね？　ジェサミン」それが管理人の名前だった。「燭台をどかして、床に散らばっている蠟燭をできるだけかたづけてください。メジャー夫人、飾り布をまっすぐに掛けなおしてください。ウィロビー夫人、他の飾りつけを元どおりになるようにできるだけのことをしていただけますか？　ありがとうございます、感謝いたします。幸い、もうひとつの杯《カリス》が司祭館にあります。取りに行ってきます」と言って、足を踏み出した次の瞬間、動きを止めると、厳かな口調でつづけた。「おそらく、このふたつの箱の中身も盗まれている。わたしたちは回復という名のもとに、この機会をよきものとして利用しましょう」かれは数枚のコインをそれぞれの箱に入れた。いささか気がすすまないながらも、ふたりのご婦人はそれにならった。ジェサミンはすでに祭壇にいた。

大執事は家屋まで歩きながら、可能性について考えた。西側の扉がこじ開けられたということは、単なる浮浪者の侵入よりも深刻な事態を示唆している。浮浪者はこのような窃盗を働くために、わざわざ扉を破壊する工具を必要としない。しかし、不法侵入が流れ者の押し込み強盗でないとしたら、献金箱の現金は目的ではなかったことになる。では、金の杯《カリス》か？　おそらくは、ありうる。もうひとつの杯《カリス》については、世間で噂されている例の伝説の代物だが、モーニントンのオフィスで過ごしたあの二十五分がなければ、自分はなにも知らずにいただろう――その杯《カリス》が狙いなのか？　結局のところ、あの本の著者――名前は？――は、その本のことをだれかれかまわず、コレクターにでも、大富豪にでも、熱狂的な唯物論者にでも話したのかもしれない。しかし、すぐに押し込み強盗をしようとは思わないだろう。遠くに、前日の午後、庭のシートに座って話をしている自分の姿が想像できた。強盗をするだろうか？　それとも購入しようとする？　スティーヴン・パーシモンズ、出版者――『キリスト教と国際連盟』――困窮している伝道教会？　冒瀆行為――男根の落書き。

大執事は、その朝、出かける前に杯《カリス》がたしかにあるのを見た奥の小部屋に向かった。すると、歓迎するような音が聞こえた。戸口で立ち止まったかれの耳に陽気で楽しげな音楽が一瞬響いた。つぎの瞬間には、そこで実際に聞こえたとしても、もはや妙《たえ》なる音楽は消えていた。かれは器《ヴェセル》の前に厳かにひざまずき、それを持ちあげた。これまで典礼において、その種の祭具を厳粛に運んだときのように、かれは祭具と一体化した。そして、その祭具の中心から放射状に広がり、死すべき人類の最終進化形態となった。その感覚は、つぎのものから構成されていた——儀式的な身振り、司祭職、整然として秩序だっていることとの歓喜、伝統的でほとんど普遍的な動作。「これもまた汝なり、同時にこれもまた汝ならざる」かれは声に出して述べ、庭の門まで来て周囲を見まわした。ホールで時計が七時を告げた。庭に入ると、出勤途中の数人の男たちが道にいるのが見えた。突然、前日の午後のグレゴリイ・パーシモンズのように、男が門越しに上半身を乗り出しているのが目に入った。だが、この男は長身痩軀のグレゴリイとは異なり、並みの背丈と体格である。男は教会堂の道にまっすぐ進むわけではなく、門を開けて庭に入ってきた。とっさに大執事は立ち止まった。

「すみません、旦那、ファードルズに行く道はこっちですか?」男は道を指差して言った。

「ええ、そうです」大執事は答えた。「そのまま進んでください」

「ああ、どうもです」流れ者は言った。「ほとんど一晩中歩いていました——行くあても、金もない状態で」かれは数メートル先に立っている。「話しかけてすみません。

良識ある親切そうな方とお見受けしたもので――」

「なにか召しあがりますか？」大執事はきいた。

「ええ、お願いします」よそ者は大執事と杯《カリス》を興味津々に見ながら言った。「二十四時間、まったく飲み食いしたことがない状態を考えてみてくださいよ」と言って、男はさらに一歩踏み出した。

「厨房に行けば、なにか食べ物があるはずです」大執事は請け合った。「教会に行く途中なので、あなたの相手をすることができない。もし話をしたければ、戻ってからそうしましょう」かれは杯《カリス》を持ちあげると、小道を進んで教会付属の墓地を通り抜けた。

大執事は、神の神秘を賛美する儀式を終えたのち、杯《カリス》を慎重に運びながら戻ってくると、それを朝食室の戸棚に隠した。そこに家政婦がコーヒーを運んできたので、見知らぬ男のことをたずねた。

「ええ、旦那様、お見えになりました」彼女は言った。「食べ物を与えました。でも、たいして口にしなかったようです。十分後には出ていきました。ああいう手合いの目的は朝食ではなく、お金です。あの男はあなたに会う気がなかった。わたしは言ったんです、あなたからなにか仕事をもらえるかもしれないって。お金ですよ、あの男が欲しかったのは。仕事でも朝食でもなく」

しかし、大執事は疑問をバカみたいに抱きつづけていた。庭での短い会話のあいだ、ずっと感じていたのだ。流れ者が観察していたのは、わたしではなく、器《ヴエセル》だったのではないか——あのまなざしは現状を認識しようとしているのではなく、対象を記憶に刻み込もうとしているようだった。大執事は九時半発の列車に乗る予定だった。すでに八時半だ。が、乗車時間など問題ではない。かれは臨時代理牧師《ロカム・テネンス》に教会の現状を説明しなければならなかった。それにいまはラシュフォース牧師のところに行かなければならない。グレゴリイ・パーシモンズのためではなく、自身の必要性からだった。そしてなによりも、英国国教会の牧師館の朝食室の戸棚に隠されている、少々傷んだ古い杯《カリス》をどうするか決めなければならない。

まず銀行を思いついた。ついで大主教。しかし、最寄りの銀行は五マイル先にある。そして大主教のいる大聖堂のある都市までは、おそらく三十五マイル離れている。それにどこにいるか知れたものではない。なにしろ精力的で若くて現代的な大主教である。各地の駅や演説の前後に開かれる市民集会の壇上や公衆電話ボックスの連絡などから教区を組織している。この問題を説明するのはまちがいなくむずかしいだろう。つかつかと歩み寄って、こう言う。「これは聖杯《グラール》です。そう信じるに値する証拠があります。まず、ある男が伝道教会のためにこれを購入しようとして、子供たちにはまちがったことをしないように教えるべきだと言いました。ついで、わたしの教会で押し込み強盗がありました。そして、別の男が現れて、ファードルズへの道をたずねました」――それで精力的で若くて現代的な大主教が信じるだろうか？　大執事は大主教のことをかなり気に入っていたが、忍耐強いとも信頼できるとも思っていなかった。

ならば最初に銀行に行き、そのあとでラシュフォース牧師のところに向かおう。一日か二日後に大主教と会う。いや、まずはスコットランドに電報を打とう。大執事は座って文面をしたためた。列車に乗るときに駅から送るつもりだった。杯《カリス》を実際に収納したことのある革袋を探すのに手間取った。聖杯《グラール》――本物だとして――を革袋に安置し、家政婦に「何時になるかわからないが午後には戻ってくる」と伝言を残した。そして、九時過ぎにはホールで帽子をかぶっていた。

玄関ドアがノックされ、家政婦が応対に出た。大執事が肩越しに振り返ると、今朝、庭に侵入してきた見知らぬ男の姿が見えた。

「すいません、ご婦人」よそ者が言った。「ご親切な牧師さんはいますか？　ああ、そこにいますね。朝食のことでわずらわせたくなかったので、ちょっと外をブラついてました。でも、仕事探しを手伝ってくれると言ったことを覚えてるかなと思いまして。職にありつきたいんです。怠けて暮らしたくない」

「その話をわたしにしていたときのあなたには、やる気があるようにはあまり見えませんでしたけど」家政婦が口を挟んだ。

「牧師さんの高貴な精神を無碍《むげ》にしたくなかったんです」流れ者は言った。「でも、牧師さんがわたしにしてくれることならなんでも心から感謝します」

「お名前は?」大執事がたずねた。

「ケジェットです。サミュエル・ケジェットと申します。出征していました。そしてここには――」

「なるほど。ところで、ミスター・ケジェット、申し訳ないが、長話をしていられない。急遽、町に行かなければならなくなったのです。声をかけてください」――あとにつづけようとした言葉を〝今晩〟から〝明朝〟に変更した――「そのとき、わたしになにができるか考えましょう」

「ありがとうございます」相手は不意に緊張した声音で言った。「では、そういうことで。お邪魔しました、尊師」そしてポーチを出て、庭の小道を去っていった。その足音を、大執事と家政婦は聞いていた。

「うじうじしたやつ!」家政婦は言った。「ここで働かせるつもりはないでしょうね。あのような男には虫唾が走ります」

「うん」大執事は言った。「もちろんだよ、あなたの言うとおりだ。さてと、さようなら、ミセス・ラックスパロー。ミスター・ベイツビーが来たら、説明してあげてくださいね。わたしはたぶん、午後には戻ります」

教会堂の反対側の田舎道沿いには田畑と目にやさしい斜面だけが広がっていて、その先二十マイルに位置するノース・ロンドンまで見るべきものはなにもない。大執事は瞑想しながら歩き、ときおり肩越しに振り返った。襲われると本気で思っているわけではなかったが、明確には理解できないなにかが起こっていると感じていた。「人間とはなんとむなしき器かな、おのずとわが身を驚かせるとは」大執事はアンドルー・マーヴェルの「庭」の冒頭の句を引用して、その対句を高潔な器への連想で完結させようとした。そしてようやく思いついた。四本の道が交わる場所に来て、森と呼ばれる空間を通り抜けているときのことである。だが、実際には森ではなく雑木林にすぎない。結果としてひねり出された詩句がこれである。

人はなんとむなしく自らを見損なうことか
杯《カリス》とともにあっても身を損なう！

遠くから自動車が近づいてくる音が聞こえた。車は駅のある方角からとても静かにやって来て、数分後には道の曲がり角に姿を現した。車中でだれかが身を起こして手招くのが見えた。歩みを止めると、かすかに呼ぶ声が聞こえた。「大執事、大執事！」突然、後頭部に衝撃が走り、意識を失った。

車がそばまでやって来た。「急げ、ラディング、ケースだ」ミスター・パーシモンズは、大執事の背後の森からそっと抜け出してきた男に言った。パーシモンズはケースを受け取り、中から杯《カリス》を出すと、車の助手席にあった別のケースに入れた。空になったほうをラディングに返した。「捨てろと言うまで、持っていろ。そしてこの哀れなやつを車に乗せるから手を貸せ。おまえの判断力はすばらしいな、ラディング。狙いあやまたずだ。しかも加減をわきまえている！　大事件にしたくないからな。もう少しこちら側に、ああ、そうだ。たしかブランデーを持ってきたはずだ。大執事をわしのほうに寄せろ」かれは聖杯《グラール》の入ったケースをどかしながら、座席を横にずれた。「それをガソリン缶といっしょに置いてくれるか、ラディング？　よし！　十字路に差しかかるまで慎重に運転しろよ」

しばらくして四辻に出ると、「ケースを溝に捨てろ」グレゴリイ・パーシモンズは言った。「あの茂みの向こうあたりに。すばらしい、ラディング、上出来だ。教区牧師館まで行ったあとで、村か一番近い町まで医者を探しに行ってくれ。わしらは大執事のためにできるかぎりのことをしなければならん、ラディング。大執事は教会に押し入った浮浪者と同一人物に襲撃されたのだ。警察に知らせたほうがいい。よし、そういうことにするぞ」

第五章　薬種屋

大執事は三週間ほど入院していた。その期間、家政婦のラックスパロー夫人の手厚い看護と代理牧師のミスター・ベイツビーのこれみよがしの慈愛を受けた。その人物は、ある理由で牧師館にやってきたのだが、当然のように別の理由で留まるように頼まれたのである。けが人が面会を許されるようになるとすぐに、ミスター・ベイツビーは新約聖書をそれとなく引用して聞かせた。だがそれは、「わたしが病んでいると き、訪ねてくれた」というマタイによる福音書の示唆に富む一節を極端にまで推し進めて、「蛇のように賢くあれ」という同じく権威ある戒めをバカらしいものにしてしまった。かれは、聖職者がもうひとり身近にいるのは幸運なことだ、と医師とラックスパロー夫人が感じていることに勇気づけられて、祈禱書の改訂、教区評議会、十分の一税法などについておしゃべりをしながら、神そのものの香りのする気高くて永遠の雰囲気を病室にもたらしたが、大執事はめまいを覚えながらも平静を装って巧みに感情を押し殺していた。ミスター・ベイツビーが去ったあと、大執事は毎日、アタナシウス信条の教えについて思案した。すなわち、キリストが神であり人であるのは「神性が肉体に変化したのではなく、人性を神のうちにお取りになられたことによる」という教えが救いであり神の目的であると。かれらの話題が神に関することであるのは当然のことだった。大執事は思った。ほかに教区会でなにができる？　しかし、ミスター・ベイツビーに対してこう感じずにはいられなかった。自分たちはいま、神性をより強固にして、最終的には肉体に変化させるための好機を得ているのだと。「愛しき肉体」と大執事は、わが身に生じた仕打ちを悔しく思いながらつぶやいた。

ロンドンでは、スティーヴン・パーシモンズたちが理解するかぎり、殺人事件の捜査は遅々として進んでいないようだった。殺害された男に関しても不明のままだ。身元がわかるような証明書の類はいっさい所持していなかった——ただし、ウェスレー派の教会（名前は破れていて読めない）で開かれる伝道礼拝への信者以外の出席を呼びかける印刷ビラの切れ端がポケットに押し込まれていた。死者は手がかりとなる衣服を身に着けていなかった——シャツやブーツなど、ロンドンで日々どこでも売られているようなものだった。もちろん、身体には細かい特徴があった。それらは識別には役立つが、身元を割り出す助けにはならない。

これまでふたつの通りと屋根付き歩道を往来していた運送業者や事務員、その他の人々が聞き取りを受けていた。かれら十一人は、被害者が犯行現場の建物に入った時刻に、その建物の表通りと裏通りや屋根付き歩道を歩きまわっていたのである。捜査の結果、被害者がひとりで入っていくのを見た者が五人（三人が正面玄関から、二人が通用口からと証言）、老婦人といっしょにいるのを目撃した者が一人、若者といたのを目にしたのが一人、被害者と同じ年恰好の男と連れ立っていたのを見たのが三人、そして被害者がタクシーから降りてやってきたのをはっきりと覚えていたのが一人。しかし、タクシーの運転手に聞き込みをしたところ成果はなかった。結局、その最後の男の目撃談は空想としてかたづけられた。

モーニントンは、出版社社員の身辺調査が行われたのではないかと疑っていた。しかし、もしそうなら、かれはフレッカーの戯曲を引用して雇い主に言った。「捜査は慎重に行われていた」。そうであろうとなかろうと、コルクホーン警部補が捕護したジャイルズ卿に行われた尋問からはたいした情報は得られなかった。

「ラックストロー？」ジャイルズ卿はいらだった様子で、しわの寄った茶色い小さな顔を書き物机から警部補に向けた。「ええ、昼食に来ましたよ、それがなにか？」

「いや、べつに」警部補は言った。「ただ、確認を取りたいだけです。それで、かれはいつ会社に戻りましたか――覚えていればいいですが」

「二時半ごろだ」ジャイルズ卿は言った。「それでいいのか？　かれを捕まえるのに好都合なら、二時ということにしてもかまわんよ。ただしその場合、わたしがかれの絞首刑を見られるように手配していただきたい」

「二時半に帰ったということなら、それで十分です」と警部補。「かれが来ることをだれかに話したりしませんでしたか?」

「ああ」ジャイルズ卿は言った。「首相とキングス・カレッジの比較語源学の教授に話した。それと階下の料理人にも。なんでそんなくだらない質問をするんだ。あんた、わたしが友人たちに、汚らわしい小出版社の社員がわたしの食卓で下品に食い散らかすことを言いふらすと思っているのか?」

「そんな風に思っていたのなら」警部補は怒りを抑えながら言った。「どうして昼食に誘ったのですかね」

「ランチに誘ったのは、わたしの時間をだいなしにさせるよりわたしのテーブルをそうさせたほうがましだからだ」ジャイルズ卿は応じた。「わたしはかれのために無駄な時間を費やさなければならなかった。かれはわたしの著書の図版に関して単純なことを理解していなかったのだ。その問題を昼食で解決した。かれは時間外料金を請求したんじゃないかな。一石二鳥とはこのことだ。食費が一シリング浮き、給料が一シリング増えた。おかげでその晩、かれは女を手に入れることができたんじゃないか。いくら支払うべきだと思いますかな、おまわりさん?」

ジャイルズ卿は頭がおかしい、と警部補は感じた。そしてジャイルズ卿が最後に放った質問は赦《ゆる》しや復讐のおよばない侮辱であったことを確信したのは、それから数時間後のことだった。だがこのときは、無表情で相手を見つめて冷静に答えた。「わたしは既婚者です」

「無料で女を手に入れているということですか？」ジャイルズ卿はたずねた。「ふたりで暮らすほうがひとりより安上がりで、しかもタダでできる？　なんとも脳天気な考えですな。いや、まあ、失礼申した。これから外務省に出向かなければいけない。つづきはタクシーの中で話しましょう。ロンドンのタクシーはそのためにあるのだから。だれかとじっくり話したいときは、昼食後にウェストミンスター寺院でタクシーを拾い、運転手にネルソン・コラムまで行くように告げる。たいていそこでお茶を飲む。ああ、さようなら、おまわりさん。またいつか」

　この会話は効果覿面で、コルクホーン警部補は以前にもましてラックストローを疑うようになった。ところが、どれほど捜査を重ねても、この昼食の話が信用できないものだと証明することはできなかったし、原因不明の失踪事件や法に対する反社会的な言動とさえ、ラックストローを結びつけることはできなかった。借金があるわけでもなく、仕事をして、まっすぐ帰宅するだけの毎日のようだった。もっとも疑わしい点は、ジャイルズ卿との関係だったが、どうやら『民間伝承における聖なる器』の出版業務にかぎられているようだ。警部補はわざわざスティーヴン・パーシモンズを通じて、密かにこの著作の刷り見本を入手して通読したが、成果は得られなかった。
ほかにもモーニントンから大執事に直々に送られた刷り見本があった。完成本が発売される数日前のことである。大執事は、出版社への訪問から四週間後に一通の礼状をしたためていた。

拝啓　モーニントン様

『聖なる器』の新刊見本をお送りくださり、まことにありがとうございます。知的刺激を与えてくれる書籍は、どのような内容であれ、非常に興味深い。特に聖職者、あるいは聖なるものに専門的な関心を持っている人には喜びです。それもとりわけキリスト教の伝統に関係する著作——もちろん、聖杯の歴史に関するジャイルズ・タムルティの研究のことです。

教えていただきたいことがあります、可能であれば——私的なことに触れるのでなければですが。この著作の論説には、あなたに見せていただいた校正刷りにざっと目を通したさい、聖杯《グラール》が特定の教会の特定の杯《カリス》と同一と見られる（ジャイルズ卿の研究の本質が課した制約の範囲内でです）、と断定している段落がありました。わたしは今回も本書を細心の注意を払って読んだのですが、そのような段落が見あたりません。どうか以下の点に関してお答えください。（1）その段落が実際に削除されたのかどうか、（２）削除された場合、理由は特定の杯《カリス》との同一性に関して重大な疑義が生じたためなのかどうか、（３）この件についてジャイルズ卿と個人的に連絡を取ってもよいか？

あなたのご好意によって偶然知ることになっただけのことについて、このようなご迷惑をおかけすることをお許しください。自分の好奇心にいささか恥じいっております。しかし、わたしの職業柄、それは一般に許されるでしょうし、ことに聖杯《グラール》に関してはいたしかたのないことでしょう。

カストラ・パルヴローラムの近くを訪れることがあれば、ぜひとも教区牧師館にお立ち寄りください。わたしは初版本を一、二冊所蔵しています――うち一冊は十字架のヨハネ著『カルメル山登攀』です――興味を持たれることと思います。

敬具

ジュリアン・ダヴェナント

「かれに神のご加護を」モーニントンは椅子に身体を丸めた格好で手紙を読み、自分に言い聞かせるようにつぶやいた。「神のご加護と呪いを！　ライオネルも思い知ることだろう」手紙を机の上に置いて、もう一通の手紙を開いたとき、スティーヴン・パーシモンズ社長がオフィスに入ってきた。いくつか言葉を交わしたのち、スティーヴンが言った。「モーニントン、休暇はいつとるのかね?」

「八月の末に――とりあえず、何日かは」モーニントンは答えた。「日程を調整した結果、ちょうどそのあたりがよかったのです。どこかを少しぶらつくだけですから、必要なら簡単に変更できます」

「実は」スティーヴンはつづけた。「八月の初めに知人たちと南フランスに行くことになった。社内で用事がたいしてなければ、六週間ほど滞在するかもしれない。でも、わたしが不在のあいだ、きみにはここにいてほしいんだ」

「八月の頭――六週間――」モーニントンは小声で言った。「今日は七月五日ですね。では、その前でも後でも、社長の都合のよいときに休暇を取ることにします。ラックストローは来週の金曜日に休暇に入って、今月末には出社の予定です」

「ほんとうにそれでいいのかね?」スティーヴンはたずねた。

「まったくかまいません」モーニントンは答えた。「歩きたいだけ歩き、立ち止まりたいときに立ち止まる。好きなときに、好きな場所で。七月でも九月でも同じです。とにかく、十日か二週間ほどの有給休暇です。残りの休暇は、十月にコーンウォールにいる母のところに行かなければならないので、その時に消化します」

「いまはどうかね?」とスティーヴン。

「では」モーニントンは答えた。「今週の金曜でどうでしょう? もちろん、逮捕されていなければですが。いつなんどきそうなってもおかしくない状況ですし。先日、社長は警部補に呼び出されていませんでしたか？」

「そのとおり、あいつは実にけしからん！」スティーヴンは急に怒りだした。「あの不細工な生き物がここに立ち寄る理由がまったくわからん。寿命が縮むよ、モーニントン、気が気でならない！」と言うと、突然立ちあがり、オフィス内を歩きまわった。

驚いたモーニントンは、相手に気づかれないようにこっそりと眉をひそめた。スティーヴンの動揺が過剰に思えたからだ。もちろん、不愉快なことではある。なにしろ、社長であるスティーヴン・パーシモンズにはアリバイがあった。当時かれが会議に出席していたことは、ロンドンで評判の高い他の出版人すべてが証言している。それにしても、よくある殺人事件かもしれないのに、なぜそんなに激怒する？　だが、スティーヴンは、社員に対して常にそれなりの節度を持って均等に接している。そのうちのだれかが殺人を犯したかどうかを危惧するのは、社長としてよりも個人としての関心の高さを示している。それがまたモーニントンには驚きだった。

「わかります」モーニントンは相手の気持ちを察して言った。「ここで殺されたというだけで、その人を殺したくなりますよね。いつも約束の場所をとりちがえる人がいます。たぶん喫茶店とかそのような場所で殺される予定だったのに――そういう手合いの男ですよ――まちがえてここにきたのでしょう。ところで、警部補はなにか手がかりをつかんでいるんですか？　すでに検視はすんでいます」

「警部補がなにか知っているとは思えないが、確証はない」スティーヴン・パーシモンズは答えた。「もちろん、知っていたとしても、口外する必要は——」

スティーヴンは不機嫌そうに黙り込んだ。

モーニントンは背筋を伸ばすと、立ちあがって言った。「一、二週間休まれてはどうですか？　かなり精神的にまいっているのでは？」

「いや」スティーヴンはドアに向かって歩きながら、「会社を離れるわけにはいかない。その話はここまでだ」と言って、立ち去った。

「だれも口に出してはっきりとは言わないが」モーニントンはそう思いながら、机上の手紙に戻った。「二代目社長のスティーヴンは、〝頭脳明晰〟と呼ばれるような人物では決してない。しかも、自分自身のことさえよくわかっていない」

その日のうちに、モーニントンは〈子供たちのキャンプ〉に返事を書いた。

拝啓　大執事殿
事実、あなたの言及されている段落は、ジャイルズ・タムルティが責了間際に削除したのです。そのことでわたしどもはちょっとした窮地に陥りました。というのも、厳密には出版社の校正刷りは、刊行されるまでは非公開だからです。発売後も同様です。ジャイルズ卿に会ったことのあるこの地の人たちによれば、かれは凶暴なハイエナと猛毒コブラとの混成体にもっとも近い。したがって、わたしはあなたが件《くだん》の段落を覚えていることを公式に確認するのは心苦しい。しかし、あなたは当社において校正刷りを読んだ。わたしたちがあなたに見せたというささいな事実を隠すことができるのなら、ぜひジャイルズ卿に手紙を書いていただきたい。

まるでわたしが不道徳なことを提案しているように聞こえます。しかし、あくまでも、正式に「書け」とは申せませんが、「書くな」とも言えないということです。あなたは、機転を利かせれば、まちがいなく賢明な道を見出すでしょう。個人的には、そうしてほしいと思います。

ご招待ありがとうございます。月末前には、もしかしたら顔を出せるかもしれません。

スコットランドでは楽しい時間を過ごされましたでしょうか?

敬具

K・H・モーニントン

この手紙が書きあげられたとき、ジャイルズ卿のもとにはファードルズからの来客が座っていた。大執事ではなく、グレゴリイ・パーシモンズである。ふたりは控えめなトーンで話していた。まるでそれぞれが相手からなにかをほしがっているかのように。ふたりの交わした会話の内容は、かなり長いあいだ、モーニントンの耳には入らなかったかもしれない。グレゴリイが室内に通されると、ジャイルズ卿はテーブルから素早く立ちあがった。

「で？」ジャイルズ卿は言った。

グレゴリイがかれに近寄りながら言った。「手に入れたよ。思ったより少したいへんだったが、やりとげた。でも、それからどうしようという気にはあまりなれない……。実際、どうするのがベストなのかよくわからない」

ジャイルズ卿はかれに椅子をすすめた。「なにかしたいとか思わないのか？」かれは話しながらまた座った。その小さいが熱心な目は、抑制されつつもかきたてられるような興味を宿した相手を見つめている。かたやグレゴリイは、狡猾な不安げなまなざしで相手の視線を受け止めている。

「まずはほかに欲しいものがある」グレゴリイは言った。「例の住所だ」

「ふん！」とジャイルズ卿。「そんなものはなんの役にも立たんぞ。それよりも、なにか感じたか？　なにか影響を受けたか？」

グレゴリイはじっくり考えた。「まったくないと思う。普通の代物だ――ただ、ときどき奇妙な匂いがする」

「匂いだと？」とジャイルズ卿。「匂いか？　どんな？」

「うーん」グレゴリイは答えた。「アンモニアに似ている。一種の刺激臭。でも、たまにしか匂わない」

「わたしの知っているナイジェリアの食人族の族長も同じことを言っていた」ジャイルズ卿は物想いにふけりながら言った。「その代物のことではないし、もちろん、アンモニア臭でもない。それは、部族の伝統的なタブー——呪術師の乾燥させた頭のことで、部族に吉兆をもたらすとされていた。族長は、食べ残しの敵の臓物を焼いて始末するときのような匂いがすると言ったのだ。興味深い——浄化という概念では同じだ」

グレゴリイは鼻先でせせら笑った。「アンモニアを大量に使う必要があるんだな。でも、アンモニアとか聖書とか、そういうものを使うのは神様らしい」

ジャイルズ卿は話を元に戻して、「で、それをどうするつもりだ？」と用心深くたずねた。

グレゴリイは相手を見た。「気にするな。というか、なぜ知りたい？」

「その手のことについては知りたがり屋なんだよ」ジャイルズ卿は答えた。「つまるところ、あの段落を削除したのは、あんたに頼まれたからだ。あんたが冒険譚を話してくれるか、その成果を自身で見せてくれるということを条件にな。あんたは狂いかけている。わたしはそんなあんたを見ているのが好きなんだ」

「狂ってる？」グレゴリイはまたもや鼻先で嘲笑った。「人はこんなふうには狂わない。わしの妻や息子のスティーヴンのような人間は狂う。だが、わしは狂気におちいらずにすむものを入手した。すべてはわが掌中にあるのだ」かれは伸ばした両腕を、とてつもなく重々しい仕草で押し下げていった。まるで宇宙を押し広げるかのように。

「しかし、軟膏《なんこう》はほしい」

「手を出さないほうがいい」ジャイルズ卿はいたずらっぽく言った。「厄介なものなんだよ、グレゴリイ・パーシモンズ。ベイルートのユダヤ人が試してみたが、正気に戻らなかった。不浄な獣のようになり、道がわからないと全裸で叫んでいた。四年前のことだ。いまだに同じことを叫んでいるらしい、死んでいなければだが。またバルパライソにはもう一人、叫び声を上げながら聞こえなくなるほど遠くまで行った男がいた。すぐに死んだよ。飲み食いすることさえ忘れてしまったからだ。むりやり口に含ませようとしたが、うまくいかなかったようだ。そいつは普段から病気がちだった。手をださないほうがいいぞ、グレゴリイ」

「だいじょうぶだと言ってるだろ」グレゴリイは言った。「あんたは約束したじゃないか、タムルティ。約束したんだ」

「おいおい」ジャイルズ卿は言った。「それがどうした？　約束したとかしないとか、あんたが望もうが望むまいが、そんなことはどうでもいい。わたしが考えているのは、もっと得るものが――」と言って、急に話をやめた。「いいだろう。住所を教えよう。フィンチリイ・ロードのロード・メイヤー・ストリート九四番地。タリー・ホー・コーナーの近くだと思う。いろいろとかなりお上品なところだ。バルパライソの男は弁護士だった。中流階級でこそ、こうしたことをもっとも容易にできる。下層階級には金も時間も知性もない。そして、上流階級には体力と知性がないからな」

グレゴリイは、その住所を書き留めながらうなずいた。そして書き物机に置かれている時計に目をやった。それは金の台座に据えられた〈栄光の黒い手〉に心地よさそうに支えられている。「今日は時間がある。すぐに行こう。売ってくれるのだろうな？　うん、もちろんそうするとも。その光景が目に浮かぶ」

「手間が省けるぞ」ジャイルズ卿は言った。「わたしの名前を出せば。かれはギリシャ系だ。だが、名前は忘れた。さほど多くの名を使い分けているわけじゃないが。ところで、いいか、パーシモンズ。このふたつはあんたがわたしから入手したものだ。わたしはその見返りをいっさい受けていない。あんたはいっそのことわたしにガーゴイルを孵化させる場所をたずねたほうがいいくらいだ。ユニバーシティ・カレッジで講演があるから、月曜まで戻ってこられない。来週の水曜日に行く。駅は？　ファードルズ？　午後一番の都合のいい列車を葉書で教えてくれ」

グレゴリイ・パーシモンズは、「ああ、そうする」と通り一遍の口約束をして、できるだけ早くその場を立ち去った。一時間後にはロード・メイヤー・ストリートを探していた。

ジャイルズ卿に語り聞かせられたのとは異なり、実際はそれほど社会的地位の高い住宅街ではなかった。かつてそうであったことはまちがいないが、今は別の社会的地位へ移行する途中で、良識というふたつの高みに挟まれたいかがわしい谷間にある。ひどく汚れたかなりの数の子どもたちが道路で遊んでいて、プライバシーなどあったものではないが、だれも気にしていない。みすぼらしい内実が窓から漂っているが、まだ卑俗さとは真っ向からいたずらに争うほどではない。それは地獄の淵に現れるヘドロのようなテラスにすぎず、獣じみていると称するのさえおこがましい。しかし、悪臭を放つ粘液物質はまだテラス上に滲み出ているだけで、下の深みにはカビ臭い偽善の薄雲が広がっている。

ひとつの道の端には三軒の店が分厚い汚泥の中に身を寄せ合っている。角の食料雑貨店がまだ多少は残っている品格を数メートル先のフィンチリイ・ロードに掲げている――シャルルマーニュ大帝に向かって吹かれる聖騎士ローランの角笛のように。通りの奥にはパブがあり、介在する腐敗をそのうち変化させるかもしれない新たな規範の良識とモラルが集まることを告げている。先の食料雑貨店の隣はスイーツ専門店である。薄汚れた「ＡＤＢＵ ＯＣ Ａ」の白い文字がチャームポイントになっていて、ショーウィンドウには普通のチョコレートよりもさらに肉体的な快楽をそそる板チョコが陳列されている。その隣が最後の店、薬種屋だった。ショーウィンドウはだいぶ前に割られたようで、製造された時点ですでに汚れていたのにちがいないガラスで適当に補修されている。透明さと薄汚さが同居していることを暗示しているようだ。あるいは、窓ガラスが割れてからというもの、そこの住人はそれをきちんと直そうとはしなかったようだ。石鹼と歯磨き粉は、見た目からは本来の使用目的がわからない。グレゴリイ・パーシモンズはドアを押し開けると、まず店内にだれもいないことを確認してから静かに中に入った。

若い男がカウンターのうしろに座っていたが、無関心そうに客を見ているだけだ。グレゴリイは、ドアを閉めようとしたがうまくいかなかった。「足で底を押してみろ」と言われたので、そうすると、ドアは予期せぬ音を立てて閉まった。グレゴリイはカウンターに歩み寄って店員を見た。ジャイルズ卿が言ったように、ギリシャ人かもしれない。他の人種でもありえる。ドアに書かれていた店名は判読できなかった。ふたりは無言で顔を見合わせた。

ようやくグレゴリイが口を開いた。「珍しい薬とか、その他いろんなものがあるんだろ?」

相手はウンザリした口調で答えた。「珍しい?　どういう意味かな?——珍しい?　そんなものは扱ってない」

「常軌を逸していて」グレゴリイは早口でそっと言った。「だれもが関心を持つようなものだ」

「そんなものここにはない」ギリシャ人は言った。

「だが、わしが興味を抱いているものが」グレゴリイはふたたび素早く言ってのけた。「この店にはある」

「当店であつかっているのは仕入れ向けのものばかりだ。なにが欲しい?　いくら払う?」

「すでに支払いはすませてあると思うが」グレゴリイは言った。「それ以上なにを求めるかはあんたしだいだ」

「だれに聞いて来た?」ギリシャ人がきいた。

「ジャイルズ・タムルティとその他」グレゴリイは答えた。「だが、その他の人たちの名前は言えない。かれらの話では」——そこで声が震え始めた——「ここで軟膏が売られていると」

「貴重な品物がたくさんそろっている」〝貴重な〟という形容詞の意味をあらかた減

じているようなゲンナリした口調だ。「でも、そのうちのいくつかは仕入れ以外には売れない」

「すでになにもかも購入済みだ」グレゴリイは身を乗り出した。「受け取るときがきた」

それでも店員は、微動だにせずに言った。「その軟膏は希少価値が高い。あんたがその品物に値する人物だということが、どうやってわかる？　まちがった相手に渡したりしたら、店長になんと言われることやら」

「自分が適正な顧客だと証明することはできない」グレゴリイは答えた。「しかし、わしがその軟膏を知っているということで十分ではないか？」

「十分ではない」相手は言った。「でも、厄介者には親近感を覚える。そしてかけがえのないものには値段がつけられない。もしあんたが商品に値する人物でなければ、その商品はあんたにはなんの価値もない。これまで軟膏を使ったことがあるのか？」

「一度もない」とグレゴリイ。「初めてだ。そろそろ試してもいい頃合いだと確信している」

「そう思っているのか？」ギリシャ人はゆっくりと言った。「時間しか残らない――虚無の時がくる。お望みなら持っていくがいい」

あいかわらずギリシャ人は最小限の動きで手を伸ばし、カウンターの引き出しを開けて小箱を取り出した。それは薄汚れていてあちこちへこんでいた。

「取れよ」若い店員は言った。「あんた、その品物にふさわしくなければ、頭痛がするだけだ」

グレゴリイは小箱をつかんでためらい、店員にきいた。「金はいらないのか?」

「贈り物であって贈り物ではない」相手は答えた。「その気があるなら、心づけを置いていきな」

グレゴリイは銀貨をカウンターに置いてから、ドアのほうに向かった。そして来店のさいにドアを閉めようとして苦労したのと同じ困難が待ち受けていた。かれはドアを押したり引いたりして悪戦苦闘した。その光景をギリシャ人はかすかな笑みを浮かべながら眺めている。外では雨が降り始めていた。

第六章　魔宴《サバト》

「今日、村でグレゴリイ・パーシモンズに会いました」代理牧師のミスター・ベイツビーは大執事に言った。「あなたの健康状態を快活にたずねられました。毎日、問い合わせをしてくるくせに。かれなんです、道路に倒れているあなたを発見して、車でここまで運んできたのは。大邸宅に住んでいる隣人があなたのことを心配してくれるなんて、とてもすばらしいですね。このような狭い小教区では、しばしば摩擦が生じるものですから」

「そうですね」大執事は言った。

「かなり長い時間、話をしました」相手はつづけた。「かれは残念ながらクリスチャンではない。でも、教会をとても尊敬している。特に教育に関して。かれは教育にたいへん興味を抱いていますね。教育こそ未来の輝ける星。モラルは教義よりも重要だと考えている。もちろん、わたしもそう思いますよ」

「『もちろん、そう思う』とおっしゃいましたか、それとも『もちろん、そう思った』と?」大執事はたずねた。「あるいは、両方ですか?」

「同じことを思ったということです」ミスター・ベイツビーは説明しながら、今回が初めてではないが、大執事には〝どん臭い〟ところがあると思った。「品行は人生でもっとも重要だと思います。『かれの人生が最善であることにまちがいはない。わたしたちはより高き方を愛するとき、神を見るのです』と言って、かれは日曜学校基金のために五ポンド寄付してくれました」

「日曜学校基金は」大執事は興奮気味に言った。「ファードルズにはありません」

「あれっ、そうですか!」ミスター・ベイツビーはじっくり考えた。「あえて言うなら、かれは活動的なことならなんでもよろこんでするようです。とても熱心だったし、わたしも同じように思いました——同感です、物事を成し遂げることについて。かれは、教会は進歩の手段であるべきだと思っています。そして、イングランドの緑の大地に心地よいエルサレムを見つけるまで眠れない、というようなことを言ってました。ものすごい衝撃を受けましたね。まさに理想主義者、かれのことをそう呼ぶべきだと思います。今日のイングランドは理想主義者を必要としている」

「お金は返したほうがいいですよ」大執事は言った。「かれがクリスチャンでないのなら——」

「ああ、でも、クリスチャンですよ」ミスター・ベイツビーは抗議した。「事実上、そうなんです。かれはキリストを地球が生んだ二番目に偉大な人物だと考えています」

「一番目はだれですか?」大執事はたずねた。

ミスター・ベイツビーはまたしばらく考えた。「それは聞くのを忘れていたのですが、ご存じですか? でも、謙虚な精神のあらわれじゃないですか? 結局、二番目に偉大なんです! 長い道のりです。幼子よ、互いに愛しあいなさい――五ポンドあれば、学校でそれを教えられます。きっとわたしの子どもたちは、聖書の新しい挿絵セットの完全版を欲しがるにちがいありません」

しばらく間があった。ふたりの聖職者は夕食後、牧師館の庭に座っていた。大執事は、内なる自己に思いを巡らせて瞑想していたので、ミスター・ベイツビーのことは上っ面なことしか頭になかった。かたやミスター・ベイツビーは、自分より格上の役職にある相手に陽気な会話を提供することに精力を注いでいた。大執事はこのことを知っていたし、客人であり代理牧師であるミスター・ベイツビーが教区民のことよりも、むしろ朝の礼拝に関する自分の見解を話したがっていることもわかっていた。実際、代理牧師はそうしたいと思っていた。かなり嫌気がしていた。そらんじていない教区民に注意を払うのは疲れる。ミスター・ベイツビーの教会観については、そのとおりだと思った――そして、信じられないほど愚かだとも思った――が、かれは自分自身の考えも同じようなものだと思っていた。人は都合のいい見解を述べるものだ。しかし、それを聞いた相手がどう思うかが重要である。もちろん、それが愚かな見解であっても……。

道路を自動車が通過した。その車内で手が振られた。グレゴリイ・パーシモンズにとって、ふたりの聖職者の姿はかぎりなくよろこばしかった。かれは、すでにふたりと会ったことがあり、かれらをつぎのように総括していた。大執事の頭はいつでもぶちのめすことができる。もうひとりのほうの頭は、まだぶちのめしていない。すべてがおおいによろこばしくて満足できた。数日前、小さな薬種屋で外に出られなくなった瞬間があった。自分が外に出る理由が不意になくなったような感じだった。まるで永遠にそこにいるように完膚なきまでに裏切られたかのように――ほとんどパニック状態におちいった。以前、同じ感覚を一、二度味わったことがある。ふとした瞬間に。だが今は、それを思い起こす必要はない。今夜、今宵、なにかが起こる。今晩、書物で読んだことのすべてがなんであったのかを知るだろう――同様に、これまでの自分の人生に現れては消えていった人々から聞いたことのすべてを。遠い昔、少年のころ、魔宴《サバト》について読んだことを覚えていた。しかし、それは真実ではないと聞かされていた。父親はヴィクトリア朝の合理主義者だった。大執事も非常にヴィクトリア朝的だ、とグレゴリイは思った。高揚した期待に胸が高鳴る。かれは、〈カリー〉に向かって車を走らせた。

その夜、ミスター・ベイツビーは眠りにつき、大執事はヴィクトリア朝式の祈りを捧げていたとき、グレゴリイ・パーシモンズは部屋でひとりたたずんでいた。真夜中過ぎだった。窓の外に目をやると、澄みきった空にいくつかの星と満月が見えた。ゆっくりと、実にゆっくりと服を脱ぎ、なにがなしわくわくしながら——やがて全裸になり——テーブルの上から軟膏の入った油っぽい小箱を手に取って開けた。ピンクがかった軟膏。肌の色に近い。最初、無臭だと思った。しかし数分後には、空気にさらされていたために、かすかな匂いが立ち昇ってきて、しだいに強くなり、やがて部屋中に充満した。グレゴリイはしばらく突っ立ったまま、その匂いを吸い込んだ。すると完全なる腐敗の予感がして、これまで自分が接した人々の人生に入り込み、かれらを安全な状態から破滅へとねじ伏せるという、自分の力の強大さを一時的にも確信させてくれた。こちらでは五ポンド、あちらでは気の利いた嘲笑——すべて簡単なことだった。だれもが心の平安のためのなんらかの拠り所をもっている。それを見つけて破壊するためだけに忍耐強くなければならない。かれの父親は、年老いて多くの悩みを抱えたとき、安全安心を保証してくれるなにかが宗教にあるのだろうかと考えるようになった。父親とそのことについて話し合った。当時の議論の内容をよく覚えている。グレゴリイは——かれにとって初めての本格的な実験だった——老いぼれて不安をかこつ心に対して、非常に慎重かつ遠回しに語った。おそらく神はいるが、それは恐ろしい嫉妬の神だ、と。神は主を裏切ったユダを自ら縊死させた。また、主を否定するユダヤ人たちを各地に追放した。だが、ペテロは赦されたぞ、と父親は言った。グレゴリイはそのとおりだと思いながら立ちつくしていたが、やがてためらいがちにこうつづけた。そうです、ペテロは赦されている。でも、神は恐ろしい復讐をしたのです。ペテロを利用して反キリスト、トルケマーダ、スミスフィールド、ローマ教皇庁といった悪の神秘を打ち立てたのではないとすればですが。丹念にスケッチされた、果てしなく夢中にさせると同時に嘲笑的な復讐の絵の前で、父親は震えあがって黙り込んでしまった。その後、自分が呪われていることを知らずにすますために、神を信じまいとして亡くなった。

グレゴリイは微笑むと、指で軟膏に触れた。吸い込まれそうな感触。指を離し、その聖油を塗り始める。足元から上方の皮膚へとリズミカルに両手を前後に動かし、一礼をしては立ち上がる行為を繰り返す。その上体を曲げる行為は、塗油をする両手がより高い位置――膝、腰、胸へと移動していくにしたがって止まった。ピンクがかった軟膏が一瞬、身体に照り映えたが、やがて肌本来の色と混ざり合って消滅した。そのあいだ、声は身体の動きにあわせてゆっくりとしゃがれていき、丸みを帯びた滑らかな音節を呪文のように唱えていた。なにやら階級制の称号のように聞こえる。グレゴリイは、両手でこめかみと額に触れたまま、しばらくそうしていた。

呪文らしき言葉を唱える声は、二回目の塗油が始まると、より低くより激しさをましたが、早口ではなかった。だが今回、グレゴリイが触れたのは――足の裏と手のひら、指の内側、耳、まぶた、そして局部だけだった。これらの部位に何度も手を動かしては止め、休んでは動かすといった動作を繰り返したが、声からは激しさが消えた。

三回目の塗油は純粋に儀式的だった。グレゴリイは、さまざまな図形を身体に記した――両足裏の十字や眉から足にかけての逆さ十字、そして身体じゅうには上下逆向きの五芒星など。そうしているあいだに自分の声が、荘厳な聖歌のように高まり、軟膏を塗った耳に不思議な力を持って入り込んだ。新しいかすかな光が、閉じた瞼を通して差し込むように、体内を流れていく。光と音が、迫りくる体験の予感の中で結びつき、声は宙で震えて止まった。ついで朦朧としながら懸命にたどり着いたベッドに身体を伸ばし、閉め切った窓と膨張していく月に顔を向けた。グレゴリイは静かにかつおぞましい姿で横たわっていた。すると夜の秘密の変化が始まった。

もし、見知らぬ人が、その鍵のかかった部屋に入ることができたなら、意識が飛んでいる状態のグレゴリイを発見して、死体が横たわっていると思うかもしれない。かれは、イングランドの小道を箒にまたがって飛行して魔女の夜宴《サバト》に参加することも、山羊《やぎ》の頭をした〈呪われし者〉の前で他の妖術使いたちといっしょに踊ることもなかった。しかし、地表の彼方、といっても地獄の入り口からさほど遠くないところで、散り散りになっていた〈見捨てられた魂〉たちが、その夜、互いに呼応した。かれらを超えたもの（それは自身の性質の悪しき名残りに過ぎないと考える者もいれば、〈善〉と同等かつ永遠の権力と不滅の継承者であると見なすものもいる）――それが〈見捨てられた魂〉たちを感じ、うろたえさせ、あしらい、元気づけ、養い育て、支配していた。

いつものグレゴリイなら、ベッドに横たわったあとは周囲が気にならない。だが今夜は、強力な軟膏が素早く肉体を蝕み、美味なる毒を放ちながら血と心臓に潜り込んでいったので、世界が閉ざされるまでは、なかなか眠りにつくことができなかった。自意識を超えたなにかと一体化させられたのだ。かれは深い歓喜のため息をついて、その結合を受け入れた。

悦楽の絶頂を迎えると、突然、それは消えた。体内に軽くて空気のような動きが感じられた。身体が宙に浮いているようだった。ベッドに横たわっていることに気づかないほどだ。今、自分の意思を働かせなければならないことがわかった。実際、思考を超えた深みで、グレゴリイはそうした。自身を意のままに操り、待ち受けている支配的な力に導いた。脳裏に映像が浮かんだ。かれの精神は、それまでの気を失っていたような状態から立ち直るかのように、自身の体験を既知の音や形に変え始めた。その結果、経験することとその経験を知的に表現することが同時にできた。両者を切り離すことはできなかった。当初は、たとえば、まだ隠されている瞬間に向かって迅速かつ心地よく移動する感覚と絶妙で破壊的なよろこびに身をゆだねていたとき、遠くからかすかで愛らしい声が聞こえてくる気がして、それに応じる歓喜の声が自身の内から湧き出てきた。そして今は、下降していく。より低く、より暗く、より重い大気の中へ。かれは意志の力で飛行を抑制して静止した。夜に包まれた。その夜以上に、群衆に取り囲まれたような息苦しさを感じた。圧力と解放への熱心な期待。祈りを捧げる人の精神には、突然、他の場所や異なる時代の偉大な聖域が想起されるかもしれない。そして今、遥か彼方で事象を支配している存在者の意識が、かれの身内に芽生えた。ついで莫大な数の献身が、すでに早くも消え去りつつある〈存在者の意識〉に吸収されて消費された。しかし、かれの身体は軟膏《こうべ》の効果で恍惚状態にあり、その匂いがかなりまえから不安の一部になっていたので、頭をあちこちにめぐらして、不可視の仲間たちになんとかして話しかけたり視線を向けたりしようとした。

突然、興奮した群衆の中で、ある人が近くの人に話しかけたり叫んだりしたかと思うと、つぎの瞬間には全体の動きの一部になっている。そしてつぎの瞬間には、自分が貢献したものによって全体の動きが指示され、制御されている。ついで、自分もその一部である広大で急速な流れが、欲望に急きたてられて激しく鼓動しているような感覚が湧きあがってきた。グレゴリイは激しく望んだ——心臓の熱がさらに高まる——わが身を差し出し、同時に自分を服従させる存在と一体化することを。そのようにして糧《かて》を得たかったのだ。想像を超えた驚異的な存在から。飢えていた——が、なにか食べたいわけではない。のどが渇いていた——が、なにか飲みたいわけではない。情欲に満たされていた——が、肉体ではない。古代の欲望の奔流の中で膨張していき、花嫁として全宇宙を迎えたいと切望した。父親が目の前に現れた。老いぼれて震えている。グレゴリイの妻は困惑し、壊れた。かれのか弱き妻は嫌がらせを受けてひどく苦しんだ。そうしたことがかれの婚姻であり、結婚式だった。ブライダルダンスが始まった。かれらもかれも、そして無数の人たちも原始的な野生のリズムに合わせて動いている。海洋の潮が人間の小さな些末な心配事や気まぐれの下で揺れている。その潮流に巧みに乗った者たちと潮流に流されて破壊された者たちとが勝利の大惨事に混じり合った。グレゴリイの魂は、仲間たちと踊っていたが、それでもまだ自制心が働いていて、完全には溶け込めないでいる。

なにかがあったのだ——それを思い出すようにと、死ぬ定めにある人間の精神に向かって内奥から叫び、メッセージを送った——まだ最終的に必要ななにかがあるのだ。この漆黒の酩酊を突き抜け、より高い報酬を得るための捧げ物がなにかあるはずだ。自分が破滅をもたらした彷徨《さまよ》える不幸な魂たちよりも大きな犠牲や貢ぎ物とはなんだろう？　巨大な火葬用の薪の山から立ち昇ってきたような熱気が襲来し、さらになにかを求めて包み込んでくる。グレゴリイは、その熱気を吸収したが、無知であるがゆえに恐怖におののき、その熱烈な情念に委縮した。それは熱だけではない。高まる騒乱、悲鳴のような声の喝采、接近してくる雷鳴のような恐ろしい轟音でもあった。来る、来る、雷にも似た爆音が。完璧な支配のエクスタシー。地獄での結婚。サタンであったかれは、サタンのかたわらにいた仲間と結婚したのだ。にもかかわらず、ある小さき者が必要だった。かれにはそれがない——このままではそのために追放されてしまう。かれは一瞬だけ、自制して心の静けさを取り戻し、その刹那《せつな》に思い出す。

影に覆われ、忘れ去られた世界からエイドリアンの記憶が浮かんできた。それこそが必要なものだと悟った。すべての神々には宣教師がいる。そしてこの神もまた、自分自身でありながら自分自身ではなかったので、新教徒を要求している。その記憶を自身の内奥に引き寄せ、ついでその新鮮な活力を集め、内密な地獄の力に捧げた。エイドリアンは望ましい生け贄であり、なにも知らない入門者であり、運命の候補者だった。この目的のために、男は自身を捧げる。そのさい、沈黙して微動だにせずベッドに横たわっていなければならない。あるいは、内なる巨大な玉座の前に引きあげられ、眼前で宇宙の支配者や夫や占有者が踊り、かれらの微弱な力のまえに不滅の生命が衰えていくのを眺めなければならないのだ。子供の生霊が踊りの中に流れ込み、遠く離れたロンドンでエイドリアンがうめき声をあげて寝息を立てた瞬間、別の部屋でも同じような喘ぎ声があがった。最後の体験が容認された帰依者に訪れたのだ。強烈な寒波の襲来。それは軟膏が二度塗られたすべての選ばれし部位に集中し、増幅していった。いわば足と手と頭と性器を釘で打ち抜かれた感じだった。それでグレゴリイは、夢にも思わなかった恍惚感に喘いだのである。今やかれは宇宙から縁を切られた。礼儀正しくて素敵なものすべてに拒否反応を示す人だった。幼き者を捧げることで、かれは子供時代や年齢や時間を超えたものと一体化した——神の永遠性の反映であり否定である。グレゴリイは、超自然的な存在となり、地獄にいた……。

結合の解消と帰還が始まったとき、グレゴリイはそれを圧倒的な嵐として認知した。熱気と冷気、内界と外界、心象と霊、音と匂いが身内でせめぎ合う。カオスが打ち寄せてきた。無秩序の果てしない荒涼世界へ渦を巻いて突入していくのを感じた。意識を集中しようとした。まず内なる自己に、ついで今や亡霊のように眼前に出現しつつある自室の細部に。しかし、室内の情景はたちまち消えてしまった。パニックにおちいった。叫びたかった。だが、悲鳴をあげたら自分を見失うかもしれない。ふたたびエイドリアンのイメージが眼前に浮かんだ。そのせいで、まだやるべきことがたくさんあることを悟った。その子供のイメージを胸に抱きながら、幾層もの霧を通過して意識の表層へゆっくりと昇っていく。イメージがしだいに薄れて名前と思考に変わったとき、グレゴリイは知った。魔宴《サバト》が終わって帰還が達成されたことを。

「あの子、眠れないみたいね」バーバラはライオネルに言った。「スコーンがお腹によくなかったのかしら。うなされているわ、ダーリン、ほら！」

「たぶん、休暇旅行でロンドンを離れる夢を見ているんだよ」ライオネルは優しく答えた。「滞在先やグレゴリイ・パーシモンズを嫌いにならなければいいけど……」

「静かに、あなた」バーバラがささやいた。「だいじょうぶ。心配ないわ」

第七章　エイドリアン

大執事は、問題を考えているうちに、いくつかのジレンマにとらわれ始めた。たとえば、（1）盗まれた杯《カリス》は聖杯《ホーリー・グラール》だったのか、そうではなかったのか？　（2）それは聖杯と仮定されて奪われたのか、そうではないのか？　（3）グレゴリイ・パーシモンズは、この仮定や略奪に関与しているのか、いないのか？　（4）自分は、その奪還に積極的に関与すべきか、それとも距離を置くべきか？　（5）取り戻すとしたら、どのような手段を取るべきか？

教会の所有物自体に関しては、盗難被害について口外してもかまわないだろう――それが聖杯《グラール》であろうとなかろうと。しかし、グレゴリイ・パーシモンズがバカげた可能性からそれを持ち去ったとしたら、すでにあれこれ考えあぐねている疑念を晴らしたい。その一方で、警察に通報することはできない。教会の財産を奪回するために国家権力を行使するのには強い抵抗感がある。さらには、すべてが公になる可能性が高い。

ある日の夕方、大執事は、そんなことを考えながら村を散策していた。ラックストロー一家が〈カリー〉の向かい側にあるコテージに宿泊に来てから一週間後のことである。日曜日の朝、バーバラが感謝の念に駆られて、早朝の聖体拝領に来ていたこと、およびその集会では、彼女は見知らぬ女性であったこと、その二点以外、大執事はラックストロー一家の到来を知らなかった。大執事は、ミスター・ベイツビーの外交的な口車に乗せられて、もう一、二週間、ファードルズでの滞在期間を延ばすことになった。ミスター・ベイツビーは、大執事は休暇を取るべきだと考えたのだ。かたや大執事は、今のところ、この村にいても問題ないだろうと思った。それに、〈カリー〉付近から離れることに、そしておそらく聖杯《グラール》のそばを離れることに、妙に抵抗感を覚えたのである。

村にさしかかったとき、大執事は自分を呼ぶ声を耳にして顔をあげた。近づいてきたのはグレゴリイ・パーシモンズだった。傍らに見知らぬ男がいる。グレゴリイは片手を振りながらやってきた。

「親愛なる大執事殿」グレゴリイは言いながら、心のこもった握手をした。「またお目にかかれて光栄です。すっかり回復されましたか？　この村から数週間は離れたほうがいいですよ」

「あなたにとても感謝しています」大執事は丁寧に言った。「道端で昏倒しているところを救ってくれて、牧師館に運んでくださったばかりか、ご親切に何度も見舞いに来てくださった。実に思慮深いお方ですね」かれは土壇場で真実に目を向けて、〝思いやりがある〟を〝思慮深い〟に置き換えた。

「いやいや、ぜんぜん」グレゴリイは言った。「回復してよかった。ひょっとして、ジャイルズ・タムルティにお会いになったことは？　ジャイルズ卿、こちらが噂のフアードルズの大執事です」

「浮浪者に襲われたそうですね」ジャイルズ卿が握手をかわしながら言った。「このあたりにはたくさんいるのですか？」

大執事が答え始めたとき、バーバラ・ラックストローがエイドリアンといっしょに歩いてきた。そこでグレゴリイ・パーシモンズは、中座の言葉を述べながら脇をすり抜けて、ふたりを出迎えた。大執事は浮浪者の話題にしどろもどろになりながらも、何気なくこうつづけた。「ジャイルズ卿、あなたの最近の著作を読んだばかりです。とても興味深い」いつになく偉そうな口調になり、かれの内なる聖職者主義が強まっていくようだった。「しかし、あのう、聖杯《グラール》に関する論説は――もっとも興味深く最高に風変わりだ、あなたは、えーと、思っているんですか――ほんとうだと？」

「ほんとうか？」ジャイルズ卿は言った。「どういう意味です？　歴史的な研究書なんですよ。メアリー女王がボズウエル伯爵宛に執筆された〈キャスケット・レターズ〉に関する本がほんとうかどうかたずねるようなものだ」

「ふむ、なるほど」大執事は、いかにも聖職者らしい雰囲気を醸し出しながら答えた。「たしかに、おっしゃるとおり。いかにも、そうですね。しかし、ジャイルズ卿、わたしたちは偶然にも最高の出会いを果たしたので、告白したいことがあります――そうです、告白かつ質問でもあります。どちらも許していただけるものと信じています」

ジャイルズ卿は、隠しようもないほど退屈そうに道路を見つめていた。グレゴリイ・パーシモンズはエイドリアンの手を握り、バーバラと話しながらゆっくりと歩き去っていく。大執事は話しつづけていたが、ジャイルズ卿が実際に耳を傾けたのは、次の言葉だった――「とても興味深く思われました。でも、完全に責任はこちらにあります。あのことは秘密にしておいたので、気にしないでいただきたい。ということで、よろしかったら、教えていただきたいのです――秘密厳守で、実際、わたしに影響がありますので――なぜ最後の段落を削除したのです？　それはもちろん、あなたには些末なことでしょうけど。また、こちらにそれをたずねる権利がないことも重々承知しています」

大執事の声は止んだが、そのときにはジャイルズ卿は警戒心を抱いていた。最後の段落？　自分が削除した最後の段落は一カ所だけだ。なぜこの田舎の聖職者が知っている？　完全に責任はこいつにある？　ジャイルズ卿は大執事に向かって不本意そうに首を横に振った。「あなたの目に触れたとは残念です。しかしもちろん、まずいことはない。けっきょく、あなたがたの教会のことなので、そちらにも言い分がある！だが、削除の件については――」かれは大声を発した。「パーシモンズ！　パーシモンズ！」

大執事は片手を突き出した。「ジャイルズ卿、ジャイルズ卿、かれはご婦人と話し中ですよ」

「なにがご婦人だ」とジャイルズ卿は言った。「田舎の卑女《はしため》か、州の下女だろう……とにかく、どうでもいい。パーシモンズ！」

グレゴリイは、近くの曲がり角でバーバラとエイドリアンに別れを告げて戻ってきた。「はい？　なにをそんなに興奮しているんです？」

ジャイルズ卿はニヤリとして言った。「きみはどう思うね？　大執事は読んだのだよ、きみがわたしに削除させた段落を。だから、聖杯《グラール》が自分の管理する教会にあることを知っている。パーシモンズなんだ」かれは大執事に向かって言った。「問題の個所を削除したがったのは。かれは証拠が不十分であるようにみせかけた。しかし、それは実にナンセンスだ。だれが見ても証拠は十分そろっている」

曲がり角でエイドリアンがもう一度別れの挨拶を叫んだ。グレゴリイは自分のした編集作業を思い出しながら、返事をするまえに振り返って、エイドリアンに手を振った。それから大執事に微笑んだ。相手も笑みを浮かべてグレゴリイのことを見ていた。ジャイルズ卿はうれしそうにニヤニヤしていた。そのとき自転車で通りかかった人は、その光景を苦々しく思った。この世でかれら三人のような人たちが気楽で愉快な時間を過ごしているのだと。

「いやはや」大執事は言った。「パーシモンズさん、それが伝道教会の困窮の原因だったのですか?」

「えーと」グレゴリイ・パーシモンズは言った。「申し訳ありませんが、そのとおりです。わたしは昔から収集癖がある。だから——ジャイルズ卿から、こちらの教会にある古い杯《カリス》がなんであるかを聞いたとき、手に入れずにはいられなかったのです」

「収集家とはすばらしいですな」大執事は重々しい口調で応じた。「どうやら、あなたはいつでもなんにでも情熱を燃やすようだ。杯《カリス》のコレクションはたくさんお持ちですか、パーシモンズさん?」

「いや、ひとつもありません。あれを入手できなかったので」グレゴリイ・パーシモンズは答えた。「それがいまや泥棒や質屋の手にわたっていると思うと……。もう警察に被害届は出されたのですか?」

「いいえ」大執事は答えた。「警察に見つける気があるとは思えません。ここの巡査部長は、自分の子供を野放しにして好き勝手にさせるのを信条としているぐらいですから。かれには、わたしが持っている手がかりを受け入れる気はないでしょう。では、ごきげんよう、ジャイルズ卿。ごきげんよう、ミスター・パーシモンズ」

「おっと、いいですか」グレゴリイは言った。「まだ帰らないでください。〈カリー〉に来て、わたしの我楽多《がらくた》の数々を見てください。わたしに反感を抱いていませんよね。だって、わたしはあなたを騙しそこねたのだから」

「よろこんでうかがいます」大執事は言った。「コレクションは常に楽しいものです。いわば、あらゆる人のあらゆるものを集めるのですから」そして〈カリー〉に向かいながら、小声で口ずさんだ。「ああ、主に感謝。主は恵み深い、主の慈しみはとこしえに」

「なんですって？」グレゴリイがたずね、同じタイミングでジャイルズ卿が言った。

「え？」

「別に、なんでもありません」大執事はあわてて言った。「ひらめいただけです。天気が良いせいでしょう」と言って、いつもは冷静沈着な唇を愉快そうに曲げた。グレゴリイは、司祭の独白によって自分が郡内の半ばにまで移動させられたやり口を思い出し、自分がまぬけではないのかどうか真剣に考え始めた。一方でジャイルズ卿は、これまで以上に関心を持ち始めた。かれは横目でグレゴリイを盗み見て、相手が困惑した表情を浮かべているのに気づき、ほくそ笑んだ。自分がこの田舎を訪問したのは、想定以上に興味深いかもしれない。かれは常に——国内外を問わず——宗教における異常な過激派を探し求めていた。そのような者たちは辺境地帯をさまよっている。その信条が何であれ、形而上学や神秘主義、そして狂気などといった魅力的な風景を有する境界に生息している。ジャイルズ卿自身は神や悪魔をまったく信じていない。しかし、それらが擬人化された概念には興味がある。熱狂的な信仰者の後押しをしたり邪魔をしたりするのが、飽きっぽいかれの性格にはなによりの娯楽だった。不思議な軟膏の存在と影響力を、かれは放浪の旅をしているうちにしだいに知った。その成分や調合法については、ほとんどわからない。それらは自分がまだ接触したことのない、ごくわずかな秘密組織だけに許された専門的な極秘事項のようである。しかし、それは効果を期待する精神を半錯乱状態に誘うことは疑いようもない。偶然によって適切な人材と遭遇したときはいつでも、かれはたいして苦労することなく、その軟膏を入手する方策を知っていたので、急いでそれを相手に試させた。実験対象となる人物と出会うことはまれで、特に威圧的で残虐な性格でなければならない。ジャイルズ卿は、グレゴリイ・パーシモンズが強靭な精神の持ち主だとはまったく思っていなかった。

しかし、もうすんだことだ。今得ている結果で満足しなければならない。

聖杯《グラール》についても同じように考えていた。ファードルズの杯《カリス》が聖杯《グラール》であることに、ジヤイルズ卿はほとんど疑念を抱いていない。証拠は状況証拠に過ぎないが、それでよい。残念なのは、時の経過が聖杯《グラール》の起源、最初の使用者、そしてその関係者についての研究を妨げたことだ。「すべての殉教者はマゾヒストだ」とかれは思った。「しかし、磔刑は暴力的な形態である」にもかかわらず、ユダヤ人の心にあるのは、自分が世界を愛しているという妄想である。受難《パッション》とはマゾヒズム以外のなにものでもない。そして聖体拝領者《コミュニカント》の熱情《パッション》は、もちろん、それに対応するサディズムである。宗教はこのふたつのどちらかになる、極端な場合に。問題は、大執事はどちらなのか？

大執事は、そのような疑問をジャイルズ卿が内心抱いていることも知らずに、ふたりの知人のあいだを楽しげに歩き、共に〈カリー〉の私道へ向かった。かれは、だれが聖杯《グラール》を所持しているか正しく推測していることを、パーシモンズに明らかにしてやると心に誓っていた。そしてこう願っていた。身体の回復の初期段階で、杯《カリス》を奪われたことをミスター・ベイツビーに漏らさなければよかったと。代理牧師ベイツビーは、もちろん、その情報を広めた。盗難事件がまだ秘密であったなら！　しかし、いったいだれがたんなる教会の装飾用の杯《カリス》をそんなにほしがるのか。不思議だ。収集――なるほど、コレクションのためなのかも。

「なにか特別に価値のあるコレクションをお持ちですか、ミスター・パーシモンズ？」大執事はたずねた。「あるいは、取るにたりないささやかなものとか？」

「おもしろい古書がいくつかあります」とグレゴリイ。「古い法衣とか。かつて教会建築学に関心を持ったことがあるけど、最近では中国の古い仮面に興味があります」「仮面はいつ見ても興味深いですね」と大執事。「中国の仮面には髭がないのでしたね?」

「わたしのコレクションのものにはないですね——長い口髭のものはありますが、顎鬚はない」グレゴリイは答えた。

「偽の鬚は決して納得のいくものではありません」大執事はつづけた。「数週間前に、ある男がわたしに会いたいと電話をかけてきたのですが、その人は付け髭をしていた。理由がわかりません。不自然でしたね」

「聖職者の多くは、髭を生やさないことを慣例にしていると思います」グレゴリイ・パーシモンズはなにげない口調で言った。「どうしてなんでしょう?」

「理由は明白」ジャイルズ卿が口をはさんだ。「男らしさを神に捧げたからだ。かれらは神にとっては女性的であり、世界にとっては死者。すべての司祭は一種の屍女なのだ……暴言、お許し願おう」そこでひと呼吸おいてから、大執事に向かって付け加えた。「まあ、大筋ではそんなところが真実だと思っている」

「すべての司祭がそうだとはかぎらない」グレゴリイは言った。「男らしい宗教もある。力や強さを崇拝する類のものが」

「力強さを崇拝することは弱さを告白することだ」ジャイルズ卿は応じた。「権力を有することは、それを崇拝することではない。もっとも弱い者は、強くなることを夢見るだけだ。神秘主義者を見てみろ」

「そこまでにしておきましょう、今晩のところは」グレゴリイは笑いながら大執事に言った。「中に入って、わたしの宝物を見てください」

〈カリー〉は、大きくてむやみやたらと広い屋敷だった。〝最新の近代的な改修〟が施されていたが。ギャラリーに入った。グレゴリイは、ふたりの訪問客を連れて、とても立派な階段を上り、ギャラリーに入った。その先はグレゴリイの自室へ通じている。ホール自体には、いくつか目を惹くものが置かれていた――鎧兜、古代ギリシャの頭像、ミノア時代の発掘品である興味深い箱、古代中国の飾り戸棚など。ギャラリーには、グレゴリイが話していた中国の仮面が掛けられていた。それらを鑑賞しながら、訪問者たちは最後に主人の居間に通された。そこにはズラリと本が並べられ、飾り戸棚や箱がいくつもあった。何点かの版画が壁に掛けられていた。

「おそらく」ジャイルズ卿は周囲を一瞥しながら言った。「あなたは大執事から聖杯《グラール》をだまし取ることに成功した場合、ここに保管したでしょうな」

「ここかこのあたりでしょうね」グレゴリイは言った。「問題は、以前の住人がこの家に手を加えたさい、古い礼拝堂が改築されたことです。少なくとも、上座だった部分がこの部屋になっています——わたしの居間や寝室、バスルームなどです。わたしの理解のおよぶかぎりでは、バスルーム——あるいはバスルームのような部屋——は、ちょうど祭壇のあった場所にあります。そのため、杯《カリス》をもっともふさわしい位置に戻すことは、ほとんど不可能です」

「儀礼上は」大執事は賛同した。「そうでしょう。しかし、かなり巧みな——言わせてもらえば——偽装と変わらない。いや、個人的な意見ではありませんよ、ミスター・パーシモンズ。わたしが言ってるのは、比較倫理学の一例としてです」

「その比較で問題になるのは」ジャイルズ卿が言った。「ひとつ目の例は個人的な熱望が強く、その結果、行動が偏るということだ。しかし、もうひとつの場合の行動は？　先の例と比べて——自由である」

「どんな行動も他のいかなる行動よりも自由であるということはないと思います」大執事はグレゴリイにつづいて部屋を横切りながら言った。「人間は運命を知る自由はあるが、運命を回避する自由はないのです」

「でも、自分の運命を選ぶことができる」グレゴリイは本棚から一冊取り出して答えた。「どの星、ないしは、どの神に従うか」

「運命と神を大文字で綴るのであれば——それはちがいます」大執事は言った。「すべての運命とすべての神々は、人を唯一神のもとに導きます。しかし、人はいかにして神を知るかを選ぶのです」

「永遠に神に逆らい、神を否定するかもしれない」グレゴリイは身振りをまじえて言った。

「自分が吸う空気や飲む水に抗うこともできますね」大執事は気楽な調子で言った。「でも、そんなことをすれば死んでしまう。いずれも拒絶することができても、そのちがいは、こういうふうに言えます。つまり、神に近づけば近づくほど、完全に死ぬことはない。死に瀕している——苦しみのさなかにいる——が、けっして息絶えることはないのです」

　ジャイルズ卿が口をはさんだ。「先週の月曜日の講演を修正しよう。わたしは正統派の信条と正統派の反乱との双方を心得ている。大執事が言ってることはよくわからないが、きみの弁明《アパラウジア》は実によくわかるよ、パーシモンズ。かつて裕福なペルシャ人がそれをうまく表現したのを聞いたことがある。たしかどこかに書き留めておいたはずだ。さてと、この血塗られた穴で、いつ食事をするのだ?」かれはドアに向かいながら、肩越しに振り返って言った。

「七時半過ぎに」グレゴリイはそう返答すると、さらに所蔵品を見せようとして引き返した。稀覯本や初版本、書誌学的珍品であり、大執事がまちがいなく専門的な関心を寄せている書物だった。ふたりは次から次へと書籍を手にして確認し、所感を述べた。それまでの反感は沈静化して、心地よい知的親近感が生まれた。鑑定がしばらくつづいたのち、グレゴリイは引き出しからモロッコ革のケースを取り出した。中には薄いパンフレットが入っていた。かれはそれを手に取って、大執事に差し出した。

「これ、興味があるのでは？　装飾頭文字を見てください」

大執事は、そのパンフレットを慎重に受け取った。シェイクスピア以前の古い『レア王』のコピーで、汚れて擦り切れていた。表紙には、タイトル脇に〝ＷＳ〟という二文字が記されていた。しかもその下には、几帳面で丁寧な手書きで〝ＪＭ〟と書かれている。

「なんということだ！」大執事は声を張りあげた。「つまり――」

「そこですよ、肝心なのは」とグレゴリイ。「嘘か真か？　〝ＪＭ〟についてはキングス・カレッジの自筆草稿と見比べましたが、まちがいありません。しかし、〝ＷＳ〟は別問題。信じられない！　単独作品――おそらくはそうでしょうが、合作とは！　それなのに、なぜダメなのか？　結局のところ、シェイクスピアはすべての作品をストラットフォードに持ち帰らなかった可能性が高い。ことに出来のよい自作を除いては。また、かれは代書人としてのミルトンを知っていたかもしれない。わからないが」

ドアを叩く音がした。グレゴリイが「どうぞ」と答えると、ドアが開いた。ひとりの男が敷居に立っていた。

「失礼します、旦那様」男は言った。「お電話がかかっています、エイドリアンさんからです」

「しまった！」とグレゴリイ。「電話をするように言ったのを忘れていた。近くに滞在している子供です。その子は電話にひどく興味を持っていたもんで……この家の電話はホールにあるのです」

「どうぞ、どうぞ」大執事は言った。「その子をがっかりさせないで。わたしはここでじゅうぶん楽しんでいますから」そのまなざしはテーブルの上の本に注がれていた。

しかし、グレゴリイも同様だった。かれは、大執事の関心事を見聞して知っていた。そしていま、眼前にあるお宝コレクションのひとつやふたつは、小さくてコンパクトだった。エイドリアンの期待を裏切るわけにはいかない。グレゴリイはドアのところに行き、そこに立っている男の腕をつかんだ。

「ラディング」かれは小声で言った。「大執事から目を離すな。なにもポケットに入れさせるなよ。わしが戻るまで、部屋で片付けでもしていろ」

「わたしのことを知っているかもしれませんよ」使用人のラディングは自信なさそうに言った。

「なら、ドアの隙間から覗いていろ。なにをするにしろ、監視しておけ。わしは二、三分で戻る」グレゴリイはギャラリーを足早に進んで階段を降りた。ラディングはドアをゆっくりと閉めたが、テーブルに身を乗り出している人影を観察できるほどの隙間は残しておいた。

大執事の目は書物に向けられていたが、意識はギャラリー内に注がれていた。グレゴリイが去っていくのを耳にしたが、もうひとりの男に見られているのを察した。そこでさらにテーブルにぎこちなく身を乗り出した。そして突然、おぞましい音を立てると、ハンカチを引っ張り出して口にあて、あわてて部屋を飛び出した。ラディングはドアから飛びのき、突進してくる大執事を睨みつけた。

「気分が悪い」大執事は前のめりになって喉を鳴らした。「どこですか……オエッ！」と言って、発作的に喉を詰まらせた。

「こちらです、旦那様」ラディングは走って行ってドアを開けた。大執事は、男の横を通り過ぎ、勢いよくドアを閉めて、あたりを見まわした。ドアの向こうの隅に聖杯《グラール》が横倒しになっていた。それを拾いあげ、窓を見ながら考えた。これを持ち去ることは不可能だ。帰宅できるとしても、その前にまた頭を殴打されるだろう。可能性はふたつしかない。手つかずにして置いておくか、窓から放り投げるか。かれは、ラディングに聞こえるように大きな音を立て、外を覗き込んだ。

眼下にはテラスと芝生、その向こうには敷地と農園が広がっている。すべて〈カリー〉の敷地だ。投げ捨てたら、ひょっとしてあとで取り戻せるか？　しかしグレゴリイなら、なにが起きたか察するにちがいない。とはいえ、自分のほうが有利な立場にある。したがって聖杯《グラール》はそのままにしておくほうが得策だろう。結局のところ、自分はそこにある杯《カリス》が本物の聖杯《グラール》であることを知っているが、相手は知らないのだ。それが確かなことなのか不確かであるのかはさておき――自分には確実なことだが。

「痛ッ」大執事は大声を発し、手にしていた杯《カリス》を見つけた場所に戻すと、心の中でこう唱えた。「公明正大な麗しき運命よ、すべての人を汝のもっとも幸福な知識へと導きたまえ」そして壁にもたれかかったまま、囁き声が外で聞こえるまでしばらくじっとしていた。それから水洗の鎖をこれ見よがしに引いてからドアを開け、かなりよろめきながら外に出た。そのとき、ラディングが脇をすり抜け、入れ替わりに小部屋に入った。

「ああ、大執事さん！」グレゴリイ・パーシモンズが同情して叫んだ。「申し訳ない」と言いながらも、視線はラディングのあとを追っていた。そして使用人がいないあいだ、客人と階段のあいだに立ちふさがっていた。ラディングはすぐさま出てきて、司祭の背後で主人に向かってうなずいた。グレゴリイは小さくため息をつき、大執事を正面から見据えた。司祭は自分の未熟さを思い知らされたときのような情けない表情をしている。

「失態を犯しました」大執事は消え入るような声で言った。「だいじょうぶです。胃が弱いだけです、パーシモンズさん。でも、そろそろ家に帰ったほうがいいようだ」

「車を用意して、ラディング」とグレゴリイ。「ええ、気にしないでください。ここで少し休んでいきませんか？」

「いや、ほんとうにけっこうです」と応じる大執事の消極的な態度は、すっかり疲れきっているように見える。「とにかく外の空気を吸いたい」

「さあ」グレゴリイは大声で言った。「腕につかまって」つぶやき声とえずき、そして思いやりのある言葉とともに、ふたりはホールに降りた。

この出来事をグレゴリイ・パーシモンズがジャイルズ卿に話したのは、夕食が終わり、ふたりきりになったときだった。

「ほんとうだったのかもしれない」グレゴリイは疑わしそうに言った。「でも、わしは実に気に入らない。やつは盃《カップ》に触れていなかった。あとで見に戻ったんだ」

「じきにかれはそこにあることを知るぞ」ジャイルズ卿は説明した。

「もう十分知っているかもしれない」グレゴリイは答えた。「あの盃《カップ》の非の打ちどころのない売買証明書を手に入れよう。このままでは、盗《と》った盗らないの水掛け論になるからな。しかも、聖職者が〈善きサマリア人〉を窃盗の容疑で告発するなんてことにもなりかねない。かれは頭を殴られて自分の杯《カリス》を奪われたと思っているからだ。ああ、タムルティ、そんなことありえん」

「やつがそれを盗んでいたら、おまえはどうした？」ジャイルズ卿はたずねた。

「取り返すね。あの不愉快なガキとの通話を早々に切りあげて、二階に上がってきたときに見たんだ」グレゴリイは底意地の悪い口調で言った。「暴力——本物の暴力——は必要ないだろうよ。取り返したあとで、警察署長に手紙で通報する」

「削除された段落のことを知りたがったのはだれだ」とジャイルズ卿。「また、だれがあの忌まわしい本のことを知ったのだ？　そしてあの本をやつに見せたゲス野郎はだれだ？」

「息子の配下のバカ野郎のひとりだろう」グレゴリイは言った。「あのブツのお墨付きを手に入れる。だいじょうぶ、心配いらん、タムルティ」

「心配いらんだと！」ジャイルズ卿は声を張りあげた。「いったいだれに向かって言ってるんだ、パーシモンズ。心配無用だと！　実のところ、わたしが心配しているのはあんたのろくでもない殺人の件だ。あんたが身の安全を保障されているのは、中流階級のつまらないコレクションに関心を抱く大執事のようなゲス野郎以上に頭のきれる人間がいないからだぞ。中国の仮面……あんたはユダヤの高利貸しかもしれんな。そして、まあとにかく、この件をどうしたい？」

「ああ、いまはそこが肝心な点だ」グレゴリイは言った。「最初はよくわからなかった。今ならわかる。子供と話すつもりだ」

「うん？」ジャイルズ卿はきいた。

「あの杯《カリス》がわしらの思っているようなものなら、昔からずっともうひとつの世界の中心近くにあった」グレゴリイはつづけた。「それはこれまでずっと現実世界の奥深くに保管されていた。あらゆるものが出会う場所、そしてあらゆる魂が集まる場所に近い――とにかく、かれらの魂が。わしはそこでその赤ん坊――ほんものの赤ん坊――をつかまえることができるし、またここでは事を簡単にでっちあげられる。最初はまったくそのようにはいかないだろうが、わしはやってみせる。わしが生け贄の準備をする――あの子がいっしょに魔宴《サバト》に参加すると約束するときまでには」

「よく言うよ」ジャイルズ卿は言った。「このいまいましい聖杯《グラール》がコーヒーカップよりも使い道があると信じているのか？」

「儀式のための偉大なる杯《カリス》だと思っている」グレゴリイは答えた。「そして、それを使うことができる――わしとわしの仲間とが。わしはそれを通してエイドリアンと出会い、別れ、そして引き寄せ、改心させることができる。それには力がこめられている。それは門だ。だれもがその力を使うことができる。門は入るためだけではなく、出るためにもある」

「すばらしい、お見事」ジャイルズ卿は首をかしげてつぶやいた。「では、あんたの祝福された子供は、いつ門をくぐって出て行くのかな？　わたしが目撃したいということを忘れなさんな」

「あなたにはなにも見えず、ひどく退屈なだけですよ」グレゴリイはあざ笑った。

「おまえの様子は見えるさ」ジャイルズ卿は優しく穏やかに言った。「退屈しない。ブラジルで似たような儀式を見たことがある。しかも、そのときは奴隷が殺された。あんたは使用人のラディングを殺すのか、ひょっとして？」

「バカを言うんじゃない」グレゴリイは言った。「まあ、よかったらおいでなさい。かまわんよ。あんたの叡智は宇宙の遠く彼方にあるから、邪魔にはならない。ただ言っておくが、ぜったいになにも起こらんよ」

「死人をだすなよ、それだけだ」とジャイルズ卿。「ブラジルではひとりが死んだ。ここでは警察を買収するのは難しいかもしれん」

　ふたりはダイニングルームからグレゴリイの寝室の隣にある小部屋に向かった。グレゴリイは、その部屋のドアを、自身につないである鍵で開けた。片隅にキャビネットがあった。その横にクッションが二つ、三つ置かれている。部屋の中央には低い木の台座があり、その上に長方形の石板が置かれている。その石板には二本の燭台が載っており、台座の周囲にはほどよい距離で白い円が描かれている。その輪の一端が少し欠けていた。入室したさい、グレゴリイは聖杯《グラール》を部屋の隅から持ってきていた。そして白く描かれた円の欠けている個所を通り抜けると、石板の上の二本の燭台のあいだに聖杯《グラール》を置いてから、ジャイルズ卿にふり向いた。

「すぐにすわったほうがいい」グレゴリイは言った。「それと円から出ないように。このような儀式には不思議な力が解き放たれることがある」

「すべて先刻承知している」ジャイルズ卿は、円の中にクッションをふたつ持ってきて、言った。そのさいにも、細心の注意を払って白い線の空隙を通った。「イスパハンで一度だけ見たことがある。ある男が円の外に出たとたん、息ができなくなった。大気擾乱か。でも、どうして？　なんで純粋に主観的な作業が空気を乱す？　まあ、気にすることはない。これ以上言うことはない」かれは台座の近くに置かれたクッションにゆったりと腰をおろした。グレゴリイは、キャビネットのところまで行くと、そこでまず白いカソックに着替えた。それには秘儀の印がついている。そしてキャビネットから年代物の容器を取り出して、そこからワインらしきものを聖杯《グラール》に注いだ。短い棒も持ってきていて、聖杯《グラール》の前の石板の上に置いた。ついで、祭壇の裏に用意されていた薬草と粉の入った卓上鍋に火をつけ、その上に他の粉をまき散らしてから祭壇の前に戻ってきた。最後に細心の注意を払い、キャビネットから名前と文字が刻まれた羊皮紙を持ってきて、その小さな紙から聖杯《グラール》に入っているワインになにかを落とした。それはジャイルズ卿には数本の短い毛のように見えた。

グレゴリイは段取りをじっくりと考え、戻ってキャビネットを閉めると、ふたたび円の中に入り、石板から棒を取りあげた。ついで腰をかがめて強い集中力をもって、円の隙間を閉じるために線をゆっくりと引いていったが、まるで太陽の通り道に対して力を込めているかのようだった。それから祭壇の前に戻り、深い沈黙に身を浸した。

ジャイルズ卿は、クッションに身体を丸めながら、グレゴリイの表情の変化とまなざしがしだいに遠ざかっていくのをじっと見つめていた。およそ一時間が経過し、グレゴリイのまなざしは自らの意志で蠢《うごめ》いているかのように、部屋の暗闇から二本の蠟燭の安定した光の中に立つ聖杯《グラール》へ舞い降りた。そしてゆっくりと両手を聖杯の上に伸ばして話し始めた。ジャイルズ卿は耳を凝らしたが、ときおりフレーズの断片が聞き取れただけだった。「天におられるわたしたちの父よ《パテル・ノステル・クイ・フィステイ・イン・カエリス》……あなたを通して全能者は永遠に《ペル・テ・オムニポテンテム・イン・サエクラ・サエクロルム》……これは杯、これはあなたの地獄の血です《ホク・エスト・カリクス・ホク・エスト・サングイス・トウウス・インフエルノルム》……あなたの中には死の王国があり《イン・テ・レグヌム・モルティス》、あなたの中には腐敗の喜びがあり《イン・テ・デレクタティオ・コルプティオニス》、あなたの中には邪悪な知識の道と人生がある《イン・テ・ヴィア・エト・ヴィア・シエンティアエ・マレニフィカエ》……最初あなたはだれでもなかったのですが《クィ・ノン・エス・イン・イニティオ》、あなたは永遠にだれでもあります《クイ・エリス・イン・セムピテルヌム》。アーメン。」グレゴリイは祭壇から棒を取りあげると、いぜんとしてきわめてゆっくりとした動きで、聖杯《グラール》に入っているワインの表面に触れた。かれのまなざしも棒の動きを追ってブレない。「身体のこと、心のこと《デ・コルポレ・デ・メンテ》……心をイメージに投影する《ミッテ・アニムム・イン・シムラクロ》……すべてにおいてあなたの力によって《ペル・ポテスタテム・ツアム・イン・オムニブス》……私の血の中に名前を書いたエイドリアンの魂を《アニムム・アドリアニ・クジュス・ノメン・スクリプシ・イン・サングイネ・メオ》あなたの血の中に入れてください《・ディミッテ・イン・サングイネ・トゥオ》……ハドリアヌス帝が私と自分自身のために捧げたもの《アドリアヌム・オブラティオネム・プロ・メ・エト・プロ・セイプスム》……あなたの名前《ノメム・トゥウム》」棒がワインの表面に魔術的象徴を描いた。「これらはだれの身体です《デ・クジュス・コルポレ・ハエク・ス》か《ント》……おお羊飼いよ、父よ、地獄と拒絶の家の夜と光よ《オ・パストル・オ・パテル・オ・ノクス・エトゥ・ルクス・インフェルノルム・エトゥ・ドムス・レジエクティオニス》」

震えがちの声がやんだ。ジャイルズ卿には、かすかな霧が一瞬、杯《カリス》の上に立ち込めてから消えたように見えた。ついでより強く、より低い調子で詠唱がふたたび始まったが、聞き取れるフレーズはさらに少なくなっていた。「……ハドリアヌスよ、あな《アドリアヌム・フィリウム・》たの息子よ、あなたの羊よ《トゥウム・オヴェム・トゥアム》……そしてわたしのすべての作品とかれらの作品《エトゥ・オムニア・オペラ・マエ・エトゥ・スア》……あな《トゥ・》たはわたしであり《クジュス・スム》、これからもあなたです《エトゥ・クジュス・エリトゥ》……手放す《ディミッテ》……手放す《ディミッテ》」その声はふたたびやんだ。と思ったら、執行司祭の全身全霊が通り抜けていくようなざわめきの中で、今度は名前が発せられた。「エイドリアン、エイドリアン、エイドリアン……」

かすかながらも確実に霧がワインからふたたび立ち昇った。ジャイルズ卿は、その光景を夢中になって眺めた。かたやグレゴリイは、その霧に気づいて目を輝かせたが、祭壇と聖杯《グラール》と霧には近づこうとせずに、顔をそちらに向けている。そして慎重に静かに話した。英語で。「エイドリアン、話しているのはわしだ。イメージからイメージへ。汝の影から汝へ。エイドリアン、ようこそ。魂よ、今一度わしを知りなさい。汝の友であり主人であるわしを。肉の世界でわしを知り、影の世界でも、わしらが主の世界でも。ゆえに汝の姿を何度も形づくろう。子よ、我が生け贄、我が捧げ物よ。汝は来るであろう。より迅速に、より真実に。わしが汝を欲するとき。エイドリアンのイメージよ、溶けてエイドリアンのもとへ帰れ、汝が来たれしその場所へ、かれの魂と肉体が汝の伝えるこのメッセージを受け取らんことを。汝を解放する《イ・デミスス・エス》」

霧はふたたび消え、神秘の秘儀を行った司祭は両膝をついた。そして祭壇の上に棒を置いた。ついで両手を伸ばして杯《カリス》を取り、掌中に収めた。それを口に運び、聖別されたワインを飲んだ。〝この中にわたしがいて、わたしはここにいて、羊飼いであり《ヒク・イン・メ・エトゥ・エゴ・イン・ホク・エトゥ・トゥ・パストル・》主である汝と共にいます《エトゥ・ドミヌス・イン・ウトゥリスクエ》」まだ忘我の状態から抜けきれていない。

蠟燭はあと五センチほど燃え残っている。炎の勢いはすでにない。グレゴリイは立ちあがって火を消した。そして白線の円を崩してから、ゆっくりと儀式の段取りを整えたときとは逆の順序で魔法の道具をかたづけた。ふたたび聖杯《グラール》を手に取ると、床に逆さに置いた。それからカソックを脱ぎ――幻想的な身振りの総決算として――それまで着ていたディナージャケットに着替えた。そしてジャイルズ卿に向き直って言った。「好きにしてくれ。わしはもう寝る」

第八章　ファードルズ

「パリがフランスを支配していると読んだことがある」ケネス・モーニントンは言った。「天気のことなら、ロンドンがイギリスを支配すればいいのに」いまかれは、ファードルズから七マイルほど離れた小さな村の駅に立っていた。

ケネス・モーニントンと大執事とで交わされた手紙のやりとりの結果、以下の意見の一致を見た。休暇の最初の日曜日を教区牧師館で過ごす、その前日の土曜日には到着していっしょに昼食をとる。ロンドンの土曜日の朝はすばらしかった。鉄道が織りなす巨大な円弧の弦に沿って歩く方が楽しいだろう。しかし、列車がロンドン郊外を離れるときには空模様は怪しくなり、客車から飛び降りたさいには、雨がポツリポツリと降り始めた。改札口を出るころには霧雨となって降りつづき、列車は駅を出発した。

ケネス・モーニントンは襟を立てて歩き出した。少なくとも道は知っている。「でも、なんでいつもおれは間が悪いんだ。あのまま列車に乗っていたら、ファードルズ駅で一時間半も座って待たなければならなかった。でも、雨に濡れることはなかったはずだ。この愚かな選択が頭にくる。間の悪い時に列車を降りた。だが、それは時刻表のせいだ」かれは道を行きながら思った。「帝王切開による出産に始まり、いつも間の悪いタイミングで外に出てしまう男の日記でも書こうか。汝がまだ仕《つか》えている天使に告げさせよ、マクダフは母の腹を切り裂いて月たらずで生まれたのだと。その日記のタイトルは、『現代のマクダフ』とでもするかな。そして死ぬ？　かれは不相応の時期に亡くなるかもしれない。本来の先立つ人より前に逝き、そのためにかれの霊的進化の線上にいた天使たちはみな、準備されていたひとつの魂ではなく、ふたつの魂で混雑していることに気づく。『天国での動揺。行楽者は戻れない。パラダイス行きの列車は大混雑。駅《ステーション》での奇妙な光景。熾天使《してんし》ミカエルは規則を実施するように言っている』。駅《ステーション》……舞台《ステージ》……まるで神智学。おれは神智論者なのか？　ああ、主よ、かつてないほどひどい。見知らぬ教区牧師館まで七マイルも歩けやしない」

遠くの道端に小屋が見えたので、モーニントンは駆け出した。そこに一目散に飛び込んだが、避難先の暗い入り口が水たまりになっていた。「ああ、踏んだり蹴ったりだ！」かれは大声を張りあげた。「なんでこんなクソひどい世界が創造された？」

「星々のための下水道として」と前方で声がした。「あるいは代案として、神を知り、永遠に神を讃えるために」

　モーニントンが小屋の中を覗き込むと、奥の石積みの上に痩せこけた面長の、自分と同じ年ごろの男が座っており、膝の上に白い塊を乗せている。筆記用具だった。

「いや」モーニントンは言った。「そのふたつの詩句は、もちろん、必ずしも代替できるとは言えませんね。それらの言葉には血縁関係《コンサングイニアス》があるかもしれないとか？　同　時《コンテンポラニアス》？　共　在《コンサブスタンシアル》？　どんな言葉がふさわしいのでしょう？」

「軽蔑すべき《コンテンプティブル》、付随する《コンコミタント》、条件付きの《コンディショナル》、必然的な《コンシクエンシアル》、一致する《コングルアス》、接続可能な《コネクティブル》、貪欲《コンキューピセント》な、汚染可能な《コンタミナブル》、考慮すべき《コンシダラブル》」見知らぬ男は提案した。「最後の単語は、説得力がないと思う」

「考慮すべき問題ですね」ケネス・モーニントンは答えた。「しっかりと検討しましたか？　答えまで書いているのですか？」

「というより、注釈です。でも、わたしが望んでいたのは血縁関係、もしくはその同胞という言葉だった」と言って、見知らぬ男は書いた。

　ケネスは同じ石の山に座り、相手が書き終わるまで見守っていた。やがて、かれはこう言った。「状況から判断すると、見た目どおりであれば、文脈を聞き取れるのではないかと思います」

「文　脈《コンテキスト》――もうひとつ〝コン〟が出ましたね」見知らぬ人は言った。「文脈に応じれば、〝そしてその文脈的意味は、わたしたちの薔薇の写本すべてに流れている〟。薔薇？　ペルシャ？　ハフィックス——イスパハン。薔薇はちょっとありきたりかもしれない。〝そしてその文脈的意味は、わたしたちの夢の写本すべてに流れている〟」

「ああ、いや、いや」モーニントンがきっぱりと口を挟んだ。「それではあまりにもマイナーだ。もっと現代的な表現がいいかも——〝そしてその無力な文脈上の意味は、どんな色のインクで書かれた原稿でも匂いがする〟。うん、マイナーよりモダンな表現のほうがいい」

「そうだね」相手は言った。「しかし、人はたとえ少数派《マイノリティ》であっても運命をまっとうしなければならない。〝宇宙全体が我のような断片に従うことを望む〟とでも思いましょうか？」

見知らぬ男の言葉がさえぎられた。ケネス・モーニントンがかかとで地面を蹴って叫んだからだ。「ついに、ついに！　〝闇の恐怖よ！　炎の王よ！〟ジョージ・チャップマンの詩を知っている人間が存在しているとは思わなかった」

男はモーニントンの腕をつかんで言った。「知っているのか？」そして、あいているほうの手で身振りをまじえて暗唱を始めた。最初の数語のあとにモーニントンの声が加わった。

汝の音楽とともに——駿馬が

水晶の生む澄んだ光を暗い大地に放ち、
世界に教訓的な火を投げつける。

その後の十分間のふたりの会話はデュエットとなった。そしてモーニントンはため息をついてから言った。「〝私はもう十分生き、ひとつのことを見届けてきた〟。でも、死ぬ前に——血縁関係《コンサングイニアス》の文脈《コンテキスト》？」
見知らぬ男は自分の草稿を取り上げて朗読した。

なんとあなたの心は
静寂と忙しさの二重の幸福を持つとは！
完全な平和の深淵は
決して止むことのない小波《さざなみ》の労苦を通して
自らの激しさを解き放つ。
しかし、その小波の変化する気分について、
あなたは心の底では無知で、
最も厳粛な静けさの中で思いを巡らす。
このように、怠惰と勤勉は

あなたの重荷を背負った心の中に
豊かな血縁関係を見つける。

「なるほど」モーニントンは言った。「ちょっとマイナーだけど、かなり美しい」

「欠点というか、愚かさは十分に明らかです」見知らぬ男は言った。「しかし、わたしはそれこそがその女性を反映していると自負している」

「活字にはしたんですか？」モーニントンは真剣にたずねた。

相手は立ちあがって答えた。「印刷したことがある。そのことを知っているのは――出版社以外では――あなただけです」

「ほんとうですか？」モーニントンはきいた。

「ええ」見知らぬ男は言った。「わたしの名前を言えば、わたしの置かれている立場がどれほどひどいかわかってもらえるでしょう。オーブリー・ダンカン・ペレグリン・メアリー・ド・リスル・デストレンジ、ノース・ライディングス公爵、クレイグミューレン侯爵、プレッシング侯爵、伯爵かつ子爵、神聖ローマ帝国伯爵、剣とマントの騎士、その他いくつものバカげた名前がある」

モーニントンは唇をつまんだ。「なるほど、わかります。その立場では詩でなにかをするのはむずかしいでしょうね」

「むずかしい」相手は叫ぶような調子で言った。「それどころか不可能だ」

「えっ、そんな」モーニントンは言った。「不可能？　出版はできるし、少なくとも批評はお世辞ではない」

「批評ではない」公爵は言った。「単なるおしゃべりにすぎない。本を一、二冊――出来のよい作品ではなくとも、自前の作品を――ものしたひとかどの男になったり、引用をできる男になったりするだけのことだ。わたしに会いに来た人たちに、どんな引用をすればいい？　司教にわたしの作品の感想を聞いたり、わたしが司教の作品の感想を伝えたりできるだろうか？　従兄弟の伯爵はシットウェル家についてなんと言うだろう？」

「いや、まったく」モーニントンがそう答えると、ふたりの若者は数分間、顔を見合わせていた。

やがて公爵がニヤリとした。「かなりバカげている。わたしはほんとうに詩をたいせつに思っている。自作の詩のいくつかは残る可能性が高いかもしれない。でも、数日以上生きられる場所が見つからない」

「匿名で発表したら？」モーニントンはきいた。「でも、それでは解決にはならないな」

「あのですね」公爵は突然こう言った。「どこへ行くつもりですか？　いや、わたしの屋敷に来て、よかったら数日滞在しませんか?」

モーニントンは残念そうに首を振った。「週末にファードルズの大執事と会う約束をしているんです」

「では、そのあとでは?」公爵はうながした。「ぜひそうしなさい。チャップマンとブランデンについて話をしましょう。さあ、いらっしゃい。車でファードルズまで送りますよ。で、月曜の朝には迎えにうかがいます」

ケネス・モーニントンはこれを承諾したが、臨時の雨宿り所から離れようとはしなかった。しかし三十分もしないうちに、公爵は車を小屋の前まで運転してくると、モーニントンを乗せてファードルズに向かった。〈カリー〉のコテージ側から村に近づいたさい、曲がり角で別の車とすれちがったが、モーニントンにはその対向車の中にグレゴリイ・パーシモンズとエイドリアン・ラックストローの顔が見えたように思われた。しかし、かれは桂冠詩人の新しい韻律の是非について公爵と長い論争を繰り広げていたので、なにやら妙だと思ったが、その出来事は記憶にほとんど痕跡を残さなかった。

大執事は公爵のことを知っているようだった。公爵のほうは、どちらかといえば、大執事には関心がなかった。その超然とした態度は、三人が交わした数分間の会話から浮かびあがってきた。つまり、ノース・ライディングス公爵はローマ・カトリック教徒（ゆえに〈剣とマント〉なのだ）だったし、詩への執着と自身の不運をかこつせいで、他のことに心を向ける余裕がなかったのである。それでも公爵は、月曜のランチに来ると約束して姿を消した。

「ベイツビーのことを忘れていました」車が走り出すと、大執事は突然、モーニントンに言った。「やれやれ！　公爵とかれとは気が合わないのではないかと心配です。ベイツビーはクリスチャン・リユニオンにひどく熱心なんです。かれなりの計画があってね――なかなかりっぱなものです、わたしはそう思う。他の人たちもかれの考えに同調すればですが」

「同じことが公爵にも言えるとは、うかつにも思いつかなかった」モーニントンは家に入りながら言った。

「でも、それはベイツビーが組織の一員にほかならないからです」大執事は言った。「組織と個人のいずれがより超自然的かと言えば、前者のほうがそうだと信じるほうが容易《たやす》い。それに組織は自らを信じて待つことができますが、個人はそうはいかない。公爵には待っている余裕がない。死んでしまうかもしれないからね」

昼食のさい、ケネス・モーニントンはミスター・ベイツビーのリユニオン計画について、その発案者から詳細な説明を受けた。かなり複雑だった。モーニントンの理解したかぎりでは、神は共産主義に反対していて選挙が唯一の健全な統治方法である、とだれもが信じている。大執事は、その日の午後に誘われたテニスよりもカトリック教会の体質を知るほうがずっと楽しいゲームだと言った。

「みんなはわたしがテニスをしないことを知っているのにね」大執事は悲しそうに言った。「だから、あなたが来てくれてうれしかった。断る理由ができて」

「なにか運動をしていないのですか?」モーニントンは何気なしにたずねた。

「まあ、実のところ、フェンシングをしています」大執事は微笑みながら言った。

「少年のころはロマンチックな気持ちで練習にいそしんでいました。長じてロマンを卒業したので、今は惰性でつづけています」

昼食のあいだは、カトリック教会の体質に関する話題でもちきりだったので、ケネス・モーニントンがキリスト教と国際連盟について大執事と話す機会を見いだせたのは、ミスター・ベイツビーが十マイルほど離れた自分の教区で、若者たちのクリスチャン・クリケット・クラブを監督するために出かけてからのことだった。そして庭に腰を落ち着けたとき、偶然にもモーニントンは、『民俗学における聖なる器』で削除された段落について司祭が話していることに気づいた。

「だれですって?」モーニントンは急に、ある名前に引きつけられた。

「パーシモンズです」大執事は答えた。「あなたの会社と関係があるのですか? あなたを訪ねた日、その人を社内で見かけたように記憶しているのですが……」

「この近くのマリンズとかジャギンズとか呼ばれている家に住んでいる人のことなら、もちろん弊社と関係があります」モーニントンは声を張りあげた。「スティーヴン社長の父親、弊社の創業者です。いまはジャギンズに住んでいるのですか?」

「〈カリー〉に住んでいます」大執事は言った。「あなたの言うジャギンズです」

「でも、かれがその段落を削除したがったことを、どうしてあなたが知っているんです?」モーニントンはたずねた。

「ジャイルズ卿がそう言ったからです――パーシモンズがわたしを騙して聖杯《グラール》を奪おうとしたこと、および最終的には、わたしの頭を殴ってそれを奪った事実で確認できました」大執事は答えた。

ケネス・モーニントンは大執事を見、庭を見、教会の向こう側を見た。「おれは狂っていない」かれはつぶやいた。「〝我が脈拍は穏やかに時を刻んでいる〟……ええ、そうですとも。〝はてさてなんと言うのであったか、汝はなんと呼ばれるのであれ、わがもの〟。しかし、引退した出版人が大執事の頭を殴るとは……」

大執事は、これまでの事の経緯をよどみなく語り、〈カリー〉から帰宅するところで話を締めくくった。モーニントンは話を聞いていて、突飛でバカバカしいと感じた。聖杯《グラール》という概念そのものがなかったら、とても信じられなかっただろう。人によっては荒唐無稽な話だが、実に信じやすい出来事でもある。モーニントンは、ジャイルズ卿のように昔話や未開の地の民話を通してではなく、神聖な器《ヴエセル》という観念に接していたからだ。また大執事のように、特定の器を一時的に使用することが些末なことに思えるような、宗教的な深みの感覚を通してでもない。高尚な詩と文学におけるロマン主義の伝統を通して信じられると思ったのだ。この生きた光は、かれの心の中で長いあいだ、いまでは慣れ親しんでいる聖杯《グラール》という観念を照らしてきた――テニスンやロバート・ホーカーやマロリーやもっと古い作家たちの作品は、いまだにこの物語を親しみのあるものにしており、その親しみやすさが、ある種の可能性を生み出している。それを否定することは、かれ自身の過去を否定することになる。しかし、その存在の可能性に対する感情的な証言には知的な裏付けがあった。モーニントンは、ジャイルズ卿が学者たちのあいだで非常に高い評価を得ていることを――自社の宣伝活動を通じて――知っていた。数多くの謙虚な書評がそのことを示している。そして、そんな出来事がありえるとして、そのようなことが起こりえるとしたら……それにしても、グレゴリイ・パーシモンズとは……モーニントンは大執事を振り返った。

「たしかに見たのですか?」モーニントンはきいた。「警察に通報しました?」

「いいえ」大執事は言った。「わたしが見たことをあなたが信じないのであれば、警察が信じますか?」

「わたしは信じますよ、信じますとも」モーニントンはあわてて言った。「でも、なぜかれがそれを欲しがるのです?」

「さっぱりわかりません」大執事は答えた。「わたしもそれが不思議なんです。なにがなんでも手に入れたいほどのものなのか? なぜだれもが聖杯《グラール》を欲しがるのだろう? あれが聖杯《グラール》だとしたらですが。かれは、自分はコレクターだと言ってましたが、わたしはそうじゃないと確信しています」

モーニントンは立ちあがると、その場を行ったり来たりした。数分間の沈黙があった。やがて大執事が言った。「しかし、心配する必要はありません。わたしの『国際連盟』はどうなりました?」

「ええ」モーニントンはうわの空で応じて、ふたたび腰をおろした。「まあ、そのう、スティーヴンは単純にその原稿に飛びつきましたよ。ぼくはそれを読んでから、かれに感想を話した。そして、当社の息のかかった評論家のだれかに送ることを提案しました。ただ、政治的な専門書と神学的な専門書のどちらにしたらよいかは決められなかった。少なくともそのことを提案するつもりだったのですが、時間がなかった。大執事著? 正統派の大執事著? いずれにしろ、かならず出版します。社長は前向きに取り組んでいます」

「非常によろこばしい」大執事は答えた。「思いがけないことです」

「社長のスティーヴンは」モーニントンはつづけた。「聖職者の本に目がないのです。

それには以前から気づいていました。もちろん、フィクションは弊社の柱です。しかし、社長は聖職者の原稿はできるかぎりすべて採用している。社長は少々、弊社の刊行物のいくつかの作品を恥じていて、それを相殺したいのではないかと思います。これまで隠秘学関係の書籍を何点か刊行しています。一種のオカルト本。黒ミサやその種のことに関する定番の著作です。スティーヴン自身が経営に本格的に乗り出す前に出版していたのですが、かれはその種の著作に対して漠然と責任を感じているのはまちがいない」

「では、それらはどなたが刊行していたのです?」大執事は何気なくたずねた。

「先代社長のグレゴリイです」モーニントンは答えた。そこで突然、口を閉じた。そしてふたりは顔を見合わせた。

「ああ、実にバカげている」モーニントンが突然、声を張りあげた。「黒ミサとは!」

「黒ミサはまったくもってバカげています、言うまでもなく」と大執事。「しかし、このバカげたことは、つまるところ、現に存在します。そして精神は、バカげたことに酔いしれるものです」

「本気で言っているのですか」モーニントンはきいた。「ロンドンの出版社が悪魔に魂を売り渡し、自分の血でサインをしたと? そんな行為をしている先代社長の姿を目撃したら、自分は呪われているとしか思えない。多くの人が魔術に興味を持っている。新月の下で、死者の脂で秘密の呪文を唱えることまではしなくても」

「あなたはロンドンの出版社のことをしきりに言いつづけている」相手は言った。「ロンドンの出版社に魂があるなら――あなたは、それは認めざるを得ないでしょ――売ろうと思えば売れる。悪魔にではなく、自身に。とうぜんでしょ?」大執事はじっくり考えた。「わたしは思いますよ、やっぱり、あの杯《カリス》を取り戻そうと。良識です。そうしたことには振る舞い方があります。聖杯《グラール》にも。もしあれがほんとうに聖杯《グラール》ならば」大執事はめずらしく感動した様子でつづけた。「狂乱した小鳥が乱痴気騒ぎを行うためにあるのではない」

「小鳥!」モーニントンは大声を発した。「あれが正真正銘の聖杯《グラール》なら、グレゴリイは小鳥どころではありませんよ。ハゲタカです」

「まあ、どちらでもよい」司祭は言った。「問題は、いますぐわたしになにができるかです。押しかけてみようかと半ば思っています」

「あのですね」とモーニントン。「まず、ぼくが行って、グレゴリイに会いましょう。この土地でちょっとした訪問をすれば、かれも気分がいいでしょう。ついでライオネル・ラックストローともぼくが話をします」とほとんど不機嫌な口調で言った。「押しかけようなんて愚かな考えが一度でも頭に浮かんだら、ほかのことはなにも見えなくなるものです。あなたはまちがっていますよ」

「となると、あなたがすることがよいことなのかわからなくなる」大執事は言った。「もしわたしの頭がおかしいのなら――」

「まちがっている、と言ったのです」モーニントンが口をはさんだ。「判断をあやまっているのは、頭を殴られて精神と目に影響が出ているからです――ということは、ほぼ狂人同然なわけです。わたしの頭がおかしいとしたら、とにかく――あなたがグレゴリイ・パーシモンズと話をしたところでこれ以上はっきりすることはないでしょう。また、ミスター・ラックストローと会ったところで同じです、その方がどのような人であろうと」

ケネス・モーニントンは手短に説明して、「かれは非常に礼儀正しい人物です」と言葉を結んだ。

「親愛なる人よ」大執事は言った。「お茶をともにして、相手が最後にひとつだけ残ったクランペットをくれたとしても、相手がそのクランペットを猛烈にほしがっているわけではないとしたら、その親切な行為はなんの証明にもなりません。相手はなにかほかのものがほしいのかもしれません」

しかし、その夜、ケネス・モーニントンがコテージに行くと、ライオネル・ラックストローはかれの意見に賛同しなかった。グレゴリイは、ラックストロー家にとってメリット以外の何物でもなかったからだ。かれはコテージを貸してくれた。妻のバーバラの手間が省けるからと言って、〈カリー〉からメイドをよこしてくれた。また、自動車や他のお楽しみでエイドリアンを何時間も夢中にさせてくれた。その結果、エイドリアンは、この新しい友人と長くいっしょに過ごすために、両親が遠出の散歩にでかけることをよろこんだ。そもそもライオネルは、大執事の十字軍に積極的に参戦する理由は——共感することも——ないと考えた。特にモーニントン自身が懐疑と同調のあいだで揺れ動いているのだから。

「ともあれ」ライオネルは言った。「ぼくにどうしてほしいんだ？　しばらくのあいだ、エイドリアンをぼくの手をわずらわせないようにしてくれるような人物なら、この国の大執事全員の頭を叩くことぐらいできるだろうね」

「きみになにかしてもらいたいわけじゃない」モーニントンは言った。「話し合ってほしいだけだ」

「じゃあ、明日、〈カリー〉でいっしょにお茶をしよう」ライオネルは言った。「そのときに話をしてみるよ、そうしたいなら」

日曜の午後、モーニントンは、〈カリー〉に到着した。午前中に大執事の説教「汝、隣人の家を欲しがってはならない」を聞いたあとだった。大執事は、「汝の隣人」を神と同一視し、「我がものは千の丘の上の家畜である」というテキストに軽く触れ、貪るべき唯一のものは「汝の隣人」そのものであるというテーゼにもとづいた幻想的な説教に入った。「かれの創造物ではなく、かれの顕現物でもなく、かれの資質ですらなく、かれ自身なのです」と大執事は締めくくった。「これがわたしたちの貪欲と欲望であるべきです。最大の欲を満たすことができるのは、この欲だけです。全宇宙は主《しゅ》の家である、汝の死すべき隣人の魂はかれの妻である、汝自身は主の僕《しもべ》であり、汝の肉体は主の召使いである――無数の牛が、無数の驢《ろ》馬《ば》が高度に無機的な創造物の中で生きている。あなたはただ、心をつくし、精神をつくし、力をつくして、この方を切望しなければならない。そして今、全能の神、父と子と聖霊に、当然のこととして、すべての栄誉は帰する……」信徒たちは献金のために六ペンスを探した。

ライオネルとバーバラとエイドリアンがグレゴリイ・パーシモンズとジャイルズ卿といっしょに家の裏のテラスにいたときに、ケネス・モーニントンは着いたが、すでに訪問する旨は知らせておいた。もともとは自分の部下のひとりだったこともあって、グレゴリイはかれを快く迎え入れた。しかし、モーニントンはすでに少し驚いていた。というのも、メイドに案内されて広間を歩いていたとき、庭のドア近くの片隅に自分の頭の高さほどのところに張り出し棚があることに気づき、その上にアンティークの杯《カップ》が飾られていたが、それは大執事が話をしていたものとよく似ていたからだ。そんなことはありえないと思った。司祭の不条理な疑いが正しければ、グレゴリイは窃盗品を公然と見せびらかしていることになる――さすがにそれはないだろうという印象を植えつけるためだけにしているのであれば話は別だが。「そんな発想はありえない」モーニントンはテラスに近づきながら思った。精神は忌まわしい代替案を用意することはできない。それでも人は行動しなければならない。「お元気ですか、パーシモンズさん？　立ち寄って申し訳ありません」

話題は、春の出版シーズンや書籍全般について穏やかに小波立って流れたが、エイドリアンが意識を集中したのは、話題の流れが停滞する瞬間だった。

話題の淀みは、ふたりの若者に意識されることなく、静かに近づいてきた。校正刷りにおける訂正の問題である。そのとき、それまでほとんど沈黙を守っていたジャイルズ卿が、突然こう言った。「わたしは知りたい。校正刷りは私的なものなのか、そうではないのか？」

「厳密には、そうですね」ライオネルはエイドリアンを気だるげに見て言った。「出版社の裁量によります」

「悪魔の裁量だな」ジャイルズ卿は言った。「きみの意見はどうだ、パーシモンズ？」

「そのとおりだね」グレゴリイは答えた。「少なくとも出版されるまでは」

「たずねたのはほかでもない」ジャイルズ卿は単刀直入に言った。「わたしの念校が部外者に見せられたからだ。まだ出版されていないうちに。そして、ここにいる紳士がたのひとりに責任があるとすれば、理由を知りたい」

「親愛なるタムルティ、たいしたことじゃない」グレゴリイが穏やかな調子でなだめるように口をはさんだ。「その件にはふれないよう頼んだじゃないか」

「わかってる」ジャイルズ卿は言った。「だが、問題にすべきだと答えたはずだ。結局のところ、頭のおかしい聖職者が、なぜわたしの著作の削除したはずの段落を読むことを許されるのか、その理由を知る権利がわたしにはある。言っておくが、パーシモンズ、われわれは、まだこれからも会う機会があるんだぞ……その大執事と」

バーバラの存在が、ジャイルズ卿の感情表現にけっこうなブレーキをかけていることは明らかだった。ケネス・モーニントンには会話の内容がわからなかったが、突然、相手がなにを言っているのか理解したので、座っていた椅子から身を乗り出して言った。「ジャイルズ卿、ぼくの責任です。大執事にあなたの校正刷りを見せたのは、ぼくです。ご迷惑をおかけしたのであれば、たいへん申し訳ありません。でも、あなたがおっしゃるように、校正刷りが完全に私的なものであるということには同意いたしかねます。出版社の宣伝の必要性、そしておそらくは、出版社の単なるアクシデントのために許されなければならないことがある。あなたの著作にはプライバシーに関する特別な規定はなかった」

「なんの条項も定めなかった」ジャイルズ卿はモーニントンを敵視して答えた。「というのも、わたしが最終的な訂正をする以前に、校正刷りが聖職者会議で読まれるとは微塵も思っていなかったからだ」

「実に、まったくもって、タムルティ」グレゴリイが言った。「残念な結果になった。しかし、モーニントンが真っ先に嘆いているよ、熱意が少し過剰になったことをね。あるいは、ちょっとした判断ミス、とでも言うか」

「判断ミス?」ジャイルズ卿はとげとげしく言った。「誠実さというものに対する裏切り行為だ」

モーニントンが立ちあがった。「判断ミスなどしていない」かれは横柄な口調で言った。「自分の権限にもとづいて行ったのです。いったいどんな不運をなげいているのです、ミスター・パーシモンズ?」かれはジャイルズ卿に背を向けるようにして動いた。

「不満を言っているのではない」グレゴリイはあわてて答えた。「そういう面もある。しかし大執事は、親愛なるモーニントン、きみの熱意のせいで、ジャイルズ卿が原稿に書き記していた杯《カリス》が紛失した責任をわたしに負わせようとしている。わたしは、かれが校正刷りを読んでいないことを強く願っていた。それはプライベートなものとして扱われるべきだということを、きみは認めなければいけないよ」

「セントポール大聖堂の階段で私信を読みあげるようなものだ」ジャイルズ卿が付け加えた。「そんなことをするやつは、側溝に放り込んで飢え死にさせちまえ」

「まあ、まあ、タムルティ」激怒したモーニントンが振り向いたので、グレゴリイが言った。バーバラとライオネルは急いで立ちあがった。「それほど悪いことではない。おそらく厳格な商業道徳とは、厳正なプライバシーのことだと思う。しかしおそらく、わしたちはかなり堅苦しい見方をしているのだろう。若い世代はルーズだ、知ってのとおり——縛りが少ない——教条主義的でない、とでも言おうか」

「誠実ではない、ということかな」ジャイルズ卿は言った。「とはいえ、これはわたしよりもあんたの問題だ、結局のところ」

「これ以上はやめにしときましょう」グレゴリイは体裁よく言った。

「でも、もっと言わせてもらいます」モーニントンが叫んだ。「泥棒呼ばわりされ、嘘つき呼ばわりされ、こっちはなにがなんだかわからない。ぼくはまったく正しいことをしたのだから。なのに許されるだと？　ああ、申し訳ない、バーバラ。でも、ぼくには耐えられないし、耐える気もない」

「しょうがないだろ」ジャイルズ卿は薄笑いを浮かべながら言った。「どうする気なんだ？　わたしたちふたりはきみを許してやった。そこで終わりにしたんだぞ」

ケネス・モーニントンは怒りのあまり地団太を踏んだ。「弁明をいただきたい。ジャイルズ卿、この不快な著作の重要性はなんです？」

バーバラが前に進み出て、モーニントンの腕に自分の腕をまわした。「ねえ、ケネス」彼女は小声で言って、グレゴリイに向き直った。「ミスター・パーシモンズ、どういうことなのかよくわからないのですが……許し合うことはできないのでしょうか?」そしてジャイルズ卿に微笑みかけた。「ジャイルズ卿は、世界のさまざまな場所で、多くの人々を許さなければならなかったことと思います。今回はわたしたちを許していただけませんか?」

ライオネルが妻を援護した。「モーニントンより悪いのはぼくです。校正刷りを管理することになっていました。なのに、未修正のゲラから目を離してしまった。罵倒されるべきはぼくです、ジャイルズ卿」

「社内の問題」ジャイルズ卿は頑なに言った。「それはひとつの危機管理だ。しかし部外者、聖職者、しかも頭のおかしい聖職者がかかわったとなると——言語道断だ」

「頭のおかしい聖職者が——」モーニントンは言い返そうとしたが、バーバラの訴えにさえぎられた。「でも、いったいなにがどうしたんです? 教えていただけますか、ミスター・パーシモンズ?」

「百聞は一見にしかず」グレゴリイは快活に言った。「実のところ、エイドリアンがすでにそれを目にしている。今朝、それでゲームをした。課題は、年代物の杯《カリス》の鑑定だ」かれは一行をホールに案内し、張り出し棚の前で立ち止まった。「ほら、これだよ。わしのものだ。あるギリシャ人から入手した。その男は、トルコが小アジアを回復する前に逃亡した同胞のひとりから手に入れたんだ。エペソで発見され、スミルナ経由でもたらされた。十分に古くて興味深いが、聖杯《グラール》であることに関しては——不幸なことに、いまわしたちが醜態をさらした問題の段落を大執事が読んだあとで、みっつのことが起こった。まず、わしはかれに、とても貧しい小教区を持つわしの友人のために杯《カリス》をひとつもらえないかと頼んだ。ついで泥棒がかれの教会に侵入した。その後、道端で浮浪者に頭を殴られた。その結果、大執事はわしが泥棒かつ浮浪者で、これが紛失した杯《カリス》だと思っている。少なくとも、かれは紛失していると述べている」

「どういう意味です——紛失しているとは?」ライオネルがきいた。

「まあ、正直なところ——あえて言えば、単に腹を立てているのにすぎない——わしたちのだれも大執事のことをほんとうに知っているわけではないだろう?」グレゴリイはきいた。「そして聖職者の中には、アメリカの大富豪に珍品を提供することで小銭を稼ぐことも辞さない輩もいる。でも、その品が万が一発見されたら具合が悪い——そこで不審者や見知らぬ隣人の手によって紛失したということにすれば……」

しばしの間があった。やがてモーニントンが口を開いた。「ほんとうに大執事のことをご存じなら……」

「実にそのとおり」グレゴリイは答えた。「ああ、わしはかれに偏見を抱いている。まちがいなく。しかし、教区の司祭が辻強盗を実際に告発することはないだろう。次に警察から連絡があっても驚かんよ。おそらく一番いいのは、かれが紛失したと言っている代物のかわりに、ここにある年代物の杯《カリス》をかれに差し出すことだろう。でも、わしはキリスト教徒じゃないから、そんなことはせんよ」

「今朝は、その杯《カリス》でゲームをしたのよね、どうだった？」バーバラが微笑みながらエイドリアンにきいた。

「あっ、秘密のゲームなんですよ、だよね、エイドリアン？」グレゴリイは快活に言った。「ふたりだけの秘密のゲーム。そうだね、エイドリアン？」

「なにかが隠されてるんだ」エイドリアンは真顔で言った。「隠し絵だよ。でも、なにが隠れているのかマミーにわかっちゃだめなんだ。だよね？」かれはグレゴリイに訴えかけた。

「たしかにそうだね」グレゴリイは言った。

「たしかにそう」エイドリアンは繰り返した。「ぜんぶぼくの隠し絵なんだ」

「でしょうね、坊や」バーバラは言った。「聞いて、ごめんね。さて、ミスター・パーシモンズ、わたしたちはそろそろおいとまさせてもらいます。午後の楽しいひとときをありがとうございました。あなたのおかげで快適な休暇をすごさせてもらっています」

グレゴリイとモーニントンが玄関ホールにきたとき、すでにジャイルズ卿はその場を立ち去っていた。おかげで、別れのあいさつの気まずさはとりのぞかれた。ただし、グレゴリイはモーニントンを引きとめてこう言った。「タムルティの一件は丸く収められるだろう。最初はすごく怒っていたがね。息子のスティーヴンに直訴して、きみを罷免してやると息巻いていたよ」

「ぼくをどうするって？」ケネス・モーニントンは声を張りあげた。

「まあ、きみはうちの息子のことは承知しているだろ」グレゴリイは打ち解けた口調で言った。「〝効率的〟とか〝その他もろもろ〟とか——だが、モーニントン、きみは息子の仕事ぶりを知っているし、どんな男かも知っているはずだ。あいにく、影響されやすい。ジャイルズ卿は息子の著者リストのなかでは評判がいい」

「かなり評価が高い」モーニントンは認めた。先ほどの憤怒の熱はいずこへ、いまでは肌寒いほどだ。なるほど——スティーヴン・パーシモンズは軟弱で、ジャイルズ卿を失うことを恐れている。しかもこの二代目社長は以前、ヒステリックな怒りにまかせて社員をクビにしたことがある。

「でも、確実にだいじょうぶだ」グレゴリイは相手を見つめながらつづけた。「まちがいない。なにかあったら言ってくれ。わしはきみのことをとても尊敬している、モーニントン。そして一言、ひょっとして……できることなら、大執事を静かにさせておいてくれ。そうしてくれると助かる」

グレゴリイ・パーシモンズは手を振ると、邸内に引き返していった。ケネス・モーニントンは以前よりかなり動揺し、ゆっくり歩いて牧師館に戻った。

第九章　ノース・ライディングス公爵の遁走

月曜日の十二時ごろ、公爵の車が教区牧師館に到着した。運転手は門の前にもう一台の車が駐車しているのに気づいた。その車に見覚えのある警察官が乗っていた。

「こんにちは、プッテナム」公爵は言った。「ということは、警察本部長が来てる？」

「中にいます、閣下」プッテナム巡査が敬礼しながら答えた。「暴行事件に関する尋問をしているのだと思われます」

公爵は、かなり不愉快そうな様子で牧師館を見つめた。警察本部長のことが嫌いだった。というのもその男は、最初は仕事として人々を保護するものの、しだいにそれを道楽に発展させると、急速にマニアックで人迷惑なものにしてしまう――少なくとも公爵にはそう思える。思い起こせば数日前のこと、警察本部長を自宅に招待して夕食を共にした。だが、そのときに警察本部長は、警察を支援する一般市民の心構えの欠如について長々と語り、その例としてファードルズの大執事が冒瀆と傷害の一件を警察に通報しなかったことをあげている。明らかに警察本部長は、大執事がしばらくのあいだベッドに寝たきり状態だったことを遺憾に思っていた。しかし、大執事が説教を再開した今、警察本部長は自分の道楽としての捜査と一般市民の警察に対する心構えの勧告がもたらす結果を見極めようとしていた。公爵は一瞬ためらったが、ケネス・モーニントンがその不愉快な場の空気から逃げ出す機会を与えてくれるかもしれないと思い、ゆっくりとドアに近づいた。そして書斎に通されると、警察本部長がいらだちを露わにしており、モーニントンがすべてに対して見境なく冷ややかな態度をとっていることに気づいた。かたや大執事は――公爵の目には――いつもと変わらなかった。

「ごきげんよう、ライディングス公爵」警察本部長は、司祭が公爵に歓迎の挨拶を述べたあとで言った。「おそらくあなたは、わたしがしごくまっとうなことを言っているとうなずかれることと思います。ここにいる大執事は杯《カリス》をなくしたと言っているのですが、それを探すためにしかるべき当局の手を借りようとしないのです」

「でも、わたしはお手数をかけさせたくないのです」大執事は言った。「あなたの言う当局が警察のことなら。わたしは、容疑者の浮浪者あるいは不審者がなにを探し求めているのか知っているのか、とあなたにたずねられたので、はい、と答えました――ここで使用されていた杯《カリス》です。それが消えたのかどうかきかれたので、はい、と答えました。ですが、探してほしくないのです」

公爵は、英国国教会の司祭であってもまんざらではない人物もいるかもしれないと感じ始めた。紛失物を警察本部長に探されることほどいやなことはない。だが、窃盗事件だ。もちろん、聖職者ではない者が杯《カリス》を日常生活で使うことはありえないが、それでも盗まれたことに変わりはない。とにかく、警察本部長はぜったいに捜査を継続するだろうから、好きにさせたらいいのでは？　だが、公爵はそのようには言わなかった。ただうなずき、モーニントンをちらりと見ただけだった。

「見つけたいのでしょ？」警察本部長は苦心してゆっくりと言葉を吐き出した。

「いや、わたしは——失礼ながら、あなたは、探し出すようにわたしに強要している」大執事は答えた。「警察に介入してほしくない。理由として、まず、わたしは教会の俗権利用に関心がないからです。つぎに、そうすることで事件が好ましくない形で公表されてしまうからです。そして、自分は紛失した杯《カリス》のありかを知っているからです。最後に、そこにあることを証明できないからです」

「あのですね」モーニントンが強い口調で言った。「証明できないのであれば、言いがかりをつけるべきじゃない」

「そんなことはしていません」大執事は脚を組みながら言った。「だれかを非難しているわけじゃない。ただ、紛失物がどこにあるか知っているだけです」

「では、どこにあるのです？」警察本部長がたずねた。「それに、どうやってその場所を突き止めたんです？」

「最初の質問ですが」大執事は言った。「〈カリー〉のグレゴリイ・パーシモンズが所有している。おそらく、ホールの張り出し棚に飾られているのでしょうが、確証はありません。ふたつ目の問いに対しては、子供に対するかれの教育方針、黒魔術の本、校正刷りの最後の段落の削除、わたしを騙そうとしたこと、聖餐杯《カップ》が保管されている場所、自家用車、脅迫、その他いくつかの出来事によって推測されました」

警察本部長は、〈カリー〉のグレゴリイ・パーシモンズの名前が突然、言及されたことに呆然としていた。すると公爵がたずねた。「そうした手がかりを持っているのなら、どうして確信が持てないのです？」と言うと、「内心ではなにか引っかかるものがある？」唐突にそう付け加えた。田舎の家屋所有者が単なる杯《カリス》を盗むために大執事の頭を殴ることなどありえないと気づいたからだ。

「わが心の内に迷いはありません」司祭は答えた。「でも、警察は動機を発見することができないでしょう」

「いや、もちろん、できますよ」モーニントンは憤慨して言った。

「できますとも――あなたがおっしゃるように――わたしたちなら」大執事は言った。「紛失したものがなんであるのかわかっているし、人類にはさまざまな宗教がありえることも知っているからです」

「確信しているのですね、なくなったものが――ほんとうにあれだと」モーニントンは言った。

「いいえ」司祭は答えた。「でも、心の中で、そう信じることに決めたのです。なにを信じるかは人の勝手。それ以上のことはだれにもできませんが」

「わたしの理解したところでは」警察本部長がきいた。「あなたはミスター・パーシモンズがその杯《カリス》を盗んだと非難しているのですね？　それと盗んだ動機、およびかれが犯人ならば、自宅のホールに飾っている理由がわからない、ということですね」

「ポーの『盗まれた手紙』の実例は常にある」公爵が思案気につぶやいた。「それでも作品内では、盗まれた手紙は公然と掲示板に貼られていたわけではない。見に行くことはできませんかね？」

「それだ、提案しようと思ってた」と言って、警察本部長はうれしそうに立ちあがった。「杯《カリス》を失うあなたの不安はよく理解できる」――ケネス・モーニントンが突然笑い出し、窓のほうに歩いていった――警察本部長はつづけて言った。「だれだって気になる、それはわかりますよ、古美術品として興味深い杯《カリス》となれば。しかし、ミスター・パーシモンズに対するあなたの考えは……まちがっていると強く感じます。なので、ちょっと顔を合わせてもらい、かれの杯《カリス》を検分し、その他のことに関して話をきいて……そのあとは、わたしたちに任せてもらいたい」そこで期待に満ちた表情で司祭を見た。「これから三十分ほどお時間をいただけませんか？」

「ここを離れることはできません」大執事は言った。「わたしは法的にも公的にもミスター・パーシモンズを非難しているわけではないということをはっきりと理解していただけなければ。お望みなら、同行します。警視長からの道徳に反することのない要求は断れませんからね」警察本部長がご満悦そうな顔をしているのを見ながらつづけた。「それと、ミスター・パーシモンズの気持ちを考える理由はない――実際そのようないわれはまったくありませんし」そして、窓からふたたび室内に視線を戻したモーニントンに言いたした。「好奇心があります。それが別の杯《カリス》なのか、それともわたしのものなのかたしかめたい。でも、それだけです」

「よくわかりました」警察本部長はにこやかに言った。「ライディングス公爵、きみも来るかね？　そちらのあなたは――」かれは相手がだれなのかわからず躊躇した。

公爵はケネス・モーニントンを見て言った。「行きますよ。たいして時間はかからない。先に行って、ちょっと待っててもらえますか？」

「車でゲートまでお連れしましょう」公爵は言った。「そこで落ち合うことにして――それから直行すればいい」

車中での大執事と警察本部長との会話は短くて、天気に関することだけだった。いっぽうケネス・モーニントンは出発する前に、公爵の問いに答える形で状況を説明した。

「きみ自身はどう思う？」公爵はたずねた。

モーニントンは苦笑いを浮かべた。「不合理なるがゆえに、我信ず《チャルテム・キア・インポシビア》。どちらかを非難すべきだとしたら、大執事のほうかな。とくに昨日から、そう思っている」かれは憤慨して言った。「でも、なにもかもが条理を逸している。なるほど、グレゴリイ・パーシモンズの説明は完璧に納得がいく――が、実際にはそうではない。段落も聖餐《カッ》杯《プ》もあった――が、今はない」

「まあ」公爵は言った。「警察本部長を困らせることができるなら、なんでもわたしに言ってくれ。手伝うよ。以前かれに、詩は実用的ではないと言われたことがあるのでね」

二台の車は、〈カリー〉のゲート前で停止した。「ついてくるかね、公爵？」警察本部長がきいた。

「いや、わたしには関係ありませんから。尋問したり分析したり、その他の作業をするのに必要以上に時間をかけないでください」公爵はかれらが屋敷に入るのを見届けると、ポケットからメモ帳を取り出し、世界大戦とドイツ帝国の滅亡をテーマにしたギリシャ風ドラマの執筆に取りかかった。かれの考えでは、その古典的な形式はアクションの激しさを最後の一滴まで絞り出すことができ、また、もっとも広範かつもっとも微細な効果を同時に表現できる。舞台はフランスのドイツ戦線後方の空き地。時は一九一八年三月。合唱部《コロス》は占領地のフランス人女性たちで構成されている。そして機械仕掛けの神《デウス・エクス・マキナ》は、高度に形式化された聖ドニによって表現される。公爵は、その聖ドニをギリシャの光の神《ポイボス・アポローン》のようにすることに腐心した。そして、冒頭の神の独白に取りかかった。

居住可能な地から離れた、野原は
炎に一掃されたり戦争の毒牙に侵されたりすることはない、
が、処分される……

〝ゼウスによって〟と言うべきか、〝神によって〟と言うべきか、公爵は悩んだ。
いっぽうでは、グレゴリイ・パーシモンズが冷ややかな礼儀正しさで客を迎え、それに対して大執事は温かい態度で応じていた。「わたしのせいではありませんよ、ここにみなで押しかけたのは」司祭は、警察本部長を紹介するさいに述べた。「コンヤーズ警視長がどうしても来ると言うのです。かれは盗まれた杯《カリス》を探しています」
「来たくて来たわけではありません」コンヤーズ警視長はいらついた気分で言った。自分が誤解を招く立場に置かれたことに気づいたからだ。「大執事は、杯《カリス》がどういうわけか〈カリー〉に持ち込まれたと考えているようです。それがほんとうかどうかわかれば、他の場所をもっと捜査できると思ったのです」

「わしがここに杯《カリス》を持っているとあなたに言ったのは、ミスター・モーニントンだと思うが」グレゴリイは言った。

「わたしが目にしたのを覚えているでしょ?」大執事は言った。「そのときに置かれていた場所を見て、これは……重要なものだと感じたのです。あなたはかなりユーモア感覚のある人だ」かれはかぶりをふって、そっと鼻歌を歌った。「ああ、神々の中の神に感謝します……」

コンヤーズ警視長はふたりの顔をキョロキョロ見わたして、「話についていけませんな」と少しあせった様子で言った。

「〝主の――神は関係ないのですが――慈悲は永遠に〟」そう締めくくりながら、大執事は穏やかな笑みを浮かべた。一種の譫妄のようなよろこびに刻一刻と浸っているようだ。ついでその場にいる人たちの顔から顔へと眼球が動いた。そのまなざしは、コンヤーズ警視長を見るときの単なる微笑ましさから、グレゴリイ・パーシモンズに対したときにはいたずらっぽさへと変化し、ケネス・モーニントンに向けられたさいには親愛の情がこめられていた。モーニントンと大執事とのあいだに、たがいに惹かれあう友情の始まりがたしかに感じられた。グレゴリイ・パーシモンズはとまどいながら大執事を見た。グレゴリイはジャイルズ卿の横柄な無礼さを理解していた。とはいえ、ジャイルズ卿がグレゴリイの上っ面な気取りを軽蔑しているように、グレゴリイもまたジャイルズ卿の高慢な態度を軽蔑していたのだが。しかし、大執事の戯れには理解がおよばなかった。従僕ラディングに命じた大執事の頭への一撃が、かれの精神にかなりの影響を与えたのではないかと真剣に考え始めた。グレゴリイはちらりとモーニントンを見た――少なくともかれには力があり、自分の力を理解している。ついで警察本部長に目を向けて、待った。一分か二分、かれらはみな黙したままたたずんでいた。その静寂をコンヤーズ警視長が打ち破った。

「わたしの考えでは」警視長はかなり鋭い口調でグレゴリイ・パーシモンズに話し始めた。「ここであなたの杯《カリス》をわれわれに見せてもらえれば、大執事はそれが自分ものではないと納得するのではあるまいか」

「よろこんで」と応じながら、グレゴリイが張り出し棚に向かったので、みなはあとにつづいた。「さあ、これです。由来を知りたいですか？　わたしはこれを――」かれは語りだした。ケネス・モーニントンがすでに聞いたことのある話だ。

コンヤーズ警視長が大執事を見て、「どうです？」と言った。

大執事の表情がしだいに真顔になった。おのれの精神の不合理な陽気さがより大きなよろこびへと広がっていくのを感じた。その歓喜の舞いは、さらに活力に満ちてゆき、そのせいで、より大きな身振りとなった。かすかにふたたび楽の音が聞こえた。だが今回は、外部からでも内部からでもなく、非空間的・非時間的、そして非個人的な存在からだった。それは楽の音だったが、まだ旋律をともなっていない。あるいは音楽と称するなら、動きそのものが音楽だった。大執事は、問題の杯《カリス》を何度も何度も見つめ直しているうちに、自分が狭い水路に向かって流れる川の一部だと感じた。その小波《さざなみ》立つ水面上に、聖杯《グラール》が超自然的な光のきらめきのように輝いていた。「ええ」かれはそっと言った。「この聖餐杯《カップ》にまちがいない」

グレゴリイ・パーシモンズは肩をすくめ、警察本部長を見た。「購入先の住所を教えます。どのような問い合わせをしてもかまいません――必要とあらば」

警視長は唇をすぼめ、声を落として言った。「あなたに知らせますよ、必要かどうか。しかし、今回のこの場での鑑定が十分に価値あるものかどうかはわからない。大執事は、少し前に頭に打撲傷を負ったらしいですね」

「あいにく、道路に倒れているのを見つけて家に運んだのは、わしです。そのせいで、わしと強盗という概念が混乱した大執事の頭の中で結びついてしまったのでしょう」グレゴリイ・パーシモンズは、控えめな口調で述べた。「とても残念至極、真《まこと》に遺憾です。人づきあいが悪いと思われたくないし、そのような醜聞が広まるようなら、この屋敷を売ることも考えなければならない。大執事は古い住人だが、こっちは新参者だ。そして言うまでもなく、人々はかれの言葉を信じるでしょう。かれにこの杯《カリス》をわたせば――でも、手放すのは惜しい。わたしは古物愛好家ですが、聖職者を半殺しにしてまで手に入れたいとは思わない。あなたの一存にまかせますよ、警視長。なにかいい考えはありますか？」

コンヤーズ警視長は熟考した。ケネス・モーニントンは、かれらの会話を立ち聞きしていると思われないように、少し離れたところでうろうろしていた。大執事は、まだ恍惚とした様子で杯《カリス》を見つめている。だがいまや、やむにやまれぬかすかな動きが自身に生じているのを感じていた。それが接近してくる気配にはなじみがあったので、厳粛に待機した。長い歳月を経た修練によって、大執事はどんな状況でも――仲間といっしょでもひとりでも、仕事中でも休息中でも、話をしていても黙っていても――その動きが生み出された場所に引きこもることに慣れていた。その閉ざされた空間では、すべての行動の原因が、それ本来の〈意志〉に従って自律している。そのように自らを制御することで、人々の意志の変化に容易に順応することができ、おかげで、いつでも、どんなときでも、完璧に自制心を保つことが可能となり、今では忍耐として、美しさとして、叡智として、歓喜として会得されている。自らを律する〈意志〉の力で解決できない小さなためらいはなく、明らかにできない大きな不安もなかった。〈意志〉の光の中では、他の事物も新たな様相を呈し、数歩離れたところにいるグレゴリイ・パーシモンズが大きく膨らんだように見えた。だが、その巨大化現象は非現実的だった。数日前に書き直した、運命を否定して抗う文章が意味不明のエコーのように天地万物に響きわたった。運命以外のなにものも運命に逆らうことはできない。そうしようとした他のすべてのものは、あまりにも極端な尊大さであり、愚かしいだけである。それは無駄な簒奪の試みであり、無益でありながらなおかつ少し不快なものだが、尊大さとはいつもそうしたものだ。宇宙《グラール》では、ファードルズにおいてと同様に尊大さは不作法である。棚に置かれている聖杯は、邪気のない嫌悪感をもって震えた。同じ動きが大執事にも訪れた。聖杯《グラール》と司祭の動きが同調した。そこで大執事はなにが起こったのかを全身で理解し、思いもよらぬ素早さで振り返ると、ホールのドアに向かって突進した。

つづいて他のみんなも走った。警視長は意を決し、数歩先にいたグレゴリイ・パーシモンズに近づいて自分の考えを伝えていたところだった。ふたりともケネス・モーニントン同様に見ていなかった――大執事が走りながら、意想外にも軽やかな動きで杯《カリス》を手に取ったところを。だが、かれらは大執事の最初の一歩を耳にして、それで走り出したのである。モーニントンはドアの近くにいたのだが、司祭に先を越された。そのあとで、かれも急いで逃げ出した。大執事は、数多くのフェンシングの試合で足腰を鍛えていたので、ドアから飛び出すと、一目散に私道を下った。かたやグレゴリイ・パーシモンズと警視長は息を切らしていた――前者はラディングを大声で呼び、後者は司祭の背中に向かって叫んだ。モーニントンだけが体調がよく、しかも若くて脚が長いので、ゲートまであと半分の距離で逃亡者を追い越した。その瞬間まで、かれは懐疑的で心の内は霧がかかったようにモヤモヤしていた。しかし、正しかろうがまちがっていようが、自分には友人を捕らえて引き留めることはできない。そう悟ったことで、たちまち決断が下されるのを感じ、モーニントンはふたたび晴れ晴れとした気分になった。かれは先に走ってゲートまで行き、それを開けると、ついで公爵の車に三歩でたどり着き、そのドアも開けた。

公爵は詩を創作していた。プッテナム巡査は八月の太陽の下で眠っていた。だが、公爵は言葉の選択に逡巡しながらゲートを見つめていた。そのとき、遠くの叫び声が巡査の夢に心地よく混じり合うより先に、戻ってきた客人たちの姿が見えた。

「猛スピードで逃げてくれ」ケネス・モーニントンは、大執事が車にたどり着くなり、公爵に言った。そして助手席に飛び乗った。私道のカーブを曲がって駆けてくる警視長に、「プッテナム」と呼ばれて、待機していた巡査は目を覚まして上体を起こした。「かれを行かせるな、プッテナム！」警視長が叫んだ。しかし、目覚めたばかりの巡査は意識朦朧状態で、だれを止めたらよいのかわからない。かれは、大執事が車の後部座席で落ち着いており、モーニントンが運転席にいる公爵の横の座席にいるのを見た。そして、その車が走り出すのを見たが、だれを止めればいいのか皆目わからない――公爵ではあり得ない。にもかかわらず、視界に入っているのは公爵の車だけだ――グレゴリイ・パーシモンズは別として。すでにかれは、警視長が叫ぶより先にゲートに到着していた。巡査は駆け寄って、かれと対峙した。「わしじゃない、バカタレが！」グレゴリイ・パーシモンズが怒鳴った。「車だ、愚か者、あの車だ」ついで警視長が吼えた。「大執事だ、やつを逃がすな！」巡査は、グレゴリイから離れて車を追いかけ始めたが、かなり出遅れた追跡となった。「待て、ちくしょう！」警視長がふたたび怒鳴った。「戻れ、アホ！」巡査は、どうしたらよいかわからず立ち止まると、待機していた車にグレゴリイと警視長が転がり込むのが見えた。「すぐに出せ」警視長が言った。「捕まえられるかもしれない」

「公爵を追うのですか？」困惑している巡査がきいた。

「あのいまいましい黒衣の偽善者だ」警視長は依然として力強い声で叫んだ。そのせいで大執事は、すでに四分の一マイル離れていたが、無意識のうちに振り返った。

「おまえを聖職から引きずり下ろし、法廷に立たせてやる！」

「車を出せ」グレゴリイは巡査を不快そうに睨んで言った。巡査は言われたとおりにした。

かくて聖杯《グラール》は英国の道路を運ばれることになった。その担い手は、公爵と大執事、そして出版社の編集者。それを追うのは、屋敷の世帯主と地方警察の本部長、そして当惑している巡査だ。これら一連の出来事もまた、おそらく天使たちは天上から覗き込みたかっただろう。

少なくとも、ノース・ライディングス公爵は関心を示した。しばらくして、かれはモーニントンにたずねた。「なにをしているのかわかってますよね？」

「最後の晩餐でキリストが使用した聖餐杯《サン・グラール》を運んでいる」とモーニントン。「ランスロットとペレアスとペリノーレ——いや、ちがう——ボルスとパーシヴァルとガラハッド。大執事はガラハッド、あなたはパーシヴァルだ。結婚していませんよね？　おれはボルス。おれも独身です。でも、ボルスはちがう。それはどうでもいい。あなたはパーシヴァルにまちがいない。詩人だから。そしてボルスは、おれのような平凡な労働者だった。おお、サラスへ！」かれは肩越しに振り返って、「サーラース！」と後方の車に向かって叫んだ。「コルベニックで会おう！」

「いったいぜんたいなにを口走ってる？」公爵がきいた。

モーニントンが返事をしようとすると、大執事が身を乗り出して、いささか形式めいた口調で言った。「あなたのご好意に甘えることはできません、公爵殿、事情をご存じなければ、せかすわけにはいきません……」

「ほんとうに？」公爵はカーブを切りながら言った。「そうなのか？　まあ、反対はしないが――まったくもう！――ちょっと急ぎの場所があるようだな。こっちの車を追ってくるやつらのせいか。モーニントン、笑ってないで、どこへ行けばいいのか教えてくれ」

「それどころか」大執事は異を唱えた。「むしろわたしを降ろしたほうが――」

「いや、あのね」モーニントンは平常心を取り戻して言った。「ほんとうにだいじょうぶだ。本気だよ、ライディングス。大執事がそこに聖杯《グラール》を持っている」

「聖杯《グラール》？」公爵は、もう一度、さらに強く否定する調子で言った。「聖杯《グラール》だって？」

「聖杯《グラール》だ」モーニントンは請け合った。「マロリーだっけ？　テニスン――クレティアン・ド・トロワ――ミス・ジェシー・ウェストン。『ロマンスから現実へ』だか『儀式からロマンス』だか、彼女の著作のタイトルはそんなようだった。とにかく、それが今起きている。ライディングス、これは正真正銘ほんとうのことだ」

公爵はモーニントンを一瞥した。忘れ去られた詩人への愛をわかちあう熱きふたり。かれらが文学について一時間語り合うことは、親密さへの奇跡的な道程である。モーニントンはできるだけ静かに、そして明瞭に説明をつづけた。すると最後に、公爵が肩をすくめてこう言った。「まあ、そう言うのなら……で、どこに行く？」

モーニントンは後部座席の大執事にきこうとしたが、気を変えて公爵にきいた。

「とりあえず、今どこに向かってる？」

「ロンドンへまっしぐら」公爵は答えた。

「ふーん！」モーニントンは言った。「そこに家があるとか？」

「ちょっとした別宅が」と公爵。

「じゃあ、そこに行って、じっくり話し合おう。警察に通報されなければね？」モーニントンは肩越しに振り返って大執事に問いかけた。

「それはないと思います」大執事は言った。「かれはこの件を表沙汰にしたくないでしょう」

「われわれを阻止するには逮捕するしかない」公爵は思慮深く言った。「わたしが進みつづけるなら」

「ノース・ライディングス公爵とファードルズの大執事の逮捕。奇妙な話だ。聖餐杯《ホーリー・グラール》がイングランドにある？　引退した出版業者による証言。神に誓って、ライディングス、かれらはわれわれを止めることはできない！」モーニントンは、この一件が公然となる可能性の大きさが明らかになったところで、叫んだ。

「では、ロンドンへ」公爵は言って、運命に身をゆだねた。

ケネス・モーニントンは追ってくる車を振り返って思った。「大執事は自分の牧師館を失った。ぼくは職を失い、公爵は評判を失いかけている。だけど、あの哀れな老人グレゴリイ・パーシモンズは聖杯《グラール》を失った」そして前日午後のことを思い出して、さらに考えた。「ジャイルズ卿は、おれとふたたび会う機会があれば、平常心を失うだろうな」

　追跡する側の車に乗っている人たちも、事件が世間に知れわたることについて同じ考えを抱いていた。まず、グレゴリイ・パーシモンズ。かれは、結果として生じるかもしれないスキャンダルの規模を指摘することで、公衆電話を目指そうとするコンヤーズ警視長の衝動をなんとか制した。「法廷では、せいぜいのところ引き分けに終わるだろう。わしは杯《カリス》を取り戻すかもしれないが、多くの人々――聖職者側全体が大執事を信じるだろう。かたや公爵をつかまえて事情を説明できれば、わしの主張がいかに納得のいくものであるかわかってもらえる可能性は高い。かれは大執事の親友なのか？」

「知り合いかどうかもわからない」警察本部長が言った。「公爵はローマ・カトリック教徒。家族全員がそうだ。ノーフォーク家とも親交がある。母親はハワード家出身だ。だから、かれのこの奇行にはなおさら驚かされる。あのクソ牧師が、どうにかしてかれをだましたにちがいない」

　猛スピードで車を走らせるにつれて、グレゴリイは落ち着きを取り戻し始めた。公爵は、連合軍の反対勢力の中で唯一の未知数だ。また、公爵が説得に応じないということはありえないだろう。最終的に、グレゴリイには他の頼みの綱がある。ジャイルズ卿だ。かれには秘密組織に関する興味深い知識が豊富にある。かれのアドバイスがあったからこそ、土曜日にギリシャ人の薬種屋を訪れたのである。ジャイルズ卿が断言したのだ。暖簾《のれん》に腕押し状態の息子のスティーヴンに頼るよりも、その薬種屋に行けば、より簡単に、より確実に血統を継承することができるだろうと。こうした事情があり、また必要な場合に応じては警察官も後ろに控えていたので、グレゴリイは前方の車に微笑みかけながら車間距離を一定に保った。逃走車は、追ってくる猟犬から天国の白い鹿のように逃げ去った――しばらくは逃げられたが、ほとんど望みもなく、かろうじて逃げることができているだけだ。背後では牙のある顎《あぎと》が開いたり閉じたりしている。すでに白い毛皮のあちこちに血が付着している。追跡者は口の中にすでに血の味を感じていた。モーニントンは苦しむがいい、当然《グラール》だ。そして大執事も――だが、どのように苦しませるかはまだ明らかではない。聖杯《グラール》は凍った聖域の隔離された場所へと今一度戻されるべきだ。

追うものと追われるもの、両者は車間距離をときおり変化させながらも、概して着実にロンドンに近づいた。市内に入ると、ウェストエンドの方へ走行した。公爵は車をできるだけ速く走らせ、グロブナー・スクエアの一軒家の前で停めた。モーニントンは車から飛び出し、聖杯《グラール》を抱えたまま降りようとしている大執事のためにドアを開けた。公爵をまじえた三人で正面玄関まで走ると、目の前で扉が開いた。公爵は他のふたりを中に押し入れると、かれらの腕をとってホールを先導しながら、肩越しにこう言った。「だれかが訪ねてきたら、スウェーツ、わたしは不在だと言ってくれ」

「わかりました、閣下」従者のスウェーツは言い、ドアの前で足音が聞こえると、静かにそちらへ向かった。

「ライディングス、ライディングス！」警視長は呼びかけたが、公爵とその友人たちがぼんやりとした影の中に消えたために行く手をふさがれた。

「閣下はいらっしゃいません」従者は言った。

「ふざけんな、わたしは見たぞ！」警視長は叫んだ。

「申し訳ありません、でも、閣下はご不在です」

「わたしはハートフォードシャー州の警察本部長だぞ」コンヤーズ警視長は激怒した。

「つまり警察組織を代表しているわけだ」

「申し訳ありません、でも、閣下はご不在です」

グレゴリイが警視長の腕に触れて言った。「無駄ですな。手紙を書くか、すぐに電話をしなければならん」

「実におぞましい」警視長は悪態をついた。「すべてが異常でバカげている。いいか、公爵には重要な用事で会いたいのだ」

「申し訳ありません、でも、閣下はご不在です」

「いっしょに来てください」グレゴリイが言った。「まずわしの権利を確認して、そのあとでそれを実行に移そう」

「これで済むと思うなよ」警視長は従者を脅すように言った。「そこに立ってそんな嘘を言ってもまかり通らんからな。ライディングスに、説明してもらいたいと伝えろ。連絡を早くもらえればもらえるほどいい。これまでの人生でこんなあつかいを受けたのは初めてだ」

「申し訳ありません、でも、閣下はご不在ですが」

警視長は憤懣やるかたなしといった感じで立ち去り、そのあとをグレゴリイがついて行った。従者のスウェーツはドアを閉めたときに、ベルの音を耳にしたので書斎へ向かった。

「帰ったか?」公爵がたずねた。

「はい、閣下。紳士のひとりがかなり憤慨しておりました。かれは手紙で釈明してほしいと言っておりました」

三人は互いに顔を見合わせた。「上出来だ、スウェーツ」と公爵。「昼食後まで家にはだれもいないということにしてくれ。それと、できるだけ早く食べられるものを用意してくれ」従者が退出すると、公爵は座り、司祭に向き直って言った。「さて、この聖杯《グラール》について話してください」

第十章　二度目の聖杯《グラール》奪取計画

コルクホーン警部補は、パーシモンズ出版社事件の捜査状況を総括し、手がかりとしてはウェスレー派教会の図書館返却催促状の切れ端だけを意識していたにもかかわらず、みっつの痕跡が気になった。催促状の断片からなにかを発見できる見込みはほとんどなかった。だが、その時点でパーシモンズ出版社の社員の動向をチェックして捜査することに従事していなければ、気がかりなことに対して、もっと早く行動を起こしていただろう。警部補の特別な関心は、そのときまでに無意識のうちにふたりの人物——ライオネル・ラックストローとスティーヴン・パーシモンズに集中していた。前者についてはジャイルズ卿の信頼のおける証言があり、後者に関してはバカバカしいほど適正なアリバイがあった。ある特定の時間帯の自分の言動について十分に証言できる者はほとんどいないのだが、ほとんど過剰なまでの証拠によって、その時間帯における自分の非のない行動を見事なまでに証明した人物がスティーヴンだった。したがって警部補は、最初は満足げに、しかしのちにはほとんど敵意をもって、その二代目社長に注目せざるをえなかった。警部補は職業的修練によって、この潜在的な敵意が自分の活発な精神に入り込まないように律した。かくて、スティーヴンを意識的に除外しつつも、無意識のうちに不意打ちをくらわす機会をうかがっていた。アリバイは、われ知らず、その完璧さゆえに自らをいらつかせ、巧みな小細工として破壊されるべきだと叫んでいた。警部補はスティーヴンを古代アテネの将軍アリステイデスとみなした。

しかし、この精神の熱狂状態に気づかず、警部補はメソジスト記録官のファイルに目を通し、メソジスト書庫のアーカイブを調べるのに一時間以上を費やした。かれは、殺人事件の数週間前に三回の伝道活動がロンドンのウェスレー派教会——イーリング、イーストハム、ヴィクトリア近郊——の三カ所で行われていたことを突き止めた。また、かれの要求に適合する国内の約七つの教会——マンチェスターからカンタベリーまで——のリストも入手した。かれはこの捜査から何の成果も期待していなかった。実のところ、この調査を引き受けたのは、落ち着かない良心を満足させるためだった。それぞれの管轄区域で予期せぬ失踪事件があったかどうか、各聖職者に聞いてみる価値はあるかもしれないが、なんらかの成果がある可能性は低い。警部補は、今回の失踪は前もって意図が明らかにされ、手はずが整えられていた可能性が高いと考え、バスで自宅に戻るあいだ、ジャイルズ卿に対する陰湿な憎しみとスティーヴン・パーシモンズに対するすっきりしない満足感にゆっくりと心を戻した。

しかし、このふたつの感情は現在の警部補の内なる原動力となっていて、有益ではないように思えるが、予想外の報せ《しら》をもたらした。というのは、それら不快な感情は、警部補をスティーヴンとの三度目の面談に駆り立て——表面上は社員と建物について もう少し詳細を収集するためだったが、実際には、殺人を犯すはずのない男の姿を目の当たりにすることで、自分自身をふたたびいらだたせるためだった。会話はついにジャイルズ卿のことになり、会社がかれのどの本を出版したか、そしてその理由を説明しながら、スティーヴンはなにげなくこう言った。「でも、もちろんかれはわたしよりも父のことをよく知っています。実際、今は父といっしょにいます」

そのときはなんとも思わなかったが、その夜、まどろんだ状態で横たわっていると、ずっと頭痛の種だったふたつの名前が二重星のように空に浮かび上がった。警部補は、それらを嘲笑として受け止め、殉教者のように耐え、挑戦とみなした。良識が去った遠い昔の考えがいまも主張する。「バカ者、それはかれの父親だ、かれの父親だ、かれの父親だ」夢にも似た幻想が答えた。「かれとかれの父親——苗字が同じパーシモンズだ。身代わり？　変装——家族生活？　復讐？　報復——？　腹話術……」そして眠りに飲み込まれた。

翌日の夕方、コルクホーン警部補は事件に関する報告書を書き、午後の一部はその事件について警視監の尋問を受けた。警視監は、その日までの捜査の進展のなさに少々いらついているようだった。

「なにか考えはないのか、警部補?」警視監は言った。

「ほんの少しは」警部補は答えた。「明らかに個人的な動機があったにちがいありません。当時そこにいないことをラックストローが知っていた人物が、計画的に犯行におよんだにちがいありません。しかし、そいつがだれで、何者であるかがわかるまでは殺人犯を捕まえることはできません。ウェスレー派教区に問い合わせをしています。そのうちのひとつはわたしの住まいの近隣——ヴィクトリアの近くにあるので、妻には注意を怠らないように言ってあります。妻は教会に通っています。しかし犯人は、その教区の見知らぬ人の可能性もあり、単に通りがかりだったり、一週間ほどそこに滞在していただけかもしれません」

警視監はうなり声をあげた。「よし、なにかあったら報告するように。殺人事件が未解決のままなのはまずい。ああ、わかっているとも。そんなことはあってはならん。よろしい、以上だ」

敬礼をして退室したコルクホーン警部補は、途中でコンヤーズ警視長とすれちがった。警視長はロンドンに上京し、午後を利用して公務をこなしていた。かれは用件を片付けたあとも居残って、ノース・ライディングス公爵がスコットランドヤードに知られているかどうかをたずねてまわったが、無灯火で自転車に乗ったことに対する召喚状一件とボートレースの夜に暴れたことに対する召喚状一件を除いて、たいした悪事を働いていなかった。ファードルズの大執事も、グレゴリイ・パーシモンズも、薬剤師のディミトリ・ラブロドプロスも同様だった。

「実に興味深い、警視長」警視監は言った。「どういうことかな？」

「公務ではないので」コンヤーズ警視長は答えた。「今、すべてを話すつもりはありません。でも、それらの名前について何か耳にしたら、知らせてください。では、失礼します」

「ちょっと待て、警視長」警視監は言った。「あなたがグレゴリイ・パーシモンズについて知りたい理由を、わたしは知っておくべきだ。かれに対して含むところはないが、別件でその名前を耳にしたことがあるので」

「まあ、そのう……」警視長は口ごもった。職務上の習慣から、単にグレゴリイの名前を質問のひとつとして口にしただけだった。なにげない会話の一環として、すべての人やあらゆるものを調査の対象に含める。そして、自身の妻が少しは関係している事件が起こったとしたら、警視長は重要参考人リストに妻の名前を載せて、彼女の経歴と生活状況について調査するだろう。かれはグレゴリイをともなってロード・メイヤー・ストリートの薬種屋を訪れたが、例のギリシャ人はあいかわらずうんざりした様子で微動だにせずにグレゴリイの発言を認めた。そう、かれは杯《カリス》をグレゴリイに売った。その杯《カリス》は、アテネ在住の二、三カ月前にロンドンを訪れた別のギリシャ人の友人から手に入れた代物らしい。なるほど、かれは自分で支払った代金の領収書を持っていた。そう、かれはグレゴリイに受領書をわたしていた。問題の杯《カリス》はエフェソス近郊で発掘され、トルコ軍の進撃前にスミルナに運ばれたのだった。

すべては正しいように思えた。警視長はグレゴリイ・パーシモンズがかなり手厳しく評価されていると感じ、少し憤慨しながら警視監を見た。

「とてもいい人物です」警視長は言った。「この話に深入りしたくありません。今のところは秘密にしておきたいからです。大執事はおかしくなったのだろうし、公爵がきわめて不当な行動をとっていなければ、この件はもう解決していたと思います」

「とてもわくわくするな」と警視監。「教えてほしい。公爵や大執事が関わるような事件は、普通われわれの管轄ではない。公爵はたいてい離婚裁判所にいて、大執事は宗教裁判所にいるものだ」

とはいえ、警視監は警視長の話に少し落胆した。パーシモンズという名前以外、杯《カリス》の紛失と出版社での殺人事件とのあいだには関連がないように思われたからだ。それでも疑問に思った。殺人が行われているあいだ、グレゴリイ・パーシモンズはどこでなにをしていたのか。しかし、事件はすでに一カ月以上も前のことなので、調べるのは非常に困難だ。警視監は、あいかわらず驚いた。多くの人々が一月二十五日の午前十一時半に尋問されたにもかかわらず、十二月九日の午後四時に自分がどこでなにをしていたのかを常に確信しているらしいのだ。かれは目の前にある報告書のファイルをめくった。

「ひょっとして、ジャイルズ卿には会わなかったかね？」警視監がたずねた。「ライオネル・ラックストローにも？」

「会っていません」警視長は答えた。

「あるいは、ケネス・モーニントンには？」

「モーニントン——そのような名前の人物——でしたら、大執事といっしょでした」州の警察本部長である警視長は言った。「でも、紹介されたとき、名前がよく聞き取れなかったので言わなかったんです。モーニントンだったかもしれません。かれは公爵と逃走しました」

「実におもしろい」警視監はつぶやいた。「杯《カリス》の件も——そのようなものを奪って逃げるなんておかしい。エフェソスだって？　なにか特別な杯《カリス》がエフェソスで出土したというニュースがあったかな」かれはメモをとった。「了解した、警視長。名前を覚えておこう」

ほぼ同じころ、グロブナー・スクエアの同盟者たちは散会した。昼食後、次にどのような行動に出るか議論がかわされた。公爵は、このミサ聖祭用の杯《カリス》が伝説の聖杯《グラール》であるかどうかを、ジャイルズ卿にきちんとたずねたいと思った。しかし、かれは古物収集家に会ったことがなく、また大執事もケネス・モーニントンも、自分たちに対してジャイルズ卿はなるべく多くの当惑を与えることしかしないだろうと思った。大執事は聖杯《グラール》を銀行に保管しようとしたが、公爵は聖杯《グラール》の信憑性をなかば確信していたため、それは不適切であると感じた。かれはモーニントン同様に、大執事よりも盃《ヴエセル》そのものをはるかに重視していた。「ここならかなり安全だ」公爵は言った。「二階の家庭用金庫に収納して、スウェーツに監視させよう。あなたも今のところはここに留まったほうがいい」しかしながら、大執事はその考えに気乗りしなかった。自分の居場所は教区である、と感じたからだ。それに代理牧師ベイツビーはじきにその教区から退去させられることになっている。しかし、敵がさらなる動きを見せた場合に備えて、大執事は公爵の意見に耳を貸して、数日滞在することに同意した。

その日の午後のケネス・モーニントンの計画は決まっていた。自社を訪問するつもりだった。用件がふたつあった。ひとつは、グレゴリイ・パーシモンズを阻止するためだ。王座の背後にいる権力者が校正刷りの問題で王座に影響を与えようとした場合に備えて。もうひとつは、問題の原因となった段落を含む校正刷りと、できればジャイルズ卿の葉書を入手するためである。これら両方を所有していると有利になるかもしれない。モーニントンは、公爵のように法を超越しているわけでも、大執事のように法の外にいるわけでもなかったので、警察の目をかいくぐって自分の所有物を盗むのは楽しいかもしれないが、それでも警察はそのことに関心を持ちつづけるだろうという明確な感覚を持ち合わせていた。さらには、削除された段落そのものを一度も目にしたことがなかったので、ぜひ読んでみたいと思ったのである。

そのため、モーニントンは会社に到着すると、通用口からこっそりと入り、この訪問の理由をたずねてくるほどの上司に出会うことなくライオネルのオフィスに到着し、お目当ての校正刷りを探しあてた。それから自分のオフィスに行き、中央情報整理課に電話をかけて、「ジャイルズ・タムルティの『聖なる盃』のファイルがすぐに欲しいのですが、持ってきていただけますか？」と言うと、数分後には現物が届けられた。モーニントンはそれを持ってきた少年を呼び止めると、「ミスター・パーシモンズは出勤している？」とたずねた。「見てきてくれないか？」

少年がその用件で出かけているあいだに、モーニントンは手紙に目を通した。しかし、それは完全に事務的なやりとりの文章で構成されており、ジャイルズ卿は少し乱暴で、ライオネルは少し堅苦しかった。一読したかぎりでは、イラストの問題以外に聖杯《グラール》に関する記載に特別なところはなく、黒魔術に関する言及もまったくない。かれは最新の葉書を抜き取り、本棚から完成本を取り出し、使いの少年が戻ってくるまでにはスティーヴン・パーシモンズと会う準備ができていた。

パーシモンズ社長はオフィスにいた。モーニントンは廊下を進み、ドアをノックして部屋に入った。スティーヴン・パーシモンズは驚いて顔を上げた。「なんの用だ?」かれはたずねた。「来週の明日まで休暇中だと思ったが」

「そのとおりです」モーニントンは言った。「ですが、いささか特殊な件で社長に会いたかったもので。昨日、グレゴリイ・パーシモンズ会長を訪問したのですが、話をしているうちに心穏やかではいられなくなりました」

スティーヴンは急いで立ちあがり、近づいてきた。「なにがあった?」かれは心配そうに言った。「どうした?」

ケネス・モーニントンは言葉巧みに説明した。かれは、グレゴリイ会長をまったく責めなかったが、ジャイルズ卿とグレゴリイが血を求めていることを明らかにした。今日、身をもって午前中の追跡劇を体験したあとでは、グレゴリイがこれまで以上に血を求める可能性が高い。そしてモーニントンは、スティーヴン社長に社員のために立ち上がってほしいことを、できるかぎりほのめかした。残念なことに、モーニントンの期待は、スティーヴンにかなりの不安を引き起こしたようだった。そして、かれとしてはめずらしい率直さで問題の核心を突いてきた。

「つまり」スティーヴンは言った。「父は、わたしがきみをお払い箱にすることを望んでいると？」

「ありえます」ケネス・モーニントンは答えた。「飼い犬の舌をわたしの血で赤く染めたいと願う男がいたとしたら、それはジャイルズ卿です。やつはそういう男だ」

「ああ、ジャイルズ卿！」とスティーヴン。「わたしはジャイルズ卿をよろこばせるために部下を解雇したりしない」

「かれは収益源です」ケネス・モーニントンは指摘した。「だからグレゴリイ会長はかなり厄介な状況に陥っているのでしょう」

「モーニントン」スティーヴンは自分の机の上にある紙を見ながら言った。「父は夢にも思わないだろう……わたしや社員――特に昔の部下に干渉しようだなんて」かれは自分の声があまりにも不自然に聞こえたので、窓辺に行って外を眺めた。そして脅威の兆しを考慮すると、自分の所有物――事業や財産や安全性――が身辺で震え始めているのを感じた。自分は父親の意思決定に逆らうことはできないし、父親は社員に対する決意を実行する必要もない。経済的安定を脅かすもっとも簡単な方法を用いればいい。これまでずっとスティーヴンは、父親のグレゴリイは目的を達成するのにむやみやたらに権力をふりまわすことは決してないと感じていた。より大きな余力があったからこそ、長老パーシモンズからは怠惰な感覚が発せられるようになったのである。本を指で押しのける男は、本を手に取って新しい場所に置く男よりも無精者に見える。しかし、モーニントンへの攻撃はスティーヴンのあらゆる面に警戒心を呼び起こした。自分の部下は、だれよりも会社にとって欠かせない存在だ。自分は個人的には思いやりのある人間だ。しかし、自分が折れた場合、相手がこちらを見下す態度は耐えがたかった。解雇がケネスにもたらす明らかな不利益については、状況を俯瞰すると、自分にはほとんどどうでもよい。「いつでも別の仕事を斡旋してやればいい」と考えて、スティーヴンは自身の問題に戻った。

ケネス・モーニントンは、この数分間の沈黙のうちに、聖杯《グラール》を手にした（比喩的に）手で戦わなければならないことに気づいた。

「まあ、そのう」モーニントンは言った。「なにか言われた場合、わたしたちの見解を知ってもらえるように、この話をしたわけです」

「〝わたしたち〟とは」背後からグレゴリイの声が聞こえた。「大執事ときみのもうひとりの友人のことかな？」

スティーヴンは飛び上がった。モーニントンは肩越しに見まわした。「やあ」と出版社会長が言った。「わしは……きみが来るとは思わなかったよ」

グレゴリイはがっかりしているように見えた。「チッ、チッ。わしはいつも願っていた。きみが常にわしの足音に耳をすましていることをね。いまはそのようだな。一日中わしのことを気にかけているようだ。うれしいよ。けれど今、わしはプライベートな電話をかけるために降りてきただけだ」かれは帽子と手袋をテーブルに置いた。

モーニントンは衝動に抗うことができなかった。

「新しい帽子、恐れいりますが、ミスター・パーシモンズ」モーニントンは言った。

「そして新品の手袋。もちろん警察本部長も持っていました」

グレゴリイは腰をおろすと、横目でモーニントンを見て言った。「そのとおり。なんとか節約しなくちゃいけない。出費がものすごくかさむんだ。数分後におまえといっしょに給与表を確認したい、スティーヴン」

「取り寄せておきます」スティーヴンは引きつった笑みを浮かべながら言った。

「ああ、その必要はない」グレゴリイは応じた。「数人分の給与だから。今日は一件だけでいいだろう。実のところ、今解決できる。ミスター・モーニントンの給与だ。払いすぎだと思わないか?」

「ハ、ハッ!」スティーヴンは歯をむいてニヤリとした。「どう思う、モーニントン?」

モーニントンはなにも言わなかった。すると即座にグレゴリイが先をつづけた。

「それは重要ではない。実際、給与自体もとるにたりない案件だ。かれは不正行為を働いた社員として解雇されるべきなのだ」

「本気で――」スティーヴンが言った。「とうさん、そんなこと言うものではありません、ことに本人がいる前では」

「それどころか」モーニントンは言った。「会長はいとも簡単にそういうことを口にできる人間なんですよ。たしかにジャイルズ卿に少し似ていますが、あなたのおとうさんは、わたしに言わせれば、独創性があまりない。男としてはたしかに魅力的だが、出版人としては三流だ。そして不誠実さということでは……」

グレゴリイはあえて微笑んだ。「無粋な悪口だな。スティーヴン、その気があるなら、こいつに金をやれ。そして追い出せ」

「世間には不当解雇というものがある」モーニントンが意見を述べた。

「親愛なる友よ」グレゴリイは言った。「わしは、このたび活動的なビジネスライフに復帰した。それにともない、人員削減しているのだ……スティーヴン、話をしたよな？　モーニントンの現在の雇用主とわしとのあいだで、モーニントンが別の仕事を得るのを非常に困難にすることができる。しかしながら、きみの友人たち——公爵や聖職者に頼ることはいつでもできる。スティーヴン……」

「いやですよ」スティーヴンは言った。「バカげてる。あなたたちふたりが喧嘩したからって……」

「こけおどし雇用主のスティーヴン・パーシモンズ」かれの父親はつぶやいた。そして立ち上がって息子のところに行って耳元でささやき始めた。スティーヴンが数歩進むと、グレゴリイは、ふたたび息子が立ち止まるのを待って追いかけた。ケネス・モーニントンは、自ら辞職すると言いたくなったが、グレゴリイを倒して踏みつけたいという衝動もあった。また、グレゴリイを見つめるうちに、以前感じていた個人的な憤りを超えて新たな怒りが湧き上がるのも感じた。痛めつけたかった。絞め殺して、例の事件の被害者のようにライオネルの机の下に押し込みたかった。破壊のための破壊を切望した。いつも感じていた軽蔑が内心で激しく跳ね上がった。いままでそれは、内なる秘密の隠れ家にずっと潜んでいた。むしろ、それは一時的ないらだちを静める役目を果たしていた。しかしいまや、その軽蔑は怒りとひとつになった。モーニントンは闇雲に一歩進み出た。スティーヴンが叫ぶのが聞こえた。グレゴリイは歓喜の高笑いを放った。「ああ、かれは楽しんでいる！」モーニントンは心の中で思い、必死に感情を抑えた。「ああ、神よ」と言い始めて、それを声に出していることに気づいた。

　グレゴリイはモーニントンの面前にいた。「神だとよ」かれは嘲るような声で言った。「紙はケツを拭くときにとっておけ！」

　モーニントンはグレゴリイに殴りかかったが、空振りし、逆に自分が殴られたのを感じ、ついで甲高い笑い声が放たれているのを耳にし、一度は捕まったが、なんとか逃れたものの、じきに六本の手で捕らえられ、ようやく気づけば、二、三人の社員に押さえ込まれており、見るとスティーヴンは壁にもたれて震え、グレゴリイはかれの向かい側で息子の椅子に座っていた。

「そいつを階段から突き落として外に出せ」グレゴリイは言った。それは文字通り実行されたわけではないが、実質的に遂行されたも同然だった。モーニントンは、『聖なる器』の校正刷りを握りしめたまま、ふらつく足取りで通りに出ると、グロブナー・スクエアへゆっくり歩いて戻った。

到着すると、公爵と大執事はふたりとも外出中で、公爵の私室では従者のスウェーツが金庫を監視していた。公爵は夕食に戻ったが、そこでモーニントンがひどい金欠状態だと気づいた。大執事は、かなり遅れて戻ってきた。まず教会の用事で引き留められ（「いずれにせよ、午後には立ち寄らねばならなかったので、グレゴリイ・パーシモンズに攪乱されることはなかった」とかれは説明した）、次に主教を探すのに時間を費したが見つからなかった。

三人はコーヒーを飲むために公爵の部屋へ行ったが、モーニントンが午後の出来事を繰り返し話しているあいだ、コーヒーは手つかずのままだった。校正刷りを手に入れた件はささやかな満足感を聞き手たちに与えたが、一転して雇用問題へと移ると、聴衆のふたりはさらに心動かされ、そこからモーニントンの憤怒と軽蔑の泡沫が沸き立って暴行にいたった経緯が語られた。モーニントンは弁解がましく、グレゴリイがわめき散らした情景を繰り返し語ったとき、公爵はびっくりして嫌悪感を示した。大執事は微笑んだ。

「残念です、きみがそこまで傍若無人な男だとは」大執事は言った。「わたしたちはそうならないように気をつけないといけません」

「残念？」公爵は声を張りあげた。「卑劣で冒瀆的な言動を受けたのに？　わたしならやつの喉を引き裂いてやるところだ」

「ああ、まさか、本気ですか」大執事は抗議した。「そういうことはグレゴリイ・パーシモンズにまかせましょう」

「神を侮辱することは――」公爵は語り始めた。

「どうして神を侮辱できようか？」大執事はたずねた。「ちょっかいを出せるていどでしょう。モーニントンがグレゴリイを殴り倒したのは、不正行為を働いた社員呼ばわりされたからで、殴るのは自然なこと――せいぜい軽犯罪です。神に復讐するためにそうしたというのは愚かでしょう。しかし、かれが激しい狂気の譫妄状態に陥ったというのは、グレゴリイの熱情にあまりにも似ているので、わたしには受け入れがたい。グレゴリイは、熱情を確実に心得ています。ですから、わたしたちは冷静でいなければならない。グレゴリイは十分落ち着いています」

「少なくとも」モーニントンは言った。「現在のわれわれはかなり確信している」その言葉とともに、かれらは全員振り返り、すでに公爵が金庫から取り出してきた聖杯《グラール》を見つめた。一分後、公爵は十字を切って聖杯《グラール》の前にひざまずいた。モーニントンもそれにならった。大執事は立ちあがった。

意識を集中して見守っていると、盃《ヴエセル》が輝きながら膨張しているように見えた。かれら各人が異なる形で感動して高揚感を味わった——おそらく公爵がもっとも強く体感していた。王を崇拝する感覚に気づいたのだ——かれの家系の偉大な伝統が身内に湧き起こった。追放され殉教した司祭たちの記憶が蘇り、少数の信者の恐怖の息づかいが聞こえる中で、ミサは素早く行われた。第九代公爵はローマ教皇の私的なミサに仕えた。かれ自身はローマ・カトリックの規則を身につけていた。ヘンリー八世の怒りとエリザベス一世の冷淡な疑念の下で信仰を貫いたかれの家族の忠誠心。リッチモンド公園で行われた決闘では、聖母マリアの名誉を守るために第十三代公爵が戦い、三人の敵を連続して殺害した——これらすべてのことは、系統立てて明確に述べられているわけではないが、たしかに存在し、世界中の王族や聖職者が、この神聖な神殿の前で礼拝しているという鮮明な意識をかれの心に惹きつけた。「イエスよ、王《レクス》であり祭司《サクレド》よ」公爵は祈った……。

ケネス・モーニントンは、もっと幻想的な光景に震えた。では、これがあの恐ろしい騎士道物語の源であり、幾千もの話の象徴なのだ。かれは、イングランドの騎士が探索の旅に乗り出していくのを見たが、史実の騎士たちではなかった。かれらが求めていたのは、いま眼前にあるそれだったが、かれらが見出したのは、それほど物質的ではないビジョンだった。しかし、それは恐るべき聖なる者の手に委ねられていた。インマヌエル王子が保持し、かれのまわりに使徒騎士団が結集した。かれは、夢とも幻視ともつかぬ状態にあって、厳粛な若い神が夢中になっている仲間に団結の神秘的な象徴を伝えているのを見た。かれらは人間の意識を超えた誓いを立て、太古の昔に立てられた誓いを受け入れた。典礼名とロマンチックな名がひとつのサイクルに溶け込んでいる——ランスロット、ペトロ、ヨセフ、パーシヴァル、ユダ、モルドレッド、アーサー、ヨハネ・バルゼベダイ、ガラハッド——また、それらのなかには、ホーカー、テニスン、ジョン、マロリーといった作家や中世の吟遊詩人たちの名前が刻まれていた。かれらは立ちあがり、神聖な英雄を支持して輝き、燃え上がった。そしてかれらの読者たちも、すなわちかれらの中でもっとも小さき者であった神もまた、輝き、燃え上がった。かれはテニスンの夢に捕らわれ、ともにふたりは鼓動する詩に目覚めた。

その銀色の長い光線から聖杯《ホーリー・グラール》が落ちていき、
それは、まるで生きているかのように叩かれて薔薇色に染まった。

かれはマロリーの言葉を聞いた。「聖杯の歴史、それはあなたの世界にあるもっとも真実でもっとも神聖な物語のひとつとして記録されている」、「死の肉体は霊的なものを見始めた」、「美しい殿下、わたしを父上のランスロット卿に推薦してください」。ロマンチックな丘を越えて、たったひとつの知らせが届いた。かれは、ロマンチックかつ捨て身の献身で、それに応えた。

大執事は、王や詩人を想起することでは、そのような力添えを得られなかった。かれは若者たちの恍惚とした顔を眺めた。眼前の盃《ヴエセル》を見た。「これは汝ではない」かれはささやき、それに自ら応じた。「それでも汝である」。そしてかれは、すべての祭壇に捧げられた杯《カリス》をこのように考え、万物が狭い水路へと向かう普遍的な動きを、改めて認識した。世界でまだ発見可能なすべての物質の中で、聖杯《グラール》は神聖でたゆまぬ心にもっとも近かった。空も海も大地も動いていた。「その盃《ヴエセル》に対してではなく、それが象徴し保持していたすべてのものに対して」。聖体における秘跡は、かれにとって奇跡的な変化ではなかった。天の法廷が祭壇上のキリストにつきしたがっているとは、夢にも思っていなかった。しかし聖なる要素は、教会の儀式に表現されている教会の願いと一致して、それ自体がすべての中心に開いているがごとく、神聖さ、ベツレヘム、カルヴァリー、オリヴェに開いているように、かれには思えた。そしてそのゲートを通って引き潮に乗り、創造物は動き始めた。その動きが進行しているのを今ほどはっきりと感じたことはなかったが、それでもかれの心には、司祭生活の中で忠実に祝われた千の秘儀のビジョン以外にはなにも浮かばなかった。そうでなければ、万物は神に帰らない。

三人三様の献身が終わると、かれらは真剣に見つめあった。「ひとつだけ言っておく」公爵が口を開いた。「ぜったいに監視の目を怠ってはならない。手配しなければならない——信頼できる人間を」

「信頼できる〝知的な〟人がいい」大執事は語った。

「それどころか、まず〝手配しなければならない〟のは」ケネス・モーニントンがつぶやいた。「新しい祭壇」

「新しい祭壇!」公爵が叫んだ。「そして毎朝のミサだ」かれはちょっと立ち止まって、大執事を見た。

「いかにもそのとおり」大執事は言ったが、公爵の発言に対する返答ではなかった。

公爵は少しためらったが、丁寧にこう言った。「失礼なことを言うようで恐縮ですが、まったくの偶然からわたしが預かることになったものですから、たいせつに保管しなければならないのはおわかりでしょう?」

「でも、ライディングス」モーニントンは少し警戒した口調で言った。「それはあなた《グラール》に託されたものではない。大執事の所有物です」

「わが友よ」公爵はいらだって言った。「神聖で栄光に満ちた聖杯《グラール》はだれかのものではありえない。しかし、明らかにわたしに託されたものだ。自分の権利や教会の権利を主張したくはないが、同様に、それが悪用されたり敬意が払われなかったりすることも望まない」

「権利?」モーニントンはきいた。「それは司祭の手に委ねられている」

「それは」公爵は答えた。「教皇庁のセリフだな。実際、そう言われてきた」

ふたりの若者は敵意むきだしで見合った。大執事が割って入った。

「ああ、子供たち、子供たち」大執事は言った。「あなたたちのどちらかが、〈カリー〉やグレゴリイ・パーシモンズに関する話を聞いたことがありますか? それは(法的には)わたしの所有物ですから、ミスター・パーシモンズについてもう少し知るまでは、かれの手にわたさないでいただきたいのです。しかし、その一方で、分離主義者の秘儀のために早まった使い方をすることで、だれかの気持ちを傷つけることはしないと約束します。リキュールグラスで代用してもよいでしょう」モーニントンはニヤリとした。公爵はお辞儀をして約束を認めたが、明らかに最後の発言は無視した。

すでにかなり遅くなっており、真夜中を一時間近く過ぎていた。大執事は時計と家主を見た。しかし、公爵は先ほどの考えに戻った。

「われわれ三人が朝まで交代で見張りができるなら」公爵は言った。「スウェーツを連れて来よう。かれは仲間だ。ほかにも何人かいる。今は午前一時。一時から七時までの六時間のうち、大執事、いつの時間がいいですか？」

大執事は、聖遺物に対する情熱には不穏な点もあると感じていたが、その熱意を抑える勇気はなかった。「よろしければ、中間の時間帯にしましょう」通常かれは、あまり好ましくない方を受けいれることにしている。「三時から五時ですね」

「モーニントンは？」

「いつでもいい」ケネス・モーニントンは答えた。「朝方？」

「よろしい」公爵は言った。「では、いまからはわたしが担当しよう」

三人は部屋のドアの前で、一時的なおやすみの挨拶をかわした。大執事は神聖な器をちらりと振り返った。そして一瞬、目をしばたたかせたかと思うと、一、二歩室内に戻り、盃《ヴェセル》を注意深く見つめた。ふたりの若者は司祭を見て、ついで盃《ヴェセル》に目をやり、それから互いに視線をかわした。突然、大執事は部屋を走って横切り、聖杯《グラール》を手に取った。

それはかれらのなかでなにやら生き物のように動いている気がした。大執事は、それを構成するすべての粒子が継続的にわずかに移動しているように感じ、最初に目に留まった輪郭の揺らぎが、今ではより顕著になっているように見えた。つかんだ盃《ヴエセル》を顔に近づけて眺めると、縁がどこにあるのか、深さはどれくらいなのか、脚の長さはどれくらいなのか、不思議とはっきりしない。縁に触れてみると、妙に柔らかくなっている。その形状は握られていても変形はしなかったものの、そうなりそうな様相を呈している。それは震え、揺れ動いた。前後左右に振動し、厚みが増したり減ったりしている。いま握られて凹んだと思ったら、次の瞬間には抵抗するかのように固くなっている。大執事は、それをさらにしっかりと握りしめると、目を離さないようにしながら、他のふたりに顔を向けた。

「なにかが起きている」大執事は、ほとんどかすれた声で言った。「なんだかわからない。神が溶かそうとしているのかもしれない——が、極悪非道な輩の仕業だろう。〈神の意志〉のために道を切り拓《ひら》きなさい」

「でも、なんなんだ?」公爵は驚いて言った。「ここにどんな危害がおよぶ? やつらがそれにどんな危害を加えることができる?」

「祈りなさい」大執事は叫んだ。「祈るのです、神の名において。今夜、やつらは神にそむいて祈っています」

ケネス・モーニントンはひざまずきながら、ある考えが頭をよぎった。すなわち、神を侮辱することができなければ、逆らうこともできず、その場合、宇宙の進行と退行は原子の主体的な運動によって妨げられることはない。幾千もの形而上学的問いが並木道のようにどこまでもつづいているのを見たが、それらの問いは自身の精神的興奮のなかに消えていった。

「なにに対して祈る?」公爵が叫んだ。

「特にない」大執事は言った。「宇宙を造られた御方が宇宙を支えてくださるように、万物において御心の正義によろこびがあるように祈りなさい」

深い沈黙がつづいたが、やがてその中心から共通の意識が生まれた。努力だ。司祭の内なるエネルギーは、あまり訓練されていない仲間の力をつかんで自らの強烈な集中力へと導いた。暗闇の中で対抗勢力を探しあぐねていたかれらは、その敵対する領域からそれぞれ秘密裡に引き離され、ただ安息することだけが自分たちの仕事である場所に移された。かれらは、いわば神聖な盃《ヴェセル》の周囲に築かれた、生きた塔の中で結び合って存在し、その塔のすべての石を通して共通の生命が流れているのを感じた。しかし、かれら全員の懸念、とりわけもっとも鮮明でもっとも意識を集中していた司祭の不安は、自分たちの共通の生命が外部から衝撃を受け、それに抵抗していることだった。その塔は、たしかに防衛の塔であって攻撃の備えはなく、ただ変わらぬ平静さによって抵抗していた。一度か二度、公爵は室内で、背後に静かな足音を聞いた気がしたが、あまりにもしっかりと静止していたので、振り向くことさえできなかった。

一度か二度、モーニントンはこの金縛り的な状態とは異なるほかの幻視を見た。言葉にならない、バカにしたような笑いが意識の裏側で動いていた。その嘲笑は自分が発しているわけではなかったが、自身の内から生じていた。そして、自分がかつて口にしたことのある言葉に、突然、襲われた――「世界は判断を下せない」、「人間は熱狂か愚行のいずれかを選択する」、「スティーヴンはなんてバカなんだろう」。そのさなかに、「口は災いの元」という格言が頭をよぎった。モーニントンはそれらフレーズを自身に正当化し、心の中で議論し始めた。そして少しずつ、過去に何気なく口にした軽蔑の言葉を意識するようになり、ある種の後悔の念を抱くようになった。司祭は防御力が弱まったと感じた。原因はわからないが、結果は現れている。手にしている聖杯《グラール》が震えていた。大執事は神性の深淵な闇の奥にさらに潜入していった。するとはるか上方で、「祈りなさい！」と叫ぶ自分の声が聞こえた。モーニントンはそれを聞いて、自分の弱さを知った。かれは記憶を断ち切り、可能なかぎり、本来あるべき自己の姿に意識を集中させた。それでも攻撃はつづいた。第一に足音、囁き声、かすかな感触。第二に穏やかな笑い、嘲笑、思い出。そして第三に自分ではなく、同時に自分でもあったものが抵抗した霊的な圧力。聖杯《グラール》は、依然としてその霊的な力に対抗して震え、圧力が高まるとさらに振動は強くなった。だが、三人の内なる静寂がともに完成されるにしたがって、振動はしだいにおさまっていった。どのような目的で攻撃が行われたのか、モーニントンには薄々わかっていた。なんらかの崩壊力が盃《ヴエセル》に向かって放たれていたのだ――乗っ取ることではなく破壊すること、混沌が最終的な狙いだった。かれは薄ぼんやりと見た。グレゴリイの精神がその攻撃の頂点を形成しているにもかかわらず、攻撃そのものはグレゴリイの背後の領域から来ていることを。モーニントンは、自信はないがはっきりと判別できるほどには目撃したと思った。聖杯《グラール》が放射線に包まれていて、それに対してエネルギーの細い矢が放たれていた。この盃《ヴエセル》自体は重要ではないのかもしれないが、それでもまだ使用可能な力が偶発的ながら蓄えられているがゆえに、この物質的な中心を消滅させることが戦いの目的だったのだ。だが三人は、盃《ヴエセル》自体が保持していた力の蓄えを、自分たちの集中した魂を通して流出させた。司祭の目には、事態がまるで聖杯《グラール》自体を中心とした、数多くある祝賀行事のように見えてきた――それはもはや聖杯《グラール》ではなかったが、聖杯《グラール》より偉大だった。静寂と知識は、まるで目に見えない祝禱者から発信されたかのように伝えられた。大執事はいまや司祭として聖餐杯《カップ》に触れているのではなく、あたかもそれ自体が神秘であり、神秘の主体であると思われるものに両手を置いていた。しかし、その意識は気づかれることなくほとんど失せてしまった。大執事の超自然的な精神は自然な状態に戻り、少なくとも攻撃はひとまず終了したという確信だけが残った。両手に握られた聖杯《グラール》は硬くてしっかりしており、公爵の書斎の明かりだけを反射していた。大執事はため息をつき、握っている手の力を緩め、ふたりの仲間を一瞥した。公爵は突然立ち上がって周囲を見わたした。モーニントンはゆっくりと腰を上げた。その顔は、ある種の憂鬱で覆われていた。大執事は聖杯《グラール》をテーブルに戻した。

「もう終わった」と大執事。「なんであれ、ひとまずかたづいた。さあ、休みましょう」

「だれかの声が聞こえたような気がした」公爵はあたりを見まわしながら言った。「ここを離れてもだいじょうぶかな?」

「まったく安全だと思います」大執事は言った。

「でも、なにが起こったんだろう?」公爵は今一度たずねた。

「明日話しましょう」大執事は疲れた様子で言った。「聖杯《グラール》は今夜、自らを守るでしょう」

第十一章　軟膏

　その日の午後、グレゴリイ・パーシモンズは聖杯《グラール》を破壊するために超自然的な力を放ったのだが、その前に二カ所訪れていた。ひとつ目は、ロード・メイヤー・ストリートの薬種屋である。そのさい、ハートフォードシャー州の警察本部長といっしょだった。しかし、訪問して情報を得たのち、ふたりはフィンチリイ・ロードで別れた。警視長は、たまたまタクシーに乗ってスコットランドヤードに行くことになったが、当初はゴールダーズ・グリーンで地下鉄に乗るつもりだった。警視長が姿を消したとたん、グレゴリイはできるだけ素早く店に戻った。

　ギリシャ人は、あいかわらず不動状態を保っていたが、なにも言わなかったものの、先ほどのふたりの客のうちのひとりがふたたび来店するのを見て、目を少し輝かせた。

「なにが起こったか知ってるか？」グレゴリイは抑制のきいた口調で言った。店の雰囲気がそのように強いていた。

「取り戻されてしまったようだな」ギリシャ人はそう言って、店に入ってきたかなり年配の男性を、奥の小部屋から上体を斜に傾げて見た。新参者はギリシャ人よりも小柄で、グレゴリイよりさらに小さかったが、身のこなしが敏速でつけいる隙がない。髭を生やした顔はユダヤ人のそれだった。

「聞きましたか?」ギリシャ人が言った。

「聞いた」見知らぬ男は言った。そして怒りを含んだまなざしでグレゴリイを見て、「いつから知ってたんだ?」と激しい口調で問い詰めた。

「知ってた——知ってたって、なにを?」グレゴリイは思わず後ずさりながら言った。

「あいつらがそれを持っているってことをか? なんとまあ、やつは今朝それを手に入れたばかりだ」

「それはわかっている——そんなことは。なんと時間をむだにしたことか!」男はギリシャ人に詰め寄ると、腕をつかんで言った。「だが、まだ手遅れではない。今夜やるぞ」

ギリシャ人は頭を少し下げた。「お望みなら今夜実行しますよ」かれはしかたなく同意した。「その価値があるなら」

「価値がある!」ユダヤ人は相手に嚙みつくように言った。「もちろん、価値がある。それは権力の拠点であり、われわれはそれを粉々に破壊することができるのだ。おまえのことが理解できんな、ディミトリ」

「たいしたことじゃない」ギリシャ人のディミトリは答えた。「いつかわかる日が来ます。それ以外に理解することはない」

年配のユダヤ人が口を開きかけたが、グレゴリイが突然話し始めた。相手の最後の言葉で不意に意識が、汚く変色したカウンターに戻ったのだが、それでもまだ抑え気味の声で言った。「どういう意味だ？　粉々にする？　本気か？　どうするつもりだ？」

そう問われたふたりはグレゴリイを見やった。ユダヤ人は蔑んだまなざしで、ギリシャ人はかすかに面白がっている様子で。そして後者がこう言った。「マナセとおれは、聖餐杯《カップ》を破壊するつもりだ」

「破壊する！」グレゴリイは、声には出さずに口の動きだけで言った。「破壊するだって！　あの聖餐杯《カップ》でいろんなことができるんだぞ。しかも何度でも使える。わしは例の子供にあれを使って幻影を見せた。あれには力がある」

「力が宿っているのだ」ユダヤ人はカウンター越しに身を乗り出し、熱を込めてささやいた。「だからこそ破壊されなければならない。まだ理解していないのか？　やつらは築き、われらは破壊する。それがわれらを向上させ、やつらを阻止することになる。いつの日か、われらは世界を破壊するのだ。それ以上によい使い道があるか？　われらは赤子であり、明日なにが起こるか、失われた宝がどこにあるか、あるいは人は貪欲な心を持っているかどうかを見極めようとしているのか？　あれを破壊することは、やつらの家をまたひとつ破壊することであり、われらが天に向かって息を吹きかけ、やつらが倒れるときへの新たな一歩となる。われらにとっての唯一の用途は、あれが破壊されることだ」

　グレゴリイは、その声に含まれる情熱にふたたび後ずさったが、いまひとたび踏ん張った。

「しかし、あれを使ってやつらを滅ぼすことはできないのか？」グレゴリイはたずねた。「いいか、わしはあれを用いて子供の魂を召喚し、あれはわしに応じたんだ。しばらくわしの手にゆだねて、仕事をさせてくれ」

「裏切り行為だ」ユダヤ人が答えた。「あれを保管しておけ、所持しておけ、などというのは。破壊しろ、言っておくぞ。なにか理由があって持っているあいだは、あんたはわれらの仲間ではない。今夜、あれは震えて消滅し、無に帰すだろう」

　グレゴリイがギリシャ人のディミトリを見ると、相手は無表情で見つめ返してきた。ユダヤ人はなにやらブツブツつぶやいている。ついにギリシャ人がゆっくりと手を伸ばしてグレゴリイに触れた。かたやユダヤ人は怒りのあまりいささか震えながら黙っている。ギリシャ人は、グレゴリイとユダヤ人を見て見ぬふりをして言った。「すべてはひとつ。結局、すべてはひとつなんだ。あんたたちはお互いを信じていないし、どちらもおれを信じる気がない。けれど最終的には、自分自身と過ぎ去るもの以外にはなにもない。心が痛む。なぜなら、なにもないからだ。過ぎ去る以外になにもなく、過ぎ去る中での疲労こそがあんたらなのだ。あらゆるものは衰え、あらゆる欲望は、それにともなう虚無と病の中に消え去る。おれにとっても、底なしの深淵を覗き込むだけのことだ。自分の精神がまだ物質的なものに捕らわれているから。しかし、肉体が精神に引き込まれ、ついに共倒れになるとき、人は欲望と破滅の結末を知ることになる。おれがあんたたちの望むことをしよう。だれも動こうとしないときが来るのだから」

　ユダヤ人のマナセはギリシャ人を鼻で笑った。「おまえのことを初めて知ったとき、おまえはわれらの神の家ですばらしいことをした。今度は聖餐杯《カップ》の前にひざまずいて、自分がしたことを悔いて泣くのか？」

「涙も欲望も持ち合わせていない」ギリシャ人のディミトリは言った。「おれはほとほと疲れ果て、心は病み、目はわれらが落ちゆく虚無の光景に盲《めし》いている。あんたがなすことを述べなさい。それをおれが代行しよう。なぜなら、今でもおれにはあんたにはない力があるから」

「あれを原子に、およびそれより小さいものにしよう」ユダヤ人のマナセは応じた。

「まるでなかったもののようにする。わたしが力を送り、あれはすべての知識から消え去り、ただの記憶となるだろう」

「それで、あんたはどうする？」ギリシャ人はグレゴリイにきいた。

「じゃあ、あんたらに協力する」グレゴリイはいささか不機嫌そうに答えた。「ほんとうに消滅させなければならないのなら」

「いや、あんたは手を貸さなくていい」マナセがきつい口調で言った。「まだあんたは内心、自分で保管したいと思っているからな」

「所有を望む者には所有を求めさせよ」ギリシャ人が命じた。「破壊を望む者には破壊を求めさせよ。終わりが来るまで、各自が自分の流儀で働こう。所有する者を助けるおれは破壊する者を助けることになる。所有と破壊はどちらも悪であり、同じだからだ。しかし、ああ、悲しいことに、あんたたちの魂はだれにも所有されない日が来る。あんたたちの知っているあらゆるもののうち、あんたたちの魂だけが永遠に死滅しない。永劫に寂しく彷徨するのだ」

ギリシャ人はすっくと立ちあがった。「行け」とグレゴリイに言った。「罠を仕掛けろ」ついでマナセに言った。「さあ、そうした行為を思い描こう」

しかしユダヤ人のマナセは、少しのあいだためらい、それからグレゴリイに言った。

「教えてくれ、聖餐杯《カップ》の大きさと形を」

グレゴリイはギリシャ人に向かってうなずいた。「先週の土曜日に、挿絵の入った本を持ってきた。それを見ればわかる。しかし、あんたたちが破壊するつもりなら、なぜわしがそれを取り戻さなければならない？」

ギリシャ人が答えた。「なぜなら、これからあんたの仕掛ける罠になにが起こるかは予測不可能だから。所有する準備が整うまで、所有することはできないから。破壊はまだ達成されていないから」

グレゴリイは怪訝な面持ちで考え込み、向きを変えると、店からゆっくりと出て行った。

グレゴリイは息子のスティーヴンが社長を務める会社に行き、苦労して手に入れたものが破壊される恐れがあることに無力な怒りを燃やし、ケネス・モーニントンの平安な人生をできるかぎり破壊することで怒りをやわらげた。その後、スティーヴンを部屋から追い出し、〈カリー〉にいる従僕のラディングと電話でしばらく話をした。

翌朝、そのときグレゴリイから受けた指示に従って、ラディングは教区牧師館まで散歩した。きちんとした運転手の制服を着て、髭をきれいに剃り、所作も機敏なかれは、ひと月前に大執事を訪ねた無精髭だらけの浮浪者とはまったくちがう風貌だったので、たとえ短期間であったにせよ、家政婦のラックスパロー夫人は同一人物とは見抜けなかった。かれは、ミスター・パーシモンズから大執事への伝言を届けにやって来たのだった。

「大執事はご不在です」ラックスパロー夫人は言った。「ご足労かけて申し訳ありません」

「問題ありません、奥様」ラディングは応じた。「実のところ、結果的には、在宅していたほうがうれしかったのですが」かれのお辞儀はその発言を裏付けていた。

「まあね」ラックスパロー夫人は言った。「話相手に会えるのはうれしいことです。否定はしません。ここには聖職者と浮浪者をのぞけばだれもいません。かなり辺鄙な場所ですから。当然、牧師はわたしに話しかけてきませんが、それなりに親切な人もいます。司教はこれまでにもここに来たことがあります。率直で話し方も陽気な紳士でしたが、少しせっかちで、いつもどこか別の場所に行ってほかのことをしたがっていました。わたし自身は、それってどうかと思います。早急に事をなすと二度手間になる、と母はよく言ってました。母には十一人の子供とふたりの夫がいましたが、そのほとんどは末っ子のわたしが生まれる前のことです。母はわたしによくこう言ったもんです。ルーシー、あんたはまだ部屋の片付けをしていないわね。かならずそうなんだから」

夫人は突然口をつぐんだ。それは、大執事や聖職者に付き添っているときに、おしゃべりがすぎるのではという恐れから生じた癖だった。しかし、穏やかな言葉の流れにかわる突然の沈黙は、見知らぬ人たちを狼狽させがちだった。話の途中で、いきなり返事を求められていることに気づくからだ。ラディングも例外ではなく、急いでこう言わざるを得なかった。「まあ、そうですね、司教よりもあなたを信頼しますよ、ラックスパロー夫人」

「あら、いやだ」家政婦のラックスパロー夫人は答えた。「ラディングさん、そんなことをおっしゃってはいけませんよ。だって、あの人たちはわたしたちを教え導こうとしているのですから。でも、わたしの女性教師はよくこう言ってました。『ゆっくりやりなさい、お嬢さんたち、じっくり時間をかけてね』。で、ほとんどのことがいつも片付いていないわけです」

「そうですね」ラディングは言った。今回は返答の準備はできていた。「それにあなたは大執事がいつ戻ってくるかはわからないのでしょう。きっとゆっくり戻ってくると思いますよ」かれは穏やかな笑い声をあげた。「結婚していたら、もっと早く戻ってくるはずです」

「結婚していたら」ラックスパロー夫人は言った。「今のように多くのことはしなかったでしょう。かれはこれまでにも女性を家に連れてきたことがあります――まあ、ラディングさん、かれの評判を落とす恐れがあるので、それについて話すのはよくありません。かれは女性たちに善いことしか施さなかったのですが、彼女たちはほとんどそれに値するような人間ではありませんでした。それに、かれはわたしが寝ていると思って、一晩中教会にいて、ぜんぜん寝ないこともあります。かれは豚肉を食べられるので、まだしも人間的だと思います。だって、わたしは豚肉が好きなんです。豚肉を食べられないのはつらいですよ。もちろん、大きな豚肉をふたきれ食べることができるなんて考えられないし、それを口に出す勇気がないのもつらい。きっと、かれはこっそり抜け出して豚を買って、それを家に送ってもらい、一、二回切り身を切るだけだったのでしょう。でも、戻ってくるかどうかは、今夜外泊されるという電報しかなかったので、わたしにはわかりません。それも昨日のことです——けれど、だれかが臨終の床にあるとかその手の祭儀に関することでしたら、ミスター・ベイツビーが代行してくれますよ」

「ほんとうにたいした用件ではないのです」とラディング。「ただ、大執事が収穫祭のための果物と花が欲しいのではないかと思いまして、グレゴリイ・パーシモンズはそれらをいつ献納したらよいのか知りたかっただけです」

「九月の第二日曜日です」とラックスパロー夫人。「少なくとも去年はそうでした。でも、代理牧師ベイツビーがいますよ。大執事のほかに日程を知っているとしたら、かれでしょうね」

ラディングは、夫人の肩越しにミスター・ベイツビーが見知らぬ男、ライトグレーのスーツを着てソフト帽をかぶった若い男性といっしょに教会の門から出てくるのを見た。その男性は代理牧師の横をのんびりと歩いていた。ラックスパロー夫人も気づいて、突然こう言った。「あら、中国人だわ。二年前にここに滞在したときと同じ細い目をしている」まるで世界に中国人はひとりしかいないかのような言い草だった。しかし、ふたりが近づくにつれて、ラディングはラックスパロー夫人の言葉に疑念を抱いた。この見知らぬ若者の顔には中国人らしさはまったく感じられない――いささか色黒で、インド人風の顔つきだ、と運転手に扮したラディングは漠然と思った。

「聖地」とミスター・ベイツビーはしゃべっていた。「安息と平和の聖地、それがわたしたちの田舎の教会の本来あるべき姿であり、実際ほとんどの教会がそうなのです。静寂に包まれた教会と教会墓地――みな、美しい眠りについています。そして、まわりには穏やかな村の生活、素朴で家庭的な魂が広がっています。芳香や明かりなどを求める人もいます――が、それは調和が取れておらず、まちがった雰囲気だと思います。真の宗教は内面的なものです。ほんとうにそのとおりですよね？　〝神の王国はあなたの中にあります〟。それを忘れないでください――あなたの中にあるのです」

「観察によって得られるのではない」見知らぬ若者は厳粛な口調で言った。

「真にそのとおり」ミスター・ベイツビーは同意した。「それで、蠟燭をどうしたいのです？」

ふたりは玄関ドアに着いた。そこでミスター・ベイツビーがたずねるようにラディングを見た。ラディングは用件を説明し、大執事が牧師館にいないのは残念だが、いつ戻ってくるかわかっていますかときいた。

ミスター・ベイツビーは首を横に振った。「一、二日では戻れないでしょう。功徳を施しに行かれたのです、まちがいありません。〝日が照っているうちに干し草を作りなさい、夜が来るから〟」と言って、かれはこの引用文に漠然とした不安を感じながら、急いでつづけた。「わたしたちはみな、各自できることをやらなくてはいけない。そうあるべきですよね？　それぞれが自分の小さな場所で。狭くても十分です。車中でも」――かれはラディングを見た――「あるいは台所でも」――かれはラックスパロー夫人を見た――「もしくは――どこでも」かれは見知らぬ人を見ながら話を終えたが、その若者は真剣にうなずいたものの、しばらくは無言のままだった。やがて見知らぬ青年は、ミスター・ベイツビーのいささか明らかな失望を哀れむかのように言った。「ここまでわたしは旅をしてきました」

「ああ、たしかに」代理牧師ベイツビーは答えた。「人生に対する視野が広がるのは、まちがいない。まあしかし、これまでの旅でこれ以上よいものを見たことはないと思います」かれは教会と庭と野原を指さした。「もちろん、蛇がここにはいないわけではない。いにしえの蛇です。けれど、われわれはその頭を踏み砕くのです」

「では、踵《ヒール》は？」見知らぬ若者がたずねた。ミスター・ベイツビーは少しのあいだ、ヒールには〝卑劣漢〟の意味もあると考えてから、優しく微笑みながら言った。「ええ、ええ、いつも無傷とはかぎらないと思います。なにしろ、ここの大執事はほんの数週間前、真昼間に襲撃されたんです。ひどい話です。わが善良なる隣人がいなかったら、どうなっていたかわかりません。ああ、あなたもその場にいたんだ、ラディング、ですよね？」

「そうなんですか？」見知らぬ青年はラディングの顔を見てたずねた。

「いましたよ」ラディングはほとんど不機嫌そうな口調で言った。「あなたに関係あるんですかね」

「あるかもしれない」見知らぬ若者は静かに言った。「そう思ったから、ここまで長旅をしてきたんです」そしてミスター・ベイツビーのほうを向いて、「じゃあこれで。お世話になりました」と言って、ふたたびラディングに向き直った。「少しいっしょに歩きましょう」かれは何気なくつづけた。「うかがいたいことがあるんです」

「いいかい」運転手は見知らぬ男のあとを追いながら言った。「わたしに質問しようなんて、いったい何様のつもりだ？　なにかたずねたいのなら――」

「いたって単純な質問です」見知らぬ男は言った。「あなたのご主人はどこにお住まいですか？」

「わたしに聞かなくても、だれでも教えてくれる」ラディングはしぶしぶ答えた。まるで自分がなぜそう言ったのかを自分自身に説明するかのように。「あそこの〈カリー〉だ。でも、今はいない」

「おそらくロンドンで大執事といっしょなんでしょうね?」見知らぬ人はたずねた。

「いいえ、嘘をつかないで。問題ないです。わたしが家まで行きます」

「不在だと言ってるじゃないか」ラディングは言った。まるで解雇されたかのようにまんじりともしないで立っている。「いったいなんの用事があって家に行く? 中国人、あるいは色の黒いやつが家のまわりをうろついてるなんて気にくわん。聞いているのか? ちょっかいを出さずにはいられないのか? おい、おまえに言ってるんだ。わからないのか! ミスター・パーシモンズにかまうな!」見知らぬ男が遠ざかっていくにつれて、ラディングの声は大きくなり、言葉はより激しくなった。そのためコルクホーン警部補は、休暇のためと、同時に〈カリー〉がなにか示唆を与えてくれるのではないかという一種の絶望的な期待から村に数日滞在していたのだが、駅からの帰り道の曲がり角で、遠ざかってゆく人影の背中に向かって叫んでいる男を目にした。

「なにか問題でも?」警部補は思わずたずねた。

ラディングは激怒しながら振り返った。「そうだよ。おまえが問題だ。だれがおまえにその腫れぼったい目をおれに向けてパチクリしろと言ったんだ? 鼻ペチャで太鼓腹のシラミ野郎!」

警部補は相手の制服をじっくり見た。「口の利き方に気をつけなさい」

「なんだと、こらっ！」ラディングは相手にくってかかった。「ふざけるな、さもないと殴り倒して――」

コルクホーン警部補は相手に近寄った。「それ以上しゃべってみろ。そのケツを蹴飛ばして、地獄に突き落としてやる！」パーシモンズ出版社に関係する何者かに、自分が経験したすべてのことに対する報復ができると思うと、なにがなしうれしくなった。しかしながら、まさか運転手が突進してくるとは予想していなかった。警部補は危害を加えないていどに攻撃から身をかわし、相手を道路脇に引き寄せたが、そこで思いもしなかったことに、勢いあまって背後の溝に落下させてしまった。警部補は一歩後ずさった。「出てきたければそうするがいい。そうしたら、もう一度突き落としてやる」

グレゴリイ・パーシモンズは、警部補より少し遅れて駅からゆっくりと歩いて来たが、そのとき溝から必死に這い出ようとしている運転手に気づいた。かれはその朝、ロード・メイヤー・ストリートを訪れた結果、ユダヤ人のマナセが怒りと失望でわれを忘れそうになりながら、聖杯《グラール》を取り戻すための措置を講じることに必死になっているのを知った。ギリシャ人のディミトリはかれらの議論にほとんど加わらなかった。昨夜の努力で肉体的にとても疲れていたので、目を閉じて椅子の背もたれに身体をあずけ、ときどきふたりに提案を投げかけるだけだった。グレゴリイにとって最大の難関は、エイドリアンに対する計画に不可欠なライオネル・ラックストローとの友好関係を維持することだったが、それはすでにモーニントンとの決裂によって危険にさらされているかもしれなかった。しかし、かれはラックストローとはよい関係を築いておきたかった。賢明な説明と約束は大いに役立つかもしれないし、息子のエイドリアン自身に気に入られていることが強力な切り札になるだろう。最後にはマナセに自分の目的を理解させたことで新たな提案がなされた。これからマナセとディミトリは聖《グラ》杯《ール》の確保に専念し、グレゴリイは数日以内にエイドリアンを捕虜にするという予定が組まれた。「では」マナセは言った。「東へ向かう隠れ道を通って行こう」

「隠れ道?」グレゴリイがきいた。

ユダヤ人のマナセは、訳知り顔で微笑んだ。「ああ、あんたにはまだ学ぶべきことがたくさんある。友人のジャイルズ卿に聞いてみろ。知っているはずだ。アムステルダムの家具店やチューリッヒの画材販売店に行ったことがあるかどうかたずねてみるがいい。コンスタンチノープルの船大工とアルメニアの渡し船を知っているかどうかたずねるがいい。あんたは、ここロンドンでは末端にいる。破壊の渦は東方にある。おれは、思念によって家屋が粉々に崩れ落ち、意志の力に屈して人々が苦しみながら死ぬのを見てきた。その子を連れて来るがいい。そうすれば、われらはわれらの神の高みに登れるだろう」

グレゴリイは、エイドリアンとの微妙な友情関係に自分の抱いている希望が広がるのを感じた。「いまから三日後にまたここに来る。金曜日の夜までには子供を連れて」この目的と計画を胸に抱いて、グレゴリイはファードルズに戻ったが、そこでお抱え運転手が相手を見下したような表情の敵の眼前で溝から脱出するのに苦労しているのを見つけた。

ラディングは雇い主を目にすると、最後の力を振り絞って溝から道路に上がり、かなりバカバカしくも直立不動の姿勢をとった。警部補は相手のためらいに気づき、あたりを見まわし、近づいてくる高齢の男性がグレゴリイである可能性が高いと悟った。そこで先手を打って出た。

「ミスター・パーシモンズ？」警部補はたずねた。

「ええ、パーシモンズです」本人が穏やかな口調で答えた。

「この男はおたくの運転手ではありませんかね」警部補は言うと、グレゴリイがうなずいたので、先をつづけた。「押し倒さざるをえなかったことは申し訳ありません。かれが道路で叫んでいるのを見つけ、なにごとかとたずねたところ、はなからひどく無礼な態度を取り、ついで攻撃してきたのです。けれど、怪我はしていないと思います」

「痛い」とラディングは叫んだが、グレゴリイが片手を上げて制した。「申し訳ない」パーシモンズは言った。「この男が万が一また同じことをやらかしたら、もう一度こらしめてもらいたい」

「こちらに悪気があるわけではありません」警部補は言った。そして一瞬、このまま会話をつづけようと思ったが、やめておいた。明確な意図があったので、まずは村人の意見を聞きたかったのだ。そこで軽く頭を下げて一礼し、その場から立ち去り始めた。

グレゴリイ・パーシモンズはラディングを見つめた。「さて、説明してもらおうか。おいおい、ラディング、怒り心頭に発するといった感じだな。自制しろ。さもないと、つぎはわしを攻撃するかもしれん。そうだろ?」かれは少し近づいた。「答えろ、豚野郎、そうだろ?」

「どうしてあいつに殴りかかったのかわかりません」ラディングは浮かない顔をして言った。「わたしは別の男に腹を立てていたんです」

「別の男、そいつはなんだ?」パーシモンズはたずねた。「バカ者、目が見えないのか、それとも酔っぱらっているのか?」

ラディングは気持ちを落ち着かせようとした。「グレーのスーツを着た若い男でした。あなたの様子と住まいをたずねてから、〈カリー〉へ向かいました。そいつに激怒していたのです。さきほどの男が近づいてきたとき、ちょうどその見知らぬ若者の背中に向かって叫んでいたのです」

「若い男が」グレゴリイ・パーシモンズは言った。「わしに会いたいと？　実に奇妙だ。ラディング、おまえはそいつと面識はなかったのか？」

「初対面です」ラディングは答えた。「見た目はインド系でした」

グレゴリイは、東への隠れ道についてマナセが言ったことに思いを馳せた。なにか関係があるのだろうか？　どのような可能性が待ち受け、いかなる展望が開けることか！　長く苦しい道のりを歩んできた終着点にある玉座がどのようなものであろうと、片手に聖杯《グラール》、もう片手に儀式用の子供を抱えてやって来るわしを歓迎しないはずがあろうか？　グレゴリイは足早に歩きだすと、「その若者に会いに行こう」と言って、〈カリー〉に向かった。

グレゴリイはラディングを背後に従えてゲートまで来ると、二十四時間前には駆け下りた車道を上っていった。昨日、コンヤーズ警視長が巡査に向かって叫んだ角を曲がったところで見知らぬ若者と出くわし、三人そろって立ち止まった。

グレゴリイの第一印象は、ラディングがその見知らぬ若者のことをインド人のようだと言ったのは単にロマンチックな思い込みにすぎないということだった。眼前に現れた顔は、自分と同じヨーロッパ人のそれにまちがいない。ただし、どこか奇妙だった。それは人種のせいというより、むしろ表情の奇妙さであり、取るにたりない世界を観察する高尚で抑制されたまなざしのせいだった。その目は、グレゴリイをとらえてすぐに無視し、同時に周囲のすべてでも一瞥して、価値がないものとしてないがしろにした。片手に手袋と杖を持っている。もう片方の手は顔の高さまで上げられ、ちょっとした不快感を払いのけるかのように、ときどき気だるげに動き、同時に鼻孔に少し皺が寄せられた。見知らぬ若者は、退屈でつまらないが必要に迫られている作業に専念しているようだった。まるで、空気中に漂うどこか遠くにある不快な匂いを嗅いだかのように。見知らぬ若者は、退屈でつまらないが必要に迫られている作業に専念しているようだったが、その様子は私道に立ち止まってグレゴリイに視線を移したことでさらに強まった。

「わしに用事かな?」と言った瞬間、グレゴリイ・パーシモンズは自分がその見知らぬ若者を心から嫌っていることに気づいた。自分でも驚くほど凶暴な敵意を抱いた。それは外界の陽光に照らされた見知らぬ若者自身が際立って見えたように、グレゴリイの内なる世界でくっきりと浮きあがっていた。そしてかれは、マナセが抱いた完全な破滅を求める憤怒を、ほぼ初めて理解した。

グレゴリイの指は敵の服を剝ぎ取り、肉体を骨と肉の塊に叩き潰したくて躍起になっていたが、かれ自身はそのような指の剣呑な震えにはまったく気づいていなかった。身体の外的兆候よりも深い内的欲望にどっぷりと浸っていたからだ。その欲望が相手の存在を完全に消し去るほどの情熱の一撃を自らに狙いすました。すると若い対戦相手は、ふたたび片手を上げて前に突き出し、ゆっくりと上下に動かした。その〈ディスの壁〉のそばにいる天使のような動作によって、まるでかれの周囲の濃密で騒々しい雰囲気が脇に排除されたようだった。

「いいえ」見知らぬ青年は落ち着いた様子で言った。「べつに用はありません」

「じゃあ、ここでなにをしている？」グレゴリイは問い詰めた。「なぜわしの家のまわりをうろつく？」

「地図を調べているのですが、この場所が中心に記されているのがわかりました」見知らぬ人は言った。

「使用人に追い出させてやる」グレゴリイは叫んだ。「不法侵入は許さん」

「あなたに使用人はいない」相手は言った。「奴隷と影があるだけです。そして奴隷だけが不法侵入ができる。影の中にいるから」

「狂ってる」グレゴリイは今一度声を張りあげた。「どうしてわしの家に来た？」

「あなたの家には侵入していません」見知らぬ若者は答えた。「時期尚早だから。けれど、あなたが恐れるべきことは別にある――それは、あなたがわたしの家に入る日です」

ラディングは主人がそばにいることに勢いづき、一歩前に進み出た。そこで見知らぬ若者に視線を向けられたので立ち止まった。しかし、怒りがあまりにも激しかったので、言葉を発せずにはいられなかった。

「何者だ？　ここに来てこんな話をするなんて」ラディングは言った。「いったいだれなんだ？」

「そうだ」グレゴリイは言った。「名前を言え。おまえはわしの地所を汚《けが》した。謝ってもらおう」

相手はまた手を前に伸ばして微笑み、「ジョンです」と言った。「そして、あなたはわたしのことを知っている人を知っている」

グレゴリイは敵のことを考えた。「あの疫病を撒き散らす司祭か、公爵の道化師なのか？　あいつらはおまえの友人か？　それともおまえには公爵は下品すぎるか？　おまえが自慢する家にはどんな王がいる？」

「七十人の王がわたしの食卓で食事をした」見知らぬ男は言った。「なにしろ、わたし自身が王であり、祭司であり、すべての祭司と王の兄弟なのだから」

見知らぬ若者は片手を降ろすと、ゆっくりと前に進んできた。必然的に、グレゴリイは脇にどくかたちになった。通り過ぎて行く正体不明の青年に対して、運転手のラディングはその肩に片手を伸ばした。しかし、どういうわけかつかむことができず、相手はあいかわらず穏やかな足取りで進みつづけてゲートを出て行った。グレゴリイは、言葉にできないほどの激しい怒りに震えながら、急に踵《きびす》を返して自宅へ向かった。運転手は自分に悪態をつきながら、ゆっくりとガレージへ向かった。

しかし午後までには、グレゴリイは気を取り直し、いや、むしろ意志を取り戻した。あの見知らぬ若者は放浪の狂人なのか、それとも聖杯《グラール》を運び去った三人の愚か者と実際になんらかのつながりがあるのか——どうかはわからなかった。それはたいしたことではない。火急の要件はラックストロー一家に関することだったので、お茶の時間の一時間前にコテージの方へ足を運び、かれら家族を探した。

一家は木々に囲まれたコテージから少し離れたところにいた。バーバラはP・G・ウッドハウスの〈ジーヴス〉シリーズの最新作を読んでおり、ライオネルは地面に寝そべりながら、長い帰還の旅をした英雄オデュッセウスの冒険譚をエイドリアンに語り聞かせていた。だが物語は、グレゴリイが近づいてきたので中断された。

「ロンドンに行ったんじゃないの？」エイドリアンがきいた。

「ねえ、ちょっと——」バーバラが小声で言った。

「えーと、ジェシーがそう言ってたんだよ、ママ」エイドリアンは言い返した。ジェシーは、〈カリー〉のメイドである。

「ジェシーの言うとおりだ」グレゴリイは答えた。そして、「ロンドンに行って帰ってきた。そこには大きな列車とたくさんの兵士がいるんだよ、エイドリアン」と言って口をつぐんだ。

「ぼくはロンドンに大きな列車を持っているんだ」エイドリアンはひとりごちた。「貨物でいっぱいの車両の最後に車掌車もついている」

「列車を見たよ」グレゴリイは言った。「きみのロンドン行きの列車だった。エイドリアンの所有物なので、きみのところに連れて行ってほしいと頼まれた」

「えっ、ほかの列車かな？　ぼくの見たことのないやつ？」エイドリアンは目を大きく見開いてたずねた。

「きみの見たことのない列車だけど、きみのものだよ」グレゴリイは真剣な表情で答えた。「すべてはきみのものだ、エイドリアン。望むなら、きみは世界の王だ。いつの日か、わしはきみに世界をあたえよう」

「この一週間で、そんなことがほとんど信じられるようになりました、パーシモンズさん」バーバラは言った。「エイドリアン、この世界をどうするつもり？」

エイドリアンはじっくり考えて、「列車に乗せるよ。ぼくがまだ見ていないその列車はどこにいるの？」とグレゴリイにきいた。

「屋敷にいるよ」グレゴリイは答えた。「そこにみんなでお茶を飲みに行こう。そのあとで列車と会えるよ。列車はもう昼寝をしていて、お茶が終わるまでは起きない」かれはまじめな顔をして説明した。

エイドリアンはグレゴリイの手を取り、「行こうよ?」と言うと、先導しようとして握った手を不安そうに引いた。

「行こう」グレゴリイは同意すると、笑いながら肩越しに振り返り、「あなたたちも来ませんか?」と叫んだ。

バーバラは両手を差し出した。するとライオネルが彼女を引っ張って立ち上がらせた。「わたしはただジーヴスのようにキラキラと輝きたいだけなの、歩きたいわけじゃない」と彼女は言った。「ミスター・パーシモンズ、ジーヴスはお好き?」

「ジーヴス?」グレゴリイはきいた。「それってなんです?」

「あら、ご存じないなんて」バーバラは声を張りあげた。「ロンドンに戻ったら一式送りますわ」

「小説のタイトルですよ。あるいは、主要キャラクターの名前」ライオネルが口をはさんだ。「バーバラの愛読書です」

「あら、あなたも大好きじゃないの」バーバラは言った。「読むと、いつだってクスクス笑ってるわよ」

「それが肉体の弱さだ」ライオネルは言った。「オセロですすり泣くべきではないのと同じようにジーヴスでクスクス笑ってはいけない。完璧な芸術は、そうした安易な感情を超えたところにある。〈ジーヴス〉シリーズは——全冊が、個人的には挿絵付きのほうがいい――われらが時代の最後の傑作のひとつだと思う。絶対的な高みに達している。執事ジーヴスとかれの雇い主は一であり多である。二十世紀版『ドン・キホーテ』です」

「たしかに読まずにはすませられませんな」グレゴリイは笑いながら言った。「お茶を飲みながら、もっと詳しく聞かせてください」

食後、四人はギャラリーとミスター・パーシモンズの部屋に行った。そこには列車が見事に整頓されて並べられていた。エイドリアンは、そのコレクションにバーバラといっしょに夢中になった。グレゴリイはライオネルを本棚のところに連れて行った。しかし、すぐに列車からの呼び出しで呼び戻された。複雑な機構のどこかに不具合が生じたのだ。グレゴリイは、両手で持ったエンジンをひっくり返しながら調べて、こう言った。「なにが問題なのかわかるさ」それを一、二分いじくると、微笑みながらバーバラを見て、「ラックストロー夫人、ちょっと持っていていただけますか?」とたずねた。「片手ではドライバーの先端をネジの頭にきちんとあてることができないので」

バーバラは調子の悪いエンジンを快く受け取った。グレゴリイはそれにネジを一、二分ほど突っ込んだり押したりしていた。それから左手の位置を変えてバーバラの指の上に軽く置き、右手でふたたび突き上げた。エンジンが滑り落ち、床にあたって音を立て、グレゴリイが悪態をついた。バーバラは軽く悲鳴を上げ、ライオネルは叫んだ。男たちはバーバラの手首と前腕の内側にできた長い傷を見つめた。すでにそこから血がにじみ出ている。

「ラックストロー夫人、ほんとうに申し訳ない」グレゴリイは叫んだ。「どうか許してください。かなり痛みますか？」

「だいじょうぶです！」バーバラは言った。「ライオネル、ハンカチを貸して。わたしのは小さすぎる。心配しないで、ミスター・パーシモンズ、自分で押さえておけば、数分でおさまります」

「ああ、でも、なにか薬をつけたほうがいい」グレゴリイは言った。「いいですか、この部屋にいい軟膏があるんです——特効薬です。なんというのか忘れましたが——ザムブクではないですが、そんなような名前でした。とにかく、よく効く」かれは引き出しのところへ行き、小さな丸い木箱を取り出してバーバラに差し出した。「それとどこかに布切れがあったはずだが、ああ、ここにある」

バーバラは箱を受け取りながら鼻にしわを寄せて、「変な匂い！」と言った。「ほんとうにありがとうございます。でも、家にワセリンがありますから」

「あとまわしにしてはいけません」とグレゴリイ。「いますぐ塗って手当をしなさい」かれはエイドリアンのほうを向いて言った。「とにかくエンジンは直した。でも、あんなに鋭い刃がついているなんて！　町に行くときに返品しよう」

三十分が過ぎた。ライオネルは、本をテーブルの上に置こうとして振り返り、偶然、妻の顔を見た。

「バーバラ」ライオネルはあわてて言った。「気分が悪いのか？」

バーバラは椅子にそり返るようにもたれて座っていた。ライオネルが話しかけたとき、妻は最初のうち相手がだれなのか認識していないようだった。それからめまいがしているような口調で言った。「ライオネル、ライオネル、あなたなの？　気絶しそう。自分がどこにいるのかわからない！　ライオネル！」

ライオネルは部屋を横切って妻のそばに行った。グレゴリイでさえ、エイドリアンといっしょに床に座っていたが、立ちあがった。そしてラックストロー夫妻をちらっと見ると、部屋の向こう側へ行ってベルを押して戻ってきた。ライオネルはバーバラをなだめるために、できるだけ穏やかに話しかけていた。ところが突然、彼女は立ちあがって叫びだした。周囲のなにもかもが見えないせいで、両手を突き出している。

「ライオネル！　ライオネル！　ああ、神さま！　ああ、神さま！　ライオネル！」

ライオネルはグレゴリイに視線を向けて、「エイドリアン！」と叫んだ。グレゴリイは、驚いて恐怖を感じて泣き始めた子供のほうを向き、ささやくような慰めと励ましの言葉をかけながらエイドリアンを抱き上げると、ドアのところにいるラディングを目指して急いだ。

「ラックストロー夫人の具合が悪い」グレゴリイは言った。「医者に電話して、それ

「医者に電話して、それから戻ってこい。おまえが必要になるかもしれん。医者は、電話をすれば、こちらから車で迎えに行くのと同じぐらい早く来てくれるだろう。急げ！」

ラディングが姿を消すと、グレゴリイはエイドリアンといっしょに隣室に行き、奇妙な形の包みを取り出して子供にプレゼントした。しかしエイドリアンは、閉じたドア越しでも隣の部屋から聞こえる痙攣的な悲鳴を耳にして、死に物狂いでグレゴリイにしがみついた。やがて叫び声の中に、人の動作や足音、椅子が倒れる音、そしてライオネルの命令を簡潔に伝える声が聞こえた。エイドリアンが驚いて叫び始めたので、医師への電話から戻ったラディングはメイドのジェシーを探しに行かされた。ジェシーとエイドリアンのあいだには友好関係が育まれていたからだ。彼女がエイドリアンを自分の部屋に連れて行ったところで、グレゴリイは隣室に走って行った。

バーバラはふたたび椅子に倒れ込み、身をよじり、ときおりライオネルを呼びながら叫び声をあげていた。

「バーバラ、ぼくはここにいる」ライオネルは、現実とは思えない眼前の恐怖を克服し、苦しみながら言った。「見えないのか？　感じないのか？」そして妻の手を握った。

苦しいときも楽しいときも無数の軽い触れ合いによって、ふたりの身体は長いあいだ結びついており、一種の感情の架け橋ができていた。バーバラの手がライオネルの手を握り返し、彼女の声は熱狂的な訴えに変わった。「助けて、ライオネル、助けて！　あなたが見えない。来て、ライオネル！」

ライオネルはグレゴリイに振り返った。「いったいどういうこと？」かれは抑え気味の声で言った。「どうしようもない？」

「医者を呼んだ」グレゴリイもまた平坦な口調で応じた。「医者を待つしかない。エイドリアンはジェシーといっしょにいる。ためしにバーバラに子供の名前を言ってごらんなさい」

バーバラはふたたび比較的おとなしくなっていたが、わずかなあいだの疲労で身体が震えている。グレゴリイはライオネルの背後で考え深げに彼女を見つめた。そして、軟膏の効果は先日の自身の体験となんらかの類似点があるのだろうと思った。しかし、自分の場合、軟膏の効果は統括する意識を解放し、より完全な完成へと刺激したのに対し、バーバラ・ラックストローの場合、おそらくほとんどの人と同様に「神のためにも敵のためにも」世界をさまよっているため、神と敵を完全に分離して制御することなく、単に一方を標的に定めて活性化させただけの可能性が高い。自分自身と同じだと感じていたものはすべて、バーバラにとっては侵略者、征服者、さらには地獄の恋人となるだろう。彼女はそれを自身の肉体と血と心、そして魂で感じるだろう。実際に彼女も自分と同じだったのなら別だが、彼女には明確な意図がないし、確固たる抑制力もない。となると、彼女はライオネルを呼ぶかわりにグレゴリイに向かって叫ぶことになるだろうか？　おもしろい！　グレゴリイは軟膏の箱を取ってポケットに入れた。調べられた場合、引き出しにはもっと無害な別の箱もある。

重大な局面が始まってから、十五分ほど経過した。グレゴリイは、それが終わる必要性を感じなかった。軟膏は、かれ自身にとって、ある意味での進歩と退行の手段であったが、バーバラにはその意志もなかったので、二極の分裂した苦悩の中に永遠に囚われるかもしれない。医者はなんと言うだろうか、とても気になる。

突然、バーバラが身悶えて立ちあがった。その声はふたたび神とライオネルへの絶望的な訴えを始めたが、手足は舞踏の予備動作を始めた。最初は優しく、そしてしだいに速く、足はカーペットの上を飛び跳ね、腕は聞こえない音楽に合わせて振りまわされた。ライオネルは、その舞踏を止めようとして、腕を彼女の腰にまわし、もう片方の腕で彼女の手をつかもうとした。だが、そうされるより早く、彼女はライオネルの手を振り払い、かれを部屋の向こう側によろめかせた。グレゴリイの心臓は高鳴った。バーバラの動きは、かれ自身が知っている内なる舞踏が外的に表象されたものだった。かれの場合、軟膏は肉体の動きを封じて、魂がエクスタシーに入るのを助けたのだ。しかし、今回ここでの軟膏は、〈魔王〉の猛烈なエネルギーに対して身体を無力にし、克服できなかった記憶が叫び声をあげることしかできない口を通してのみ、彼女の愛しい人と神とを呼んでいるのだ。

グレゴリイは、ドアの外側でなにかが動く気配を感じた。すると、ドアがノックされた。だが、かれは状況にすっかり飲み込まれていて返事をするどころではない。ドアが開くと、戸口に村医者が現れた。同時に、まるでそれを待っていたかのように、バーバラは激しく踊りながら手を上げ、薄地のドレスと下着を無意識のうちに胸元から下に引き裂いた。それらは破れて裂かれたが、ガードルで一瞬垂れ下がり、それからさらに落下した。彼女は、舞踏の動きを気にかけることなく、両脚を交互に振り上げた。

グレゴリイですら、その後なにが起こったのかよくわからなかった。バーバラをしたがわせ、手に入るかぎりの材料で縛りつけるには、三人の手が必要だった。医師のつぎなる行為はモルヒネ注射だったが、グレゴリイはそれがもたらす結果について自分なりの見解を持っていたため、その処置をかなりよろこばしく見守った。バーバラは、〈カリー〉の空き部屋に運ばれ、ライオネルが付き添った。「すぐにベッドをもうひとつ用意する」グレゴリイはかれに言った。「召使いのラディングを隣の部屋で休ませるので、必要なことがあれば聞いてください。ああ、まだ七時にもなっていない！ エイドリアンだが……わしの部屋で寝たければそうしてもかまわん。そのほうが気もまぎれるだろうし、自分がたいせつにされていると感じるだろう。静かに、静かに、われわれは、できることをしよう。医者があとでまた来る」

実のところ医師は、いくつか質問をし、無害な軟膏の箱を見たあと、このめずらしい症状の患者について考えるために立ち去ることができてほっとしていた。グレゴリイは、調べてみると、エイドリアンはジェシーといっしょに庭にいることがわかったので、ふたりを探しに出かけた。そのさい、ライオネルの耳に届くかもしれないので、陽気に口笛を吹くのは控えた。子供が寝る前に、先ほど自分をわずらわせた見知らぬ若者についてなにかわかるかどうか調べてみるのもよいだろうが、いまのところ計画の進捗状況に満足しているので、その謎の人物のことは無視してもいいだろうと思った。だが、それでも……。

そこでグレゴリイはエイドリアンに、もう一度隠し絵のゲームをしたら楽しいだろうと提案した。そして、わしの部屋でいっしょに眠るのはどんなに楽しいことか、またその晩は母親をひとりにしておいたほうがよいと説得した。以前から使っている通常のありふれた杯《カリス》では事を成し遂げられないように思われたが、他の手段があった。

黒光りを放つ円盤が斜めに配置されたテーブルの前に座らされて、エイドリアンは不安そうに言った。

「さあ、ぼくになにが見えるかきいて」

グレゴリイは向かい側の椅子にくつろいだ格好で座り、エイドリアンを見つめると、心の中で例の見知らぬ若者の姿を思い浮かべながら、ゆっくりと言った。「グレーのスーツを着て、ソフト帽をかぶった背の高い男性が見えるかね？」かれは見知らぬ若者のイメージをエイドリアンの心に植えつけた。

エイドリアンはほとんどためらうことなく答えた。「ああ、うん、見えるよ。馬に乗ってる。まわりにいるたくさんの人も馬に乗って長い棒を持ってる。みんないっしょに進んでいる。ああ、消えちゃった」

グレゴリイは少し顔をしかめた。騎兵連隊？　不可解な訪問者は、単に槍騎兵隊の中尉なのか？　かれはこれまで以上に意識を集中させて、「かれはいまなにをしている？」とたずねた。

「クッションに座ってる」エイドリアンは夢中になって話した。「その前には赤い服を着た男の人と茶色の服を着た男の人がいる。ふたりともひざまずいてる。ああ、かれに紙切れをわたしている。かれは笑っている。ふたりの男の人たちが去っていく。また消えちゃった」四歳の子供は嬉々として締めくくった。

グレゴリイは数分間考えこんでからきいた。「かれはどこから来た？　水や電車は見えるか？」

「ううん」エイドリアンは即答した。「でも、おもしろい姿の家がたくさん見える。教会もたくさん。かれはそうした教会のひとつから出てくる。とてもきれいなコートを着ている！　それに王冠も！　いっしょに出てくる人もたくさんいて、みんな王冠をかぶって剣をぶらさげていて、それに旗を持っている。いま、かれは馬に乗っている。まわりには蠟燭が灯《とも》っていて、空中には奇妙なものが渦巻き、煙も出ている。ああ、消えちゃった」

グレゴリイは、できるだけ慎重かつ手早く、その秘儀を中断した。理解できないことがあった。かれは翌日の楽しい娯楽を約束してエイドリアンを寝かしつけ、ついでライオネルを少し訪ねたあとで、ふたたび敷地内へ出て医師の二度目の来診を待った。バーバラはじっと静かに横たわっているようだった。グレゴリイは、いったいなにが起きているのか不思議に思った。いまモルヒネが彼女の四肢を制御しているとしたら、それらを無理やり動かしていたエネルギーはどうなったのだ？　外向きに発動できないとしたら、内向きに作用しているのか？　バーバラという内なる存在は、人間の統一性と衝動をつかさどる欲望の流れにどんどん深く突き落とされていったのだろうか？　二十世紀の魅力的な若い主婦にとって、なんとめずらしい体験だろう！　そしておそらく、彼女が元の意識を取り戻すことはあるまい。

第十二章　三度目の聖杯《グラール》奪取計画

ライオネル・ラックストローは、開け放たれた窓際に寄りかかって、眼下の庭を見わたした。背後ではバーバラが横たわり、静かに眠っているように見える。庭ではグレゴリイ・パーシモンズが月をじっと見つめていた。ライオネルも月を凝視していたが、普通の精神状態であれば、それを太陽よりも恐ろしい幻覚だとは思わなかっただろう。なにしろかれにとっての太陽は、有害な幻影を地中から引き出す皮肉な熱だったのだから。しかし、ライオネルの心の幻影は、かれに突然降りかかった恐ろしい、しかも現実とは思えないような災厄の中に消え去った。かれの普段見る数々の悪夢は真実味を帯びている——が、少なくとも、今日のそれ以上に効果的かつ万能なものとはなりえなかった。物質的なものが提供していた最後の防壁は崩れ落ち、愛する人の精神は崩壊し、かれの安息の地は目に見えない力の悪意によって壊滅した。彼女が偽善者だったとしても、かれを捨てて他の男と付き合ったとしても——我慢できるだろう。かれは自身のことを考えたとき、いつもそう感じていた。自己の内なるなにが激しい情熱をなだめつつ、衝動的で魅力的な気質を留めておくようにしているのだろう？　ともあれ、今回の想定外の狂気は、知るかぎりでは原因も理由もなく、人類を嘲笑う幽霊の力の圧勝だ。かれは粘り強く死に物狂いの忍耐力で自分自身を奮い立たせた。

ライオネルはタバコを機械的に取り出して火をつけた。そして思った。妻はもう二度とタバコを吸うことはないだろう。あるいは吸ったとしても、以前と同じようではないだろう。同時に、ある問いが脳裏に浮かんだ――いかなるときでもイギリス人の大多数の頭から離れることのない、方法や手段に関する問題である。それらは悲しみを損ない、よろこびを修正し、経験を適切に味わう間もなく済んだことにしてしまい、満足のいく結果にいたらなければ（ほとんどの場合そうなのだが）、愛や死をそれ自体の踊るパロディに変えてしまい、個人的な関係や抽象的な思考や楽しい時間をだいなしにする。生活費はどうする？　エイドリアンは？　家は？　将来は？　自分ではエイドリアンの世話はできない。バーバラのために家政婦を雇う余裕はない。それに自分とエイドリアンとが暮らす家に家政婦を同居させることはできない――若い家政婦では世間体がよくない。では年老いた家政婦をどうやって雇用し、給料はどうする？　バーバラは回復するかもしれないが、あんな発作のあとでは、エイドリアンと長いあいだふたりきりにしてはおけない。回復しなかったら？　バーバラにはスコットランドのどこかに叔母がいる——熱心なカルヴァン派のメソジストだ。ライオネルは、エイドリアンがカルヴァン派の家庭で育つことを想像して呪った。皮肉なことに、宇宙についての考えが、自分はカルヴァン主義者ではないことを思い出させた。しかし、かれの抱くカルヴァン主義はエイドリアンに布教したくはないが、叔母は教え込むだろう。自分には親戚がいない——では、友人はどうか？　まあ、みな問題のない好人物たちだが、子供をいつまでも押しつけるわけにはいかない。それに親友たち——たとえばケネス・モーニントン——を都合よく利用するわけにはいかない。なんてこった！

グレゴリイ・パーシモンズは月から目をそむけて屋敷を見上げ、ライオネルが二階の窓際にいるのを目にすると、片手を振ってドアに向かって歩いた。かたやライオネルは、エイドリアンがこのまま〈カリー〉に滞在していてくれれば助かると思った。そんなことを考える権利はおまえにはないと自らに言いきかせても無駄だった。虫のいい考えに固執せずにはいられず、グレゴリイがそっと入ってきて窓辺にいる自分のそばまで来たときも、まだ身勝手な空想にふけっていた。

「変わりはないかね？」グレゴリイは抑え気味の声でたずねた。

「ええ、落ち着いています」ライオネルは厳しい口調で答えた。

「ふと、思ったんだ」グレゴリイは言った。「もちろん、わからないが、きみは息子のことを心配しているかもしれないと。そんなことはないかな？　心配は無用。エイドリアンはここでもロンドンでも、きみが望むかぎり、わしといっしょにいてかまわない。エイドリアンはわしのことが好きだし、わしもかれを気に入っている」

「ご親切に、どうも」ライオネルは言った。これで問題は解決するだろうとすぐに感じたが、となると、あとは対処しなければならない恐ろしいことだけが残るとも思った。エイドリアンをどうするかという気がかりな問題でさえ、苦悩が少し変化したにすぎない。しかし、それは自分勝手だと苦々しく思い返した。利己的だ、まったく、身勝手だ！　長い沈黙の後、ライオネルはふたたび言った。「ご親切に、どうも」

「いや、ぜんぜんかまわんよ」グレゴリイは答えた。「ある意味、こっちもそうしたいのでね。それにきみは自由の身でなければならない。とても残念なことだ。人生には不運が付きまとっているように思える――待ち伏せしているとは」

「待ち伏せ？」ライオネルは、ほっとしつつも話しかけられたことにいらだちながらたずねた。グレゴリイのような人間が、逆境についてなにを知っている？　「とんでもない。待ち伏せなどないですよ。あきらかです、世間を見れば」

　宗教は通常、信者の精神を軽く麻痺させる効果を持つ。グレゴリイもその影響から完全に逃れることはできていない。ライオネルを心配させることで、三十分間の心地よい気晴らしが得られるだろうと考えたが、ライオネルが普段の状態でさえ、かなりの気苦労をかかえているとは、グレゴリイは思いもしなかった。それでこう言った。

「進路に障害物があるようだ。いつだって幸せはすぐそこの角を曲がった先にある」

「いや、障害物なんてありません」ライオネルは言った。「物事の仕組み全体は悪意に満ちていて絶大の力を有している。『善を行う者はいない。いや、ひとりもいない』」

「おそらく、それは善の定義による」グレゴリイは答えた。「少なくとも満足感とよろこびはある」

「裏切りがなければ満足もよろこびもありません」ライオネルは言った。「つねにユダがいる。だれも口にしようとしなかった世界の名前はユダです」

グレゴリイは、人生の要約を発する若い顔をよく見ようとした。そして困惑し、不安になった。ドアがあると思っていたのに、そこにあったのは鉄の障壁だ。

「しかし」グレゴリイは疑心暗鬼で言った、「ユダ自身はよろこびを感じなかったのだろうか？　裏切りと悪意と残酷さと罪を崇拝することは歓喜をもたらすという古い話がある」

「たわごとです」ライオネルは軽蔑して言った。「そんなものは見せかけのありきたりの宗教だ。定期的に教会に通うだけの聖職者の宗教だ。悪魔主義は売春宿の聖職者だ。あつかましい中流階級の小生意気な青二才どもめ！」

「きみは乱暴なことを言っているぞ」グレゴリイは少し怒って言った。「わしは、不義の歓喜があると確信させてくれる人々に会ったことがある」

「だとすると、どんなことにでも歓喜はある」ライオネルは応じた。「酒にもギャンブルにも詩にも愛にも（たぶん）悪魔崇拝にも。けれど、ひとつ確実に言えるのは、裏切り者はいつでもどこにでも、悪にも善にも同じように存在し、結局はすべて恐ろしいということです」

「恐怖の中にも悦楽はある」グレゴリイは言った。

「〈恐怖の美〉というやつですね。そんなものはありません」ライオネルはそう答えてから、「不死が夢であることを祈るだけです。けれど、不死は夢ではない」と冷ややかに付け加えた。

ふたりの間に沈黙が訪れた。グレゴリイは突然、少し気分が悪くなった。そして、めまいを感じたので、よろめかないように目を閉じて壁にもたれかかった。庭を見わたすライオネルの顔が怖かった。はるか遠くに見える岩のようだった。グレゴリイは目を開けてもう一度相手の顔を観察し、それから肩越しにベッドに横たわるバーバラをちらりと見た。ここは〈カリー〉だ。エイドリアンはわしの部屋で眠っている。わしがバーバラの精神を崩壊させたのだ。そして今、自分はなにか別のものに、不動のものに、まるで突然滑らかな岩の深い穴の中にいるかのように自分に影響を与えるものに、追い立てられている気がする。かたやライオネルは、自分の考えにふけっていて、呪文を唱えるような高い声で突然話し始めたが、それは詩の引用のようだった。

いずれに飛んでも地獄、我そのものが地獄、
最下層の深みでは、さらなる深淵が
我を食い尽くそうと大きく顎《あぎと》を開けている、
我が苦しむ地獄は天国のよう

グレゴリイは地団太を踏んだが、それは単なる位置の移動のためだったかのようにつくろった。結局のところ、今はライオネルと喧嘩をするつもりはなかったが、時間があれば痛めつけてやりたかった。売春宿の聖職者め！

「ところで」グレゴリイは言った。「ひとつ話しておきたいことがある。医者が来たとき、あまり頼りになりそうもないなら、わしは考えていたのだが、ロンドンに奇妙なものを見る能力があり、興味深い知識を持っている老人がいる。明日電話して、来るように頼んでみよう。無駄骨かもしれないが、役立つかもしれない」

「ご親切に痛み入ります」ライオネルは言った。「でも、これもなんとかできる人なんているのでしょうか？」

「まあ、様子を見よう」グレゴリイは快活に答えた。「やあ、医者がきた。ジャイルズ卿もいっしょだ。出迎えに行こう」

ジャイルズ卿は、一日中、古物商を訪問していたのだが、門のところで医者と偶然出会った。ふたりは少し離れて私道を進んだ。ジャイルズ卿はドアのところでグレゴリイ・パーシモンズに近づこうとした。だが、グレゴリイは医者と話がすむまでジャイルズ卿を脇に留めておいた。改めて患者を検査したが、新たな発見はなかった。医者は、一晩付き添うことは拒否したが、朝にまた電話すると約束して立ち去った。ライオネルが徹夜の看病に戻ろうとすると、グレゴリイがかれの肩を軽くたたいて、「まあまあ、がっかりしなさんな。まずはマナセに電話してみる」と明るく言って、ジャイルズ卿を伴って自室へ向かった。

「どういうつもりだ？」ジャイルズ卿がきいた。「そもそもマナセってだれだ？」

「ああ、あんたはまだ状況を知らないんだった」グレゴリイはよろこびいさんで答えた。「ここにいなくて残念至極。ラックストロー夫人がどうなったか見ものだったぞ。実にありうべからざる様子だった。英国の淑女としては。英国の医師にとっても尋常ならざるものだった。かれはちょっと困惑していたと思わなかったか、タムルティ？で、マナセだが、朝には会える」

「ここに来るのか？」ジャイルズ卿はたずねた。「まあ、ここにはすでにほかにもだれかが来たようだし」

「そうだな」とグレゴリイ。「グレーのスーツを着た変な男だろ？　さて、やつがだれなのか教えてくれるなら……」

「あんたの頭がおかしくなっているのはわかってた」ジャイルズ卿は満足そうに言った。「グレーのスーツ？　その男がどんな服装だったかわからないが、郊外の安売り店で買った代物だろう」

「なんで郊外？」グレゴリイはきいた。「郊外居住者のようには見えなかった。それにそいつの名前がジョンというのはどういう意味なんだろ？」

「悪魔ベルゼブブという名前かもしれないぞ」ジャイルズ卿は答えた。「その下膨れ顔の男は警部補だ。殺人犯を見つけようとして、いま、このあたりをうろついている」

　グレゴリイはじっと一点を熟視してから言った。「どういうことだ？　ああ、当局はもうあきらめたと思っていた。ここには調べるべきものはなにもない――そいつはここでなにをしたいんだ？」

「たぶん、わたしかあんたのどちらかに用事があるのだろう」ジャイルズ卿は答えた。「最初に言っただろうが、パーシモンズ、わたしはぜったいに捕まらないようにする。あんたがどんな狂ったメイダンスを踊ろうとかまわんが、こっちは巻き添えを食うつもりはない。警察があんたを追っていて逮捕する気なら、それはそれで結構。わたしは明日旅立ち、来週にはバグダッドに向かう。その警部補に尋問されたら、わたしは素直に応じるさ」

「わしはラックストローを昼食に誘うつもりだと言っていた、とそいつには答えておいてくれ。そうすれば部屋が……」グレゴリイは話し始めた。

「必要なら、あんたは夜中に、マクベス夫人よろしく『血だ、血だ』と叫びながら起きていた、と言っておくよ」ジャイルズ卿は口をはさんだ。「言うまでもなく、英国の警察は腐敗しきっているが、問題はすべての警察官が堕落しているわけではないことだ。そのせいで見当ちがいの相手に袖の下をわたしてしまうかもしれない。まずは、賄賂をつかうかどうかは、その地獄谷《ヒンノム》を徘徊しているドブネズミと出会ってからだな」

「ふざけるのもいいかげんにしろよ」とグレゴリイ。「本気でその警部補が証拠を握っていないと思っているのか?」

「まったくどうでもよい」ジャイルズ卿は答えた。「あんたは自ら危険に身をさらすほどの興味深い人間じゃない、パーシモンズ。せいぜい他人のジョッキからビールを盗み飲みするぐらいの不届き者だ。わたしはあんたのために毒を飲む義理もない。ところで、あんたが泣き言をたれているグレーのスーツの下劣な輩とはだれだ?」

グレゴリイはジャイルズ卿の会話の半分を無視することに慣れていたが、一瞬、その晩のライオネルの発言を思い出し、意地悪なまなざしを相手に向けた。しかし、気を引き締めて、何気なくこう言った。「ああ、自宅の私道で出会った頭のおかしい男だ。牧師のように話し、七十人の王を知っていると言っていた」

「たったの七十人か?」ジャイルズ卿はきいた。「他に自己紹介は?」

「気に食わないやつだった」グレゴリイは言った。「ラディングを激怒させた。しかし、私道をうろつく以外なにもしていない。自分は司祭であり王であるとほざいていた」そこで声を落として、少し身体を寄せてきた。「最初はなにか関係があるのではないかと思った――例の店と。言っている意味はわかるよな。だがどういうわけか、そいつは店の雰囲気にそぐわない感じだった」

ジャイルズ卿は背筋を伸ばして座りなおした。「司祭であり王」かれはいぶかしげに言った。「パーシモンズ、あんたは本当に狂ってないだろうな?」そして急に立ちあがり、「それで名前はジョンだと?」と真顔でたずねた。

「そう言ってた」グレゴリイは答えた。「で、ジョンが何か?」

ジャイルズ卿は窓辺まで行って外を眺めてから戻ってくると、ますます疑念を抱いてグレゴリイを見つめた。「いいか」ジャイルズ卿は言った。「わたしの忠告に従って、あの忌々しい銀メッキの安物には手を出すな。あんたらがそれを追いかけまわしているとラディングが話してくれた。あんたは自分が思っている以上に奇妙なことに直面するかもしれんぞ、グレゴリイ殿」

「だけど、あいつはだれなんだ？」グレゴリイはいらだちながらも不安そうにたずねた。「聖杯《グラール》と関係があるのか？」

「話すつもりはない」ジャイルズ卿はきっぱりと言った。「ありうるかもしれないことに対して、そうではないかもしれないという態度をとることにはなんの利もない。噂は聞いたことがある——おそらく、いかにもありそうな嘘言——あくまでも噂だ。サマルカンド周辺でもデリーでも、その噂を耳にした——ベンガルでもっとも裕福な男に全財産を寺院に寄付させ、修行者に帰依させたのは、ダライ・ラマではない。あの男だ。わたしはまだ神を信じていないが、ときどき思う。人々はあの男から神の概念を得たのではないかと——もし、その男がそうなら」

「わしと神となんの関係がある？」グレゴリイは言った。

「聖杯《グラール》がその男のものなのか、その男が聖杯《グラール》のものなのかはわからない」ジャイルズ卿は相手の問いかけを無視してつづけた。「しかし、ある時点までたどることはできるし、ある時点から逆に現在までたどることもできる。そして、その中間にだれかがいた。もしそれがその男なら、大執事にあんたのために祈ってもらうように頼んだほうがいい——かれがそうしてくれるなら」

「教えてくれないか、だれなんだ?」グレゴリイは頼んだ。

「いや、だめだ」ジャイルズ卿は言った。「その男について話すには、あまりにも多くのことを見てきた。あきらめろ、手遅れにならないうちに」

「イエス・キリストが自分の所有物を探しに来たってことか?」グレゴリイは嘲笑った。

「イエス・キリストは死んでいるか天国にいるか、あるいは聖職者の所有物となっているかだ」ジャイルズ卿は答えた。「でも、その男はすでに言ったとおりの人物だそうだ。王であり祭司でもある。名前はジョン。そう呼ばれている。わたしは知らない。言っておくが、わたしはおそれている」かれは開いている窓をふたたび見た。

「なら、逃げろ」とグレゴリイ。「でも、わしとわが偉大なる主はそいつの正体を知り、会うことになるだろう」

「そうなればいいな」ジャイルズ卿は答えると、それ以上なにも言わずに自分のために用意された部屋へ消えた。

幼いエイドリアンは熟睡していて、創造された宇宙の別の相にいるかれの天使だけがかれの夢の内容を知っていた。しかし、エイドリアンと召使たち以外――〈カリー〉の住人にとっては、その夜は眠れない夜だった。ライオネルは急ごしらえのソファー・ベッドに横たわり、妻のバーバラの動きを注意深く見守っていた。彼女がどれくらい眠っていたかはだれにもわからない。動かずに横たわっていたが、ライオネルは妻の近くにいるとき、それがただ動けなくされているだけではないかと疑っていた。彼女は目を閉じていたが、息はまるで内なるなにかによって急きたてられ揺さぶられたかのように震えている。ときおり唇からは、かろうじてかすかに聞きとれるていどの深遠なうめき声が漏れている。ライオネルは、人生の伴侶が想像を絶するジャングルの奥深くに引きずりこまれたことを思って煩悶した。自身については、たとえわずかなりとも心の準備はできていた。しかし、カーテンとP・G・ウッドハウスの小説、そしてひとり息子のエイドリアンの食事に無邪気に集中していたバーバラが事件に巻き込まれるのは、自分の悲観主義をもってしても異を唱えたい誘惑にかられるほど致命的な出来事だった。

その部屋からそう遠くないところで、ジャイルズ卿もまた、過去の出来事や冒険を思い浮かべながら目を覚ましたまま横たわっていた。かれは他人に対してだけでなく自分自身にも残酷であり、村の新参者たちが自分に不安を与えていることを隠そうとはしなかった。かれは、人間性を取り囲む狂気の領域を探索するうちに、ある出来事について知ることになった。その一件について語った人たちによれば、干渉すれば致命的となる神秘的な力がどこかにあるらしい。実際に、かつてベイルートの真夜中の集会で、ぼんやりとその男の姿を見たことがある、とかれは思った。パニックと死が生じて、怯えて警戒する魔術師たちの中に、激怒していて破壊的な恐ろしい、ぼんやりと目に映る存在があった。当時、かれは自分もありがちな幻覚に悩まされていると考えた。だが、幻覚という言葉は、ある事象がそう見えるということ以上の意味を持たない。そうであろうとなかろうと、ジャイルズ卿はふたたび、できるだけ早くイングランドを離れること、そして明日には必ず〈カリー〉を出発することをわが身に誓った。

グレゴリイは少し考えたのち、ジャイルズ卿の警告を総じてバカげたものとして却下した。事態はかなりうまく運んでいる。明日の夜までには、聖杯《グラール》とエイドリアンの両方がしばらくのあいだ、自分ないしは仲間たちの掌中にあるだろう。真夜中の星の下で眠れぬ夜を過ごす人々の中で、グレゴリイだけが生来の宗教心を持っていた。かれにとって、人間の生活を超えた未知のものだけが、中央の玉座に向かってピラミッド状に配置された階層的な存在として生き生きと現れた。かれにとってのみ、聖餐は生きた現実だった。すなわち、軟膏と黒ミサ、儀式、そして礼拝の順序だ。かれは、だれよりも暗闇からの応答を要求し、それが来るのを熱烈な信仰の衝動によって信じていた。そうした信仰に完全に依存して行動し、自身の状況に影響を与えた。祈りは、グレゴリイにとっては自然なことであってもジャイルズ卿やライオネル、あるいはバーバラにとってはそうではない。そして、神は信者の心に快く応じた。グレゴリイにとって改宗は自然なことであり、もし神が要求するなら、プロパガンダや自分自身と他者双方が犠牲となることも辞さなかった。かれは夜通し祈禱した。その結果、超自然的な結合の静かな力が生まれた。夜が明けると、かれは周囲の穏やかな世界に満足げに微笑んだ。

ジャイルズ卿は朝食後、送る予定の少量の荷物を残して出発した。グレゴリイとライオネルは、バーバラに動きがあったら知らせるようにラディングにまかせ、看護師があとで到着することになっていたので、電話のあるホールに向かった。交換手とひと悶着あったのち、グレゴリイの要求する番号に回線がつながった。ライオネルの推測によれば、電話の相手は正体の知れないマナセらしい。グレゴリイは状況を簡単に説明し、つぎの列車に乗ってファードルズに来るように告げた。

「えっ？」グレゴリイはすぐにきいた。「そう、〈カリー〉、ファードルズの近くで……まあ、理にかなったことならなんでも、ほんとうだ……なに？　わからん……うん、あんたがそうだったのは知っているが……いや、でも要は、わしは……そう、だけど、どうやって知ったのかはわからん……でも、無理……ああ、バカげてる！　いや、でも、マナセ、深刻な状況なんだ……患者は発作かなにかを起こしている……しかし、あんた本気でそんなこと言ってるんじゃないだろ。ああ、まあ、そうかもしれん……が、マナセ……でも、あんたはそんなことしない……いや、やめてくれ」

グレゴリイはゆっくりと受話器を戻して、非常に厳粛な面持ちでライオネルに向き直った。「わしが杯《カリス》を持っていたことは知ってるかな？　まあ、わしはマナセがそれを欲しがっているのは知っていた。かれはラックストロー夫人を治せると思っていて、杯《カリス》をもらえるなら試してみたいと言ってる」

「なんと、まあ」ライオネルは大げさに反応した。「欲しがるということは、それはとても貴重なものなんでしょう？　つまり、わたしには買えないほどの価値がある？」

「親愛なる友よ」グレゴリイは言った。「迷わず受け取ってください。あなたの奥さんの健康のためとあれば、わしがみすぼらしい杯《カリス》を捧げないわけがないでしょう？　わしは奥さんのことがとても好きで崇拝している。でも、その問題の杯《カリス》が手元にない。昨日の話を覚えてますか？――あれからごたごたがありまして――大執事が盗んで逃亡したんです。かれはそれを自分のものだと主張しているが、コンヤーズ警視長は大執事のものではないと確信している。わしは警察の判断にまかせたほうがよいと思ってる。大執事とケネス・モーニントンが逃亡した。今やなんとしてもその杯《カリス》を取り戻したいのだが、手に入れることができない」かれはなんともしがたいらだちのあまり地団太を踏んだ。

そのささやかな激情がライオネルの平静心を破ったようだ。グレゴリイの腕をつかんで声を荒らげた。「でも、あなたの友人はそれをどうしても手に入れたい？　天国にあろうと地獄にあろうと、他のものでは満足できないのか？　くだらないワインカップが欲しくて、バーバラが苦しみながら死ぬのをよしとするのか？　もう一度頼んでくれ、もう一度電話してくれ！」

グレゴリイはかぶりを振って言った。「一時間後に向こうから電話をかけてくる。万が一、交渉が成立するなら、朝一番のファードルズ行きの列車に乗ってやってくる。が、わしにはどうしようもない。大執事とケネス・モーニントンが杯《カリス》を公爵の屋敷に持って行ったことまでは知っている。でも、みんなわしのことをかなり怒っている。どうやって杯《カリス》を返してくれと頼めばいい？」そして突然、視線を上げて、「だが、きみならどうだ？」と興奮気味に言った。「きみはモーニントンをよく知っている。わしはかれに話しかけることさえできん。昨日オフィスで、かれの担当した本について口論をして、かれはわしが言ったことを誤解した。モーニントンは、まあ、すぐにカッとなるタイプらしい。でも、きみの奥さんとは顔見知りだし、大執事に影響力があるかもしれない。ふたりはかなり親密な関係だ。モーニントンに電話して、奥さんを救うためになんでもやってみてくれ。がんばれ」

グレゴリイは、電話のところまで行き地元の交換局に要件を伝えると、そのままライオネルといっしょに待った。「マナセは厳格な人だ」グレゴリイはつづけた。「実際に手を下さずに見事な方法で治療する。だが、なにか頼まれても決して妥協しない。もちろん、つねに完治させることができるとはかぎらないが、ほとんどの場合成功している。かれは主に心的力を使って仕事をしているが、東洋から持ち帰った特定の治療薬について知っている。当然、イギリス人医師はかれのような治療師には見向きもしないが、かれが治療に失敗した患者をイギリス人医師が治した例を、わしはひとつも知らない。わかってほしい、ラックストロー、もしあなたが大執事にあやまちを気づかせることができたら、あるいはかれが自分のあやまちに気づかずに杯《カリス》を手放すことができたら、きっとそれはあなたのものです。しかし、議論して時間を無駄にしないように。わしはマナセと話し合ってもしょうがないとわかっているし、あなたが大執事と議論してもあまり意味がない。モーニントンにすべてを打ち明けて、それが生きるか死ぬか——あるいは生死の問題よりも悪いことだと理解してもらおう。すぐに杯《カリス》を持って来るように頼んでくれたまえ。そうすれば、マナセが来たときにわたすことができる。ほら、よかった。さっそく回線がつながった」

ライオネルは相手の情熱的な訴えの奔流に身をまかせながら、手にした滑稽なほど小さな器具を通して自分の苦しみを吐き出した。通話相手のケネス・モーニントンは公爵の書斎で聞いていて恐怖を覚えた。公爵自身と大執事は少し離れたところで待機していた。「で、バーバラがいったいどうしたって?」モーニントンはたずねた。「よくわからない」

「だれにもわからないんだ」ライオネルは必死に答えた。「妻は気が狂ったようで――悲鳴をあげたり踊ったり――なにがなんだかわからない。できるよな？　ケネス、一生のお願いだ！　つまるところ、ただの杯《カリス》に過ぎない。きみの友人はそれにさほど執着しているはずがない！」

「逆にきみの友人はかなり執着しているようだな」と返して、ケネスは腹立ちまぎれに唇を噛んだ。「いや、すまない、ライオネル、悪かった。あのさ、ちょっと待っててくれ。いや、もちろん、待っていられないよな。でも、大執事を見つけて話を伝えないといけないし」かれは片手をあげて、そばにいる司祭の動きを封じた。「教えてくれ、今、バーバラはどうしてる？」

「動かないようにモルヒネを投与されて横たわっている」ライオネルは答えた。「でも、静かにしていない、おとなしくしていられないのはわかっている。バーバラは地獄にいる。ああ、早く、ケネス、急いで」

かなり動揺したモーニントンは、視線を電話から他の人たちへ向けた。「バーバラ・ラックストローです」と言い、少し間をおいてから公爵に説明した。「グレゴリイが彼女になにかしたようだ。ライオネルはなにがどうなっているのかわからないが、彼女は気が狂ったようになっている。そして、例の性悪なやつが妻を治せる医者を切り札として用意している、とライオネルは考えているが、それには条件があって——」ケネス・モーニントンは自分たちの真ん中に無造作に置かれている聖杯《グラール》に向かってうなずき、問題を明確にするために状況をもう一度詳しく説明した。

大執事でさえ真剣な面持ちで耳を傾けた。公爵は恐怖を感じながらも困惑し、「しかし、われわれになにができる？」と何食わぬ顔でたずねた。

「実は」モーニントンは控えめに言った。「ライオネルの考えでは、グレゴリイに聖《グラ》杯《ール》をわたせば、妻は正気に戻るらしい」

「なんてことだ！」公爵は言った。「聖杯《グラール》をわたせだと！——それを奪うのがやつの狙いだとわかっているのに！」

モーニントンはすぐには答えず、ゆっくりとこう言った。「バーバラはいい人だ。彼女が苦しんでいるなんて考えたくもない」

「しかし、この聖杯《グラール》とくらべれば、ひとりの女性の命など——われわれの命さえも——なにほどのことがあろうか？」公爵が叫んだ。

「いや」モーニントンは不満そうに言った。「いや……でも、バーバラ……それに、問題は彼女の命ではなく、正気を失っていることだ」

「なおさら気の毒だな」公爵は答えた。「しかし、聖杯《グラール》は全世界よりも重要なものだ」

ケネス・モーニントンは大執事を見て言った。「まあ、どうするかはあなたが決めることです」

前日、グロブナー・スクエアでは、精神的な関心が共通していても知的合意に達しているわけではないことが明らかになった。聖杯《グラール》への攻撃があった翌朝、公爵はいくつもの考えを抱いて起き上がった。それらの考えのうち早急にして主要なものは、聖《グラ》杯《ール》そのものをローマに移して安全に保管することだった。かれは朝食のさい、自分の考えを単純な自信の力だけで同盟者たちに強力に推奨し、その結果、提案はほぼ了承されそうになった。大執事は、ローマが都市としても教会としても利点を持っていることを熟知していた。ローマには聖遺物を収集して高尚な精神で保管する習慣、そしてそれらをあつかう低俗なビジネス組織がある。また、ウェストミンスター寺院と同じくらい便利で、使徒座はカンタベリー大聖堂よりも伝統的だ。しかし大執事は、眼前の聖遺物でさえ、ローマが必然的に重要視するほどのものではないかもしれないと感じていた。同時に、自身の礼節についても懸念を抱いていた。「祖母の宝石を母から盗んで叔母にあげるような気分です」大執事はためらいながら説明したが、公爵の表情が突然固まったのに気づいて、急いでつづけた。「それにわたしは、権威の下に仕える人間です。わたしが決めることではありません。司教か大主教だと思います」

「枢密院司法委員会は、いまでも決定的な権威の声なのですね？」公爵はあからさまにきいた。「サウスエンドはユダヤ人で、他のひとりかふたりは悪名高い一夫多妻主義者だということは——非公式ですが、知っていますよ」

「枢密院には、だれもが知っているように管轄権がない……」モーニントンが話し始めた。

「おやおや、またその一件か」大執事は不満をもらした。「しかし、いずれにせよ、この提案に関するかぎり、単に空間を移動させて時間を稼ぐだけでは、たいした成果は得られそうにない。問題を遅らせることはできても、解決にはならないでしょう」

「では、どうする？」公爵がたずねた。

「本気でどうしようか考えたわけじゃないのですが」大執事は答えた。「ここならかなり安全では？　あるいは、たんにそれを配達ケースに入れて、パディントンかどこかの手荷物預かり所に持っていくこともできるでしょう。いや」かれは急いで付け加えた。「それはまずい。ところで、あなたたち熱心な教会信者たちは、いつだってわたしには無神論者のように思われます。率直に言って、司教に知らせておくべきだと思います——が、かれは来週まで留守です。大主教も同様です。それに警察もかかわっている。八方ふさがりですね」

たしかに警察が関与していた。その朝、コンヤーズ警視長が署に電話をして、警視監にその日の午後、公爵の叔母である女公爵とお茶を飲むことにさせたのである。公爵とその叔母はいずれももっとも威厳のある態度をとった（〝公爵家にふさわしい〟

というのはあまりにとるにたらない言葉だ）。グレゴリイ・パーシモンズに要請されないかぎり、警察は行動を起こして巨大なスキャンダルを広める立場にはなく、グレゴリイは警視長に公的行動は取らないように繰り返し自分の希望を伝えたあとで〈カリー〉に戻っていった。公爵は、聖盃《ヴェセル》にさらなる攻撃があったことを警視監に伝えていた。

「なんと、押し込み強盗？」警視監が言った。

「泥棒ではない」公爵は沈んだ声音で答えた。「むしろ黒魔術だ」

「ほんとうですか？」警視監は少し困惑しながら言った。「ああ、すごい、たいしたもんだ。えーと、なにか起こったのですか？」

「かれらは意志の力でそれを破壊しようとした」公爵は言った。「けれど、神の恩寵のおかげで失敗に終わった」

「ああ、意志ですか……」警視監はおぼつかない口調で言った。「ええ、意志の力で多くのことができることは知っています。でも、精神分析医シャルル・ボードワンはそれにはむしろ反対しているようですが。あなたは……なにも見なかったのですか？」

「声が聞こえたような気がした」公爵は答えた。「大執事は盃《ヴェセル》が手の中で柔らかくなるのを感じた」

「ああ、大執事！」警視監は、それ以上なにも言わずに立ち去ったのだった。

その日は、ようするに、聖杯《グラール》を守る同志にとってきわめて不満足な一日だった。公爵とモーニントンは、それぞれ聖杯《グラール》の寝ずの番をしていて、無意識のうちに以前の感情を取り戻そうとしていた。しかし、聖杯《グラール》は他のありふれた杯《カリス》と同じように、周囲の家具同様に地味なたたずまいをたもっていた。創造がその運命の狭い水路《チャネル》に向かって流れる着実な動きを、大執事だけが気づいていた。はるかにかすかにしか意識していなかったが。翌朝、大執事は想定外の決断を迫られたとき、自分がどうするかについてまったく疑義を抱かなかった。それでも――こう言った。「『蛇のように賢く』、巧妙に立ちまわろう。〈カリー〉に行って、ラックストロー夫人の容態を見ましょう。おそらく、その非常に頑迷固陋な治療師と会うことになるでしょう」

公爵は困惑してたずねた。「しかし、ためらわれませんか？　聖杯《グラール》は唯一無二のかけがえのないものですよね？　それを悪の手にゆだねようと考えること自体が冒瀆であり背教では？」

「そのようなことは考慮していません」大執事は言った。「あれこれ考えて、あるものを他のものと比較するのはむだです。時が来れば、神は御心のままに処分するでしょう。いや、むしろ神は御心のままに、あるいは意志そのものとして現れます」

「神の御心はグレゴリイ・パーシモンズの意志にも？」モーニントンは苦笑いを禁じ

えなかった。

「確実に神はかれの意志を望んでいる」大執事は言った。「なぜなら、神はグレゴリイが自身で選んだものになるよう望んでいるから。それが、厳密には正しくないかもしれないが、わたしが信じ、感じ、知っていることです」

「やつが悪を望んでいる場合は？」モーニントンは言った。

「『町に災いが起こったなら、それは主がなされたことではないか』」大執事は旧約聖書の「アモス書」から引用した。「しかし、わたしは確信しています。主はわたしたちがファードルズに行くことをお望みだと。残りはあとで話します」

ケネス・モーニントンも公爵も、大執事が問題を回避しているとは非難しなかった。なぜなら、ふたりとも大執事が自分たちにはわからない経験世界から話をしていると感じたからだ。かれらは、苦悩や悪は神には不快なものだが、神はそれを許しているという単純な考えに頼った。実際、モーニントンは、少なくとも〈カリー〉に行くことにしたとライオネルに電話で伝えているあいだ、そしてそこへ向かう途中でさえ、自分が感じている不安と釣り合うように、そのことをしっかりと心に留めておく必要があると思っていた。というのも、ある強力で有能な精神を持つ人々が理由の有無にかかわらず、痛みを与える用意があり、またそうする意志を持っているという事実に、これまで一度も直面したことがなかったからだ。モーニントンは、グレゴリイを恐れるようになり、必然的にグレゴリイは神にとって不快な存在であると判断した。それがかれの唯一の防御だった。このような危機においては、「神が存在しなければ、神を発明する必要がある」のだ。

しかし、全員が〈カリー〉のホールに集まる瞬間まで、ライオネルは〝神を発明する〟ことを控えていた。宇宙が自分にとって不快なものであるからといって、そんな宇宙から自分を救うことのできる神の存在を証明することはできない。しかし、宇宙はときどき少しだけ弛緩して、そのさいには、神はわずかな恩恵を搾り取ることを許しているようだ。とはいえ今、そのようなささやかな恩恵が与えられる可能性はほとんどなさそうだ。それほど貪欲になるのは不名誉なことだが、それもバーバラのためだ――ライオネルは軽蔑の念にかられて自身に言い訳をした。

ユダヤ人のマナセは他の三人より先に到着し、ホールでグレゴリイと雑談をして時間をつぶしていた。グレゴリイはライオネルに、条件をやわらげようと説得しないでくれと熱心に頼み、またマナセの技術と堅実さを信頼して尊敬しているようだった。そのためにライオネルはたやすくその提案に従った。〈カリー〉は、完全にグレゴリイのひとり舞台と化した。かつて杯《カリス》そのものは自分のものだった――が、いまはマナセに譲ることになった。エイドリアンを利用する熱情はすでに薄れた。そして、バーバラを治す可能性はまったく自分の考えだったので、感謝の念だけでなく、うまく立ちまわることもかなり必要だった。そのためにバーバラの寝室にいつまでも留まり、マナセと同じ列車で到着した看護師をかなりいらつかせた。バーバラが突然不安定な動きを見せるのが現実のことなのか、それとも自分の希望や恐怖の暗示に過ぎないのか気になってしかたなかったのだ。

マナセとグレゴリイは、雑談しながらホールを歩きまわった。するとしだいに、ラックストロー夫妻に対するかれらの同情はかなり薄らいでいった。「必要なことはふたつだけだ」グレゴリイが言った。「他の連中が来たときに毅然とした態度を取らなければならない。そして、ライオネルにバーバラの容態が峠を越えたと思わせるようにしなければならない」

「だいじょうぶ、信じろ」マナセは答えた。「患者についても心配いらん。今までに経験したことのないほど深い眠りに導く薬がある。モルヒネなど足元にもおよばないほど強烈な薬が。四十八時間ほど効果が持続する。そのあいだにわれわれは立ち去る」

「結局、わしらの行動は賢明だったのだろうか」グレゴリイは語った。「わしは、今回の事態の推移をまったく信頼できない。かれらは重火器を携行している。公爵もいっしょだ。ジャイルズ卿によると、警察はまだ殺人事件の捜査をあきらめていないらしい」

「なんだと――パティソン？」マナセは驚いて尋ねた。「でも、ディミトリは、おまえの仕事ぶりは上出来だと言ってたぞ。やつはおまえのところに行かされたんだよな？」

「内部から派遣されたんだ」グレゴリイは語った。「殺さなければならないことは明らかだったし、たまたまあつかいにくくもなっていた。やつは一度、わしのためにちょっとした偽造品を作って、上手に演じてくれた。ところが、数カ月前、ウェスレー派の宣教師と出会って問題を起こし始めた。やつをカナダに送るつもりだったが、もうひとつのチャンスを逃すにはおしいと思った。で、こういう顛末となった」

マナセは了承するようなまなざしでグレゴリイを見つめた。「すぐにわかる」かれは言った。「所有は破壊以外のなにものでもない。われわれはともに東へ行き、聖餐杯《カップ》を持って子供を連れて行こう。そしてこの狂気の沙汰をあとにする――おそらく他のことも。ディミトリと話をしよう。おれはあの祭司との思い出を残したい」

玄関で呼び鈴の音がした。ラディングが応対するように言われていたので、ドアを開けに行った。ホールの反対側でグレゴリイとマナセが客人を出迎えると、ラディングは皮肉めいた調子で、まるで伝令のように叫んだ。「ノース・ライディングス公爵、ファードルズ大執事、ミスター・モーニントン」

一行が入って来た。大執事は小さなケースを持っていたが、それをグレゴリイ・パーシモンズは慎重に見ないようにしていた。かれらがやってくるのを見て、グレゴリイはラディングに言った。「ミスター・ラックストローに降りてくるように頼んでくれ」ついで、使用人が立ち去ったところで、こうつづけた。「ミスター・ラックストローとここにいるマナセ医師、そしてあなたたちが、これからどうしたらよいかを決めるほうがよいでしょう。わしは杯《カリス》に対する自分の権利すべてをライオネル・ラックストローに譲った」

大執事は形式的なお辞儀をしてからマナセを見た。そのあとですぐにライオネルが階段を降りてきて加わり、モーニントンにうなずいた。するとグレゴリイがライオネルにマナセを紹介してから、こう言った。「数分間、話し合いをさせてもらいたい。だが、いずれにせよ、この件はすぐに解決しなければならない」かれは階段を上り、ライオネルが通って来た廊下に沿って歩き去った。

グレゴリイは、バーバラが寝ている部屋に直行し、容態を診《み》ていた看護師としばらく口をきくと、ベッドに行き、立ち止まって彼女を見下ろした。

「気の毒に」グレゴリイは思案しながら言った。「せっかく休暇をとり、しかもこんなに上天気なのに！」

「そのせいでさらに悪化しているようです、旦那様」〈カリー〉のグレゴリイ・パーシモンズは明らかに重要人物だったので、看護師は丁重に述べた。グレゴリイは首を振ってため息をついた。「そうだな」かれは言った。「とても悲しいよ。ここはすてきな田舎なのに。きみは知っているだろう？　ああ、そのはずだ。休憩時間にはわしの車を好きなだけ使用してもいい。ほら、あそこに」かれは、看護師のためらいがちの礼の言葉をかき消すようにつづけた。「ノリッジ大聖堂の尖塔の頂上がほぼ見える」

「ノリッジ！」看護師は驚いて振り返り、窓の外を見た。

「と、言われている」グレゴリイは半ば笑いながら、治癒していない長い傷口に指を何度も滑らせて言った。「でも、わしはそこに行ったことがない。ともあれ、今はあなたの邪魔をするわけにはいかない。いつか午後にでも、あなたをドライブに誘いたい」

グレゴリイは微笑んでうなずくと、部屋を出て、廊下を階段まで歩いていった。

「……道徳的良識の問題ですよ」と公爵が語っていた。

「そんなことはどうでもよい」マナセは答えた。グレゴリイ以外のだれよりも正直に。

「グレゴリイ・パーシモンズが話してくれたことから、わたしはラックストロー夫人を治せると確信していると言ったはずです。けれど、報酬は得なければならない。そうでないかぎり、治療はしない」

「イギリス人の医者がいる」公爵は冷ややかに言った。

「そうですね」とマナセ。「で、すでに診てもらった。まあ、どうぞ、お好きなように——」

グレゴリイは顔をしかめた。またもや問題は公爵だと思った。しかし、あえて口出しはしなかった。介入すれば事態は悪化するだろう。なぜなら、自分はライオネル以外の全員から疑われていることを重々承知しているからだ。まあ、いずれにせよ、エイドリアンは獲得できるだろう。もうひとりは再度試さなければならない。だが、あと五分あれば状況は変わるかもしれない。マナセが事を急がなければよいが。ライオネルとモーニントンは話をかわしている。大執事はいつのまにか話に引き込まれており、他のふたりはかれらの決断を待っている。

「ぼくにはその杯《カリス》を買うことはできない」ライオネルが口を開いた。「かといって、それを譲ってくれと頼む正当な理由を思いつけない。そもそもきみに話すべきじゃなかった。でも、言ってしまったし、もう、どうしようもない」

「いや、でも、ライオネル——」モーニントンは言い始めた。

「ラックストローさん」大執事が口をはさんだ。「とても単純なことです。わたし自身なら、こんなに長くは引き延ばさなかったでしょう。だれかの神経痛を一時間でもやわらげるためなら、どんなにすばらしい遺物でも手放しますよ——人間はこうしたものに頼りすぎているのです。しかし、友人の手前、わたしはただ……」

大執事は口を閉じた。昨夜〈カリー〉を戦慄させた悲鳴が突然、また上から聞こえてきたからだ。看護師が階段のところに駆け寄って叫んだ。「患者が起き上がりました。じっとさせることができない。助けて！　手を貸して！」しかし、ほぼ同時にバーバラが現れた。恐怖でものすごい形相となり、両腕を広げてこぶしを握り、理解できない叫び声を上げげた。ホールにいた連中は、彼女の狂乱した言葉しか聞き取れなかった。「崖っぷち！　崖っぷち！」そしてまた、「止まれない！　崖っぷち、崖っぷち！」グレゴリイはバーバラを止めようとするかのように飛び出した。が、彼女はグレゴリイをよけるようにして階段を駆け下りていった。ライオネルとモーニントンはバーバラの突進を阻止しようとして待ちかまえていたが、彼女を捕らえている圧倒的なエネルギーに押しのけられた。公爵は恐怖に駆られ、思わず一歩後退して大執事にぶつかってしまったため、マナセが階段の下に向かってひとりで走り出した。その声はいまや、筆舌に尽くしがたいほど恐ろしかった。それでもバーバラは、「崖っぷち、崖っぷち！」と叫び、依然として盲目的に突進した。そして、苦痛の絶頂にあって、なにかが即座に彼女の存在全体を引き裂きそうに思われたとき、突然、彼女の絶叫は震えて止まった。マナセが近づくと、バーバラは立ち止まり、よろめき、そして緩慢な動きで床に倒れそうになった。床に激突するより早く、マナセは彼女を抱きとめたが、一瞬グレゴリイと目が合ったとき、その目に大きな戸惑いが見て取れた。数秒のうちにかれら全員がバーバラを取り囲んだ。ライオネルとモーニントンが彼女を抱きかかえ、ホールにいくつか置かれた長椅子のひとつに横たえた。するとマナセがバーバラの上に身をかがめた。彼女は長椅子に横たわっているあいだ、まるで眠っているかのようだった。長時間の緊張のあとに起こる、半ば休息し、半ば昏倒した状態のように。彼女の閉じた目から少し涙がこぼれ、身体が小刻みに震えたが、それは苦痛そのものによる激しいけいれんではなく、苦痛の後遺症によるものだった。マナセは上半身を起こすと、まわりの人たちを見わたした。「終わったと思う。時間と忍耐が必要だが、意志は取り戻された。もはや彼女の心は安全だ——今のところは。数日先はわからんが。軽い発作を起こすかもしれないが、まあ、もうそんなこともないだろう」そう言って、マナセはポケットから小瓶を取り出した。

「目覚めたときに、ワイングラス一杯の水にこれを二滴（それ以上はダメだ）入れるように。その後は十二時間ごとに一回。明後日また来る」

モーニントンは忍び笑いしたくなった。マナセの話し方が診察を終える医者の話し方とまったく同じだったからだ。もちろん、医者はみな同じようなものだが、大執事の黒いケースやバーバラの顔に表れた苦悩は、もっと崇高な見解が必要なようだった。しかしながら、モーニントンのクスクス笑いはだれにも気づかれなかった。大執事がマナセに黒いケースを差し出していたからだ。「これがあなたのご所望のものだと思います」大執事は、少し間を置いてから、ドアのほうを向いてこう付け加えた。「しかし、これまでいかなる取引も聖杯《グラール》やその主の御心に近づくことはできませんでした」そして、マナセに軽く一礼をし、グレゴリイにも軽くお辞儀をして出て行った。

大執事は玄関の上がり段で友人たちを待った。かれらはすぐに大執事のあとを追った。公爵はだれにも注意を払わなかったが、モーニントンはライオネルにささやいた。そのあとで、三人はお互いに顔を見合わせた。「さて」大執事は言った。「わたしは牧師館に戻るつもりです。あなたたちもいっしょに来ませんか？」

「いや」公爵は言った。「わたしたちの信頼関係は終わりました。わたしは城に戻ります。モーニントン、きみが言っていたように、一晩か二晩、ともに過ごさないか？」

モーニントンは考えた。新しい仕事を見つけなければならないが、まずは一、二日、公爵といっしょにいても害はないだろう。それに万が一、公爵が秘書をほんとうにほしがっているとしたら……だが、ひとまずその考えを自制した。「そうするつもりです」かれは言った。「でもいまは、バーバラが元気になったとわかるまで、ここにいたい」

「彼女が回復しなかった場合、もう打つ手がない」公爵は言った。「こちらに有利な貴重なものを手放したのだから」

「貴重なもの？」大執事がたずねた。「『神聖で栄光ある聖杯《グラール》』？　ああ、本気ですか、親愛なる公爵！」

公爵は少し当惑したように見えた。「少なくとも、交渉するふりはできたはずだ」かれの発言は実にいらだちに満ちていて、冷静なものではなく、頑なだった。

かれらは私道を歩き始めたが、大執事は一、二分なにも応えなかったが、やがてこう言った。「できれば、もう交渉はしない。貴重なものに対してどんな交渉ができます？　相手が交渉に応じるほど価値あるものがほかにあるとか？」

「交渉しないなら、すべてが価値あるものなのでは？」モーニントンは言ったが、それは疑問を呈したというよりは、逆説じみた寝言のようなものだった。

かれらはゲートで立ち止まり、大執事がモーニントンに快活に言った。「そうですね、一、二日後にラックストロー夫人に会うなら、わたしにも会いに来てくれませんか？　わたしはミスター・ベイッビーと教区の仕事を代わってやらないといけません」そう思いついたかのように付け加えた。

「もちろんそうします」モーニントンは握手をしながら言った。

公爵もそれにならい、少し悲しそうに言った。「これで終わりですね」

「それはどうでしょうね」と大執事。「わたしがマナセだったら、聖杯《グラール》を過剰には信用しないでしょう。でも、かれはあれを重要なものだと思っている」

マナセがケースをしっかりと握っていた様子から判断すると、おそらくそうだったのだろう。グレゴリイとライオネルはバーバラの深い眠りを妨げたくなかったので、彼女の身体の下と周囲に枕とクッションを置いた。そして、ライオネルが妻のそばに座っているあいだに、グレゴリイはマナセのところへ歩み寄った。

「かなりうまくやったな」グレゴリイはそっと言った。「それとも――やらなかったのか?」

マナセはためらい、少し困った顔で答えた。「やらなかった。不思議だ。どうにかできると思ったのだが、彼女のほうが先に勝手に静かになった。彼女の知識をかき消すこともできたのだが、なにか他のことを知っているようだった。まるで深淵の縁にいても、すべてうまくいっているようだった」

「『かれは天使たちに彼女の管理をまかせるだろう』」グレゴリイは言った。「たぶん神は間に合うように画策したのだろう。天使たちはいつもかなり遅れてことをなす。わしの妻も、スティーヴンも、そしてかわいそうなパティソンも。でも、それは問題ではない」

「そうだな」マナセは同意したが、突然こう言った。「しかし、彼女が去ってしまうのは気に食わん。彼女はまさに破滅の瀬戸際にいた。そこでバラバラに引き裂かれていたかもしれないが、そうはならなかった。彼女はほんとうに安全なのか? もう一度軟膏を試してみるか?」

「いや、無理だ」グレゴリイは言った。「バカなこと言うな。聖餐杯《カップ》は手に入れたんだから、持って行け。なにか妨げになるようなことが起きないかぎり、今夜はあんたらといっしょに過ごすつもりだ。明日は確実にそうするが、でも、今晩だと思う。わしが行くまでなにもしないだろ?」

「しない」マナセは答えた。「子供を連れて来いよ。おれはディミトリと話をしておく。われらの勝利だな」

「主を讃えよ」グレゴリイは言った。だが、マナセは微笑んでかぶりを振って、つぶやいた。「主はとっておきの謎だよ。そして、すべての破滅はかれ自身の破滅だ」

第十三章　グレーのスーツの若者との対話

　その朝、ジャイルズ卿が駅に着くと、切符売り場から出てきたばかりのグレーのスーツを着た若い男に出会った。ジャイルズ卿は歩道に立ち止まり、その若者を注視した。見知らぬ男は、かなり興味深げな表情で視線を返してきた。

「ジャイルズ卿、逃げるつもりですか？」見知らぬ男はかなり大きな声で言った。

「いや」ジャイルズ卿は即答した。「あんたがグレゴリイを悩ます不審者《バグベアー》か？」

「いいえ」見知らぬ男は答えた。「あなたをいらつかせる者です。より的確に言えばね。わたしはあなたが逃げ出すのを見るのが好きなんです」

「逃げてるわけじゃない」ジャイルズ卿は叫ばんばかりの勢いで言った。「どのみち、今日は出かけるつもりだったし、グレゴリイには口がすっぱくなるほど言っていた。クリスマス翌日のボクシング・デー感謝祭にわたしを巻き込まないでくれと。それに、かれにはウンザリしてきたところだったし……わたしはあんたに会ったことがあったかな？」

「一度か二度」見知らぬ男は言った。「また会うことになるでしょう。あなたの精神の働きを観察するのが好きなんです。あきれていやにならないかぎりは」

ジャイルズ卿は、他の欲望を押しのけるほどに圧倒的な好奇心に突き動かされて前に進み出た。「で、きみはだれだ？」

「教えましょう、お望みなら」見知らぬ男は微笑みながら言った。「少なくともあなたは、心底興味があるようですね。わたしはプレスター・ジョン、聖杯《グラール》であり、その番人です。すべての魔法がわたしから奪われてしまいましたが、盃《ヴエセル》そのものはわたしのもとに戻ってくるでしょう」

ジャイルズ卿はあとずさった。「たわごとだ！　プレスター・ジョンだと！　しかし、わたしには関係がない。きみは聖杯《グラール》をきちんと保管していなかったようだな」と言って駅に向かって歩いたが、背後から見知らぬ男の声が聞こえたので立ち止まった。

「ジャイルズ・タムルティ、わたしたちが出会うのはこれで二度目です。わたしは警告しましたね。いつかふたたび出会うとき、わたしはあなたに似すぎていて、あなたを喜ばせることはできないとわかるだろうと。石の下で蠢く虫を観察するように人の動きを研究するのは楽しい。わたしと天界があなたを見て笑い、望まない道を行くようにからかうとき、あなたは徒労に終わる競争をすることになる。すると、あなたは聖杯《グラール》の内側の滑らかさにアリが抵抗するように、宇宙の中でもがきつづけることになり、だれもあなたを選び出すことも、永遠に救い出すこともできなくなる。穴の中にはわたしの居場所がある。しかし、穴に入らずに、他人を押し込むあなたに居場所はない」

会話が始まったさいの高揚した声の調子がつづいているあいだに、ジャイルズ卿は近くでくつろいでいるポーターに一度か二度目を向けた。しかし、ポーターはなにも気にとめていないようで、見知らぬ男が発する警告が明るい朝の空気に響いている今も、かれはまだ駅の壁に無造作に寄りかかっている。ジャイルズ卿は、見知らぬ男がまだ語っているあいだに、ポーターのところに近づいた。「ロンドン行きの列車はどのホームだ?」かれはきつい口調で言った。ポーターはすぐに、「橋を渡った向こう側です、旦那」と答えた。ジャイルズ卿はポーターをじっと見つめたが、相手の表情に異様な点はなにもない。しかし、厳しい声は依然として響きわたっている。ジャイルズ卿は少し身震いして思案した。「気のせいだろう。グレゴリイのせいで神経がおかしくなっている」聖杯《グラール》の内側をよじ登ろうと悪戦苦闘しているアリなんて、なんてバカげた妄想だ! ジャイルズ卿は切符売り場に入るときに振り返った。見知らぬ男は駅の入口からぶらぶら歩き去っていった。

プレスター・ジョン——ほんとうにそうであるならの話だが——は、田舎道を進んで教区牧師館の近くまで来たところで、タイミングがよかったのか、外出しようとするミスター・ベイツビーと出会った。すぐに聖職者は相手が前日話をした相手だとわかり、愛想よく挨拶した。「まだここにいらしたのですか？」代理牧師ベイツビーは言った。「まあ、最高ですよね。『快楽や宮殿をさまよっても、我が家に勝る場所はない』。厳密に言えば、ファードルズはあなたの故郷ではないと思います。しかし、教会はどこであろうとも、わたしたちの故郷です——もちろん、英国では。海外の教会はあまり家庭的な雰囲気ではないと思います」

「それは、その人の家に対する考え方によりますね」見知らぬ若者は言った。「英国の家とはちがうかもしれません」

「そうですね」ミスター・ベイツビーは言った。「人々は家族についてきちんとした認識を持っていないようです。ある詩人が、天国は家族のまわりにあると言っていませんでしたか？　ほかにどこにあるのでしょう？」

「それでは」見知らぬ人はたずねた。「天国とはどういう意味です？」

「まあ、理解しなくちゃ」ミスター・ベイツビーは、相手がラディングの場合は残忍さが増し、グレゴリイの場合は憎しみが増したが、その見知らぬ人との会話においては優れた保護意識を増しているようだった。かれはこれまで以上に仲間にとっての案内人や番人となり、教会の教育指導者が自分の背後で少し神経質に足を引きずりながら土埃の中を歩いているように感じた。「わたしたちは理解しなければなりません。

もちろん、教会が天国を意味すると解釈する人もいますが、それは非常に狭い意味です。わたしは堅信礼のクラスで若者たちに教えています。天国とは善良な男性たちであり、そして女性たち、もちろん……女性たちであると。ただそれだけです。単純かもしれませんが、役に立ちます」

「善良な人々とは——？」相手がきいた。

「ああ、まあ、善人ならだれでも見分けがつきます」ミスター・ベイッビーは言った。「良い人は、その行いでわかります。人を殺さない。姦通もしない。親切で正直で倹約家で勤勉などなど。善——結局、人は善良さを感じるのです」

「天国は正直で勤勉な人々のあいだで体感できるものだというんですか？」見知らぬ人はたずねた。「しかしまあ、それはほんとうだ。たしかに教会は誤りから驚くほど守られている」

「そうです」ミスター・ベイッビーは同意した。「信仰はかつて救いをもたらしました。古《いにしえ》の道を歩みつづければ、まちがえることはありません。聖パウロにとって十分だったものは、わたしにとっても十分です」

「ダマスカスの向こうで倒れて目が見えなくなったときのパウロですか？」見知らぬ男はたずねた。「それとも、エルサレムでキリスト教徒を迫害したときですか？　もしくは、マケドニアでかれらに教えを説いたときですか？」

「ええ、常に同じパウロです」ミスター・ベイツビーは勝ち誇ったように答えた。

「わたしもそうです。年はとるけど、変わらない」

「それで、〈人の子〉が到来したとき、地上に信仰が見られたのだろうか？　それはかれの予想を超えていた」見知らぬ男は言った。

「ソドムの五人の義人」ミスター・ベイツビーは相手に想起させた。

「ソドムには五人の義人はいなかった」見知らぬ若者は言った。「ああ、エルサレム、エルサレム！……」

「まあ、厳密にはいなかったかもしれない」ミスター・ベイツビーは少し傷ついたが、立ち直りながら認めた。「でも、たとえ話としては有効です、そうでしょ？　フランス人が気のきいたことを言った場合、あまりに文字どおりに受け取らないほうがいい。フランス人は道徳的というより気のきいたことを言うようだ、残念ながら」

　そのような会話をしながら、ふたりは村まで歩きつづけた。宿屋の入り口でコルクホーン警部補が物想いにふけりながら、ふたりの様子を眺めていた。代理牧師ベイツビーと見知らぬ若者が近づくと、警部補は気づかないふりをして、かれらを観察した。しかし、見知らぬ若者が立ち止まり、コルクホーン警部補に挨拶するかのように微笑んだ。

「おや、警部補」見知らぬ若者が言った。「ここでなにを？」

警部補は相手を批判がましいまなざしで見て言った。「あなたの知ったことではない。わたしは自分の職務をこなしているのです。あなたの顔に見覚えはないと思いますが」

「ああ、会っていますよ、何度も！」見知らぬ人は軽く言った。「でも、あなたにこれ以上は質問しません。ミスター・ベイツビー……コルクホーン警部補をご存じですか？　警部補、こちらはミスター・ベイツビーです。当面教区の世話をしています」

ベイツビーと警部補は聞き取れない声でつぶやきあい、見知らぬ若者はつづけた。

「あなたがたは親密な関係にあるのです。あなたたちふたりの上に宇宙が安らぎを与えているのですから。動きと安定、願望と秩序……」

「そうです」ミスター・ベイツビーが口を挟んだ。「わたしもよくそんなふうに考えていました。実際、かつて説教で、十戒にとって警察は教会と同じくらい必要だと言ったのを覚えています。法律に対する敬意がほとんどない今日では、なおさらです」

「聞いた話では、それほど多くはないようですね」警部補は、地元の牧師と十五分ほどおしゃべりしたあとで言った。「いえ、状況はそれほど悪くないと思います」

「いいえ、ある意味では、そんなことありません」ミスター・ベイツビーは言った。「人類は二、三十年前にも今日と同じくらい堕落していました。さらには、戦争が大きな変化をもたらしました。最近の人は教義を授けられることにそれほど積極的ではないようです」

「いやはや、まいりましたね」警部補は答えた。「わたしは教え導くことはありしない。教え諭されたくない人たちとだけ接します。そうした相手のなかには、かなり罪悪感のないように見える人もいる」警部補は意地悪そうに付け加えた。

「ああ、良心の呵責」ミスター・ベイッビーは言った。「そうです——罪悪感は重い頭《こうべ》を垂れさせ、悲しみに暮れる心を泣かせ、死を控えた幸福な者たちは後悔の鼓動を感じることができる。愛は完全な恐怖を追い払う。男性や女性が怯えているのを見ることほど悲しいことはありません」

「罪悪感を信用するのはよくない」警部補はかぶりを振った。「それは常に人をほぼ狂わせて、危険にさらすかもしれない。わたしは、若造が警官の目をえぐり出した事例を数多く知っている」

「ほんとうですか?」ミスター・ベイッビーは言った。「なんとまあ、悲しいことだ! わたしは恐怖がどういうものかよくわかっていないようだ——気質的に。もちろん、事故は……」

「あなたはだれかを怖がったことがないのですか?」見知らぬ男が、まるで空気中から発せられているかのように声を響かせながら言った。

「ありますよ」と警部補。「かなり頻繁にね」

「だれも、怖くはない、と思います」ミスター・ベイツビーは奇妙にも強調して言った。「もちろん、どんな聖職者も不快な経験をしたことはあります。一度、農家を訪問したとき、豚が部屋に入ってきて追い払えなかったことがあります。それに訪問してくる者もいる」

「訪問者は悪魔だ――実に、迷惑千万」警部補は言った。

「いや、かれらを追い払うことはできる」代理牧師は言った。「しかし、われわれはがまんしなくてはならない。『これらの小さき者たちの一人を怒らせてはならない。さもないと、その首に石臼がかけられることになる』。忍耐、同情、助け合い。時宜にかなった言葉はよろこんで実を結ぶ」

「では、そうした訪問者があなたに恐怖心を抱かせる？」その問いかけに、代理牧師の周囲の空気がざわめいた。

「ああ、恐れることはない！　ぜったいに！」ミスター・ベイツビーは言った。「もちろん、ときには毅然とした態度を取らなければならない。かれらを更生させるために。かれらに勇気を与えるために。わたしはかわいそうな人たちを知っている。そうしたひとりと、ここからそう遠くないところで出会ったのを覚えている。かれはほとんど病気のようで顔色が悪かった。わたしはその人を元気づけるためにできるかぎりのことをしました」

「なぜその人はそんなに具合が悪かったのです?」警部補はたずねた。

「まあ、奇妙なことを口走っていました」ミスター・ベイツビーは、壁にもたれかかっている見知らぬ男をじっと見つめながら言った。「話の内容はあまり理解できなかった。もちろん、すぐに相手のなにがおかしいのかわかりました。ヒステリーだったんです。わたしは毅然とした態度をとりました。『しっかりしなさい!』って。かれはウェスレー派の人と話をしていたんです」

ミスター・ベイツビーはしばらく押し黙った。警部補はわずかにしかめ面をしながら、「わたしもウェスレー派に近い」と言った。まるでその言葉を待っていたかのように、牧師は愛想よく微笑んで先をつづけた。「まったく、まったく、ウェスレー派の多くは非常に優れた説教者です。しかし、ときに少々バランスを崩す。感情的になるのです。感情過多になるのはよくない。詩とかそういう類は厳粛さがたりない。思考、知性、頭脳――それらが役に立つのです。さて、その男は救われました――自分で救われたと称したのですが、極度に緊張していました」

「救われたのなら、なんで緊張していたのかな?」警部補は気のない口調でたずねた。

ミスター・ベイツビーはふたたび微笑んだ。「冷めた言い方をするのはおかしいでしょうが、かれは自分が殺されることを確信していたのです。どうやって殺されるのか、だれに殺されるのか、いつ殺されるのか、そういうことは知りませんでした。かれは悪魔に殺されるところをウェスレー派の宣教団に救われたばかりでした。そこでわたしはかれを励ましたのです」

　警部補は俄然興味を抱いた。いまや若い見知らぬ男は、背後の宿屋の庭の花よりも精彩を欠き、目立たなかった。

「その男はだれです?」警部補はたずねた。「ほかに知っていることは?」

「たいしてありません」ミスター・ベイッビーは言った。「この近くのどこかで就職して、それからカナダに行くのだろうと推測しましたが、はっきりとは言わなかった。わたしが実際にかれに会ったのはファードルズではなく、自分の教区でした。かれに本を一冊——実のところ二冊貸しました。『今そこにある救済』と『砂と岩』です。それまでにも何百冊も多くの人に寄贈した書物です。かれは一、二週間後にロンドンからその二冊を送り返してきました」

「礼状とかは添えられていなかった?」警部補はきいた。

「ええ、ありました」ミスター・ベイッビーは言った。「感動的な小さなメモでした。とても心がこもっていました。想い《アイデア》がいかにして人々をとらえるかを示しています。今ここにあると思います」かれはポケットを探り、数枚の文書の中から折りたたまれた手紙を取り出した。「はい、どうぞ」

拝啓　牧師さま

ご親切にお貸しいただいた本を返却いたします。この本の内容は正しいことにまちがいありませんが、貴重な血のことを語っているようには思えません。悪魔が来たら助けにはなりません。いつか悪魔はわたしを殺すでしょう。そのときは祝福された救い主がわたしを受け入れてくださるでしょうが、わかってはいるのですが、そのことを考える勇気はありません。悪魔がわたしをひどく傷つけないことを願います。これでよいのです。不平を言っているわけではありません。すべては自分で望んだことですから。そしてイエスは、ついにわたしを救ってくださるでしょう。

本をありがとうございました。同封いたします。いささか不安なので、まだ全部読んでいません。

敬具

ジェイムズ・モンゴメリー・パティソン

「すばらしい礼状です」ミスター・ベイツビーは言った。「しかし、もちろん、悪魔が――！」

「すみませんが、住所は書いてありますか？」警部補はきいた。

「はい」ミスター・ベイツビーは少し驚いて答えた。「S・W・ヴィクトリア、ソブルハースト・ロード二二七」

「ありがとうございます。では、日付は？」

「五月二十七日」ミスター・ベイツビーはじっと見つめながら言った。

「ふーむ」警部補は言った。「しかも、わたしの家の隣近所だとは！　小柄な男だっておっしゃいましたね？」

「かなり小さかった」ミスター・ベイツビーは言った。「ええ、たしかにかなり小さい。かなり知性に欠けているように見えました。では、あなたはかれのことを知っていましたか？」

「一度か二度見かけたと思う」警部補は言った。「さらに質問したい場合、あなたはここにいますか？」

「自分の教区、ライディングスの牧師館にいるはずです。ご存じのとおり、公爵の家は教区、ライディングス城にあります。かれがカトリック教徒なのは残念ですが、ある意味では生まれつき目が見えなかったということです」

「ふーむ」警部補はふたたび言った。「さて、行かないと。さようなら、牧師さん」

そして宿屋に去っていった。

ミスター・ベイツビーは、灰色の壁を背にしてグレイのスーツを着た見知らぬ男を見て言った。「すごく物静かですね。考えている、そうだ、まちがいなく考え事をしている」

「スズメにも幽霊がいる。そして万物は共に動く、と思っていたのです」見知らぬ若者は言った。

「善《グッド》のために」と言って、ミスター・ベイツビーは話を結んだ。

「神《ゴッド》のために」と相手は言い換えて立ち去った。

その日の午後、ライディングス城では、公爵とケネス・モーニントンは詩について語り合おうとしていた。しかし、ふたりとも気が散っていた。公爵は聖杯《グラール》の思い出を、モーニントンはバーバラのことを考えていた。そして会話がつづくうちに、ふたりはこれらの話題から離れたり、またふらふらと戻ってきたりした。モーニントンは、イギリス文学のこれほど多くの部分が聖杯《グラール》や狂気について書かれているとは知らなかった、と思った。いたるところでアーサー王伝説の騎士道や狂気の歌『トム・オ・ベドラム』が展開されている。そしてついに、お茶の時間になると、ふたりとも努力して会話をつづけることを諦めたようで、沈黙がつづいた。やがて、モーニントンがためらいがちにこう言った。「バーバラの様子を知りたい」

公爵は肩をすくめて言った。「当然だな。だが、どうやって知るつもりだ。〈カリー〉に行ってグレゴリイにたずねるなんてことはできない」

「ラックストローにひそかに会いたい」モーニントンは答えた。「ちょっと出かけて、屋敷のまわりをぶらついていたら、ひょっとして、かれが散歩に出てくるかもしれない、だろ？」

「かもしれない」公爵は言った。「が、わたしならしないね。妻をグレゴリイとふたりきりにしておくようなまねは。でも、きみの友人はグレゴリイのことを気に入っているようだし」

「ちょっと手厳しい言い草だな」モーニントンは言った。「結局、ライオネルはこっちがなにを持っていたか知らなかったんだ。ぼくがオフィスから追い出されたことすら知らない」

公爵はやっとの思いでこう言った。「きみの言うとおりだろう。でも、奴が聖餐杯《カップ》に汚い手で触れたと思うと、わたしは――きみの知り合いの大執事を殺したい気分だ」

ふたたび沈黙が流れたが、やがて公爵はつづけた。「いまでも内心忸怩たるものがある。結局のところ、あの得体の知れない医者はいったいなにをしたんだ？　見たかぎりでは、彼女が気絶したとき、あいつは彼女のそばにさえいなかった」

ケネス・モーニントンはすばやく顔を上げて言った。「それはおれもずっと気になっていた。ただ、人は見た目にだまされやすい。おれはバーバラより上の階段にいたし、彼女が気絶したとき、あの医者は数ヤード離れたところにいたように見えた――いや、彼女は正確には失神したのではなく、少なくとも最初は静かに倒れたような感じだった。そのあとで意識を失ったんだろう」

「じゃあ」公爵は叫んだ。「いったいどういうわけで、われわれは聖杯《グラール》をやつにわたすようなことを大執事に許したんだ？」

「バーバラを救ってくれるなら、聖杯《グラール》を譲ると約束したはずだ」モーニントンは疑わしそうに言った。「やつはそれに同意した」

「と言うが、そんな約束をした覚えはない」公爵は振り返りざまにテーブルからエリザベス朝の劇作家の作品を山ほど落としながらふたたびわめいた。「そうだ。なにからなにまでよく覚えているぞ。大執事がちょうど話をし始めたときにバーバラの叫び声が聞こえたんだ。しかも大執事は医者にではなく、きみの友人に話しかけていた。こんなに遅れることはなかっただろう、とかなんとかそんなこと以外は言っていなかった」

「神に誓って、そのとおりだ」モーニントンはじっと見つめながら言った。「でも、もし約束をしていなかったのなら、そしてやつがバーバラを助けたわけじゃないのなら、いったい――？」

「まさにそこだよ」公爵は言った。「やつは聖杯《グラール》でなにをする気だ？」

新たな静寂が訪れた。

「別の意味で」モーニントンは言った。「やつはなにをするつもりだ？　グレゴリイと組んでいるのか？　すべては仕組まれたことなのか？　それともグレゴリイとやつは敵対しているのか？　いや、それはありそうにない。それならすべてが画策されていたのにちがいない」

「なら、取り戻しては？」公爵はたずねた。

「そうだな」モーニントンは疑わしそうに言った。「だが、言うは易く行うは難し、そう思わないか？　あの医者がどこから来て、どこへ行ったのかさえわからない。ただし――」かれはためらって口をつぐんだ。

「ただし？」公爵はきいた。

「ただし――月曜日に警察本部長がグレゴリイ・パーシモンズと話していたとき――つまり一昨日、なんてことだ！――かれらの会話を立ち聞きしてしまったんだが、グレゴリイが本部長に住所を教えていた。あまりにもバカげた話の内容だったので覚えている。ロンドンのどこか、そう、ロード・メイヤー・ストリート三番地だ。でも、おれたちになにができる？　そこに行って、ただ返してくれとお願いするなんて無理だ」

「無理？」公爵は言った。「できない？　行って、そこがどんな場所か、そしてあのインチキ医者マナセがそこにいるかどうか確かめることはできる。もしそこにいるなら、聖杯《グラール》はわれわれのものだと伝えることができる。やつが異議を唱えたとしても、われわれは聖杯《グラール》を奪取できる。われわれは――少なくとも大執事は――前にも奪った」

「警察に通報されるぞ」モーニントンは反論した。「かならず――今度は」

「そうなったら?」公爵はたずねた。「聖杯《グラール》を入手して時間があれば、それを従者のスウェーツかだれかに託す。そうすれば、なにが起きているのか警察が推測する前に、聖杯《グラール》はローマに届くだろう。しかもバチカンとはまだ犯罪者引き渡し条約が結ばれていない」

「と思うが」モーニントンは、相手の考えにとらわれながら言った。「とんでもないお笑い種だ! でも、おれたちはどうなる?」

「窃盗罪で刑務所送りになるだろう――だいじょうぶ、〝初犯〟とかそんなもんだよ。司教たちは団結すべきだ――あなたたちも。わたしは枢機卿に――ウェストミンスター大司教に声明を残す。わたしの父は、間接的にでも、大司教となにか関係があったとされている――聖帽を持ってくる役割だったとか」

「でも、たぶんやつのところには置いてないだろう!」モーニントンはふたたび反論した。

「それなら、状況は悪くない。かれらがこちらをこれ以上あやしむことはないだろうし、警察も呼ばないだろう」公爵は答えた。「もちろん、まだ聖杯《グラール》が〈カリー〉にあるなら……きみの友人なら知っているかもしれない。なあ、モーニントン、友人とばったり出会うかどうか行ってみよう」かれは急に立ち上がってドアへ向かった。

公爵は、その晩ロンドンに行かなければならないかもしれないと表向きは公言したのち、モーニントンといっしょに歩き始めた。ふたりが徒歩で出かけたのは、そうしたいというより、いらだちをやわらげるためだった。ようやく〈カリー〉の敷地の私道に入り、その少し先でラックストロー一家のコテージ近くを通るあたりに来た。公爵が指摘したように、モーニントンが友人に会いたがったり、〈カリー〉の正面玄関を訪ねるのをためらったりするのは自然なことだった。しかし、かれらが私道を通り過ぎると、目の前の小道にライオネルとバーバラが立っているのが見えた。

「やあ」とモーニントン。「これはたまげた、うれしいね。きみたちがこんなふうに散策しているとは思わなかった。もうだいじょうぶ？」

「かなり疲れていてだるいの」バーバラはうれしそうに言った。「でも、それ以外はとても具合がいい、ありがとう」

「ビックリ仰天！」モーニントンは彼女を見つめて微笑みながら言った。「少なくともベッドにいると思っていたのに」

「グレゴリイさんのホールの長椅子で四時くらいまで寝ていたようですが、目覚めたときはまったく普通でした」バーバラは答えた。「でも、たいへん迷惑をおかけしました！」彼女は軽い口調で話をしたが、しゃべりながら顔が青ざめてきた。

「いずれにせよ、一件落着だ」ライオネルはあわてて言った。「スティーヴンからあらためて一週間の休暇をもらって、海辺かどこかに数日行くつもりだ——エイドリアンぬきでね」

「エイドリアンはどうする？」モーニントンはたずねた。

「息子はここに滞在させてもらうつもりだ」ライオネルは答えた。「ここのメイドのひとりをとても気にいっているし、グレゴリイとかれの車や電話、中国の仮面などを崇拝しているんだ」

「で、グレゴリイはエイドリアンを受け入れるつもりなのか？」モーニントンはきいた。

「息子のことが大好きらしい」ライオネルは答えた。「ふたりに幸運を。この前のような二十四時間を二度と過ごしたくない。もちろん、まずは例の医者にもう一度会わなければ。明後日に」

「ほんとうにかれがきみを助けてくれたと思っているのか、バーバラ？」モーニントンは言った。

ライオネルは妻を見て言った。「まあ、バーバラにはわからないよ。あのときは、そんなことに気づける状態じゃなかったからね。ぼくもわからない。かれじゃなかったら、なんだったんだろう？　でも、かれは少し離れたところにいたから、なにもするチャンスはなかったみたいだな」

「なにも言えないわ」バーバラは重々しく言った。「わからないのよ。恐ろしい圧力の暗闇――それと自分が落ちていく深淵の縁のことしか覚えていない。落下をくい止めるものはなにもなく――いいえ、だいじょうぶよ、ライオネル。その部分はたいしたことないから。落ちていくあいだ、まったく平気だった。心安らいでいた。とても幸せな気分。言葉で表現できないけど――ただ安らぎ飲み込まれていくような心持ちだった。そして、まるで――なんだかわからないけど――だれかがいるのがわかったような気がした。『ああ、よかった！　あそこに――だれかいる。知っている人が』というような感じ」

三人の若者はバーバラを厳しいまなざしで見つめた。一分後、彼女は先をつづけた。

「今振り返ってみると、歯を抜いたあとの気分。不快だけど、ささいなことね。そのことについて話すのはかまわない。でも、自分がわけのわからない状態におちいっていたときは、思いもよらない邪悪なものたちに鷲づかみにされているような気がした」

にするように笑った。「きみにはぜったいに思いつかないね、そんな状況！」ライオネルはちょっと小バカにするように笑った。

バーバラはライオネルに微笑みかけると、〈カリー〉の敷地の門に寄りかかりながら、両脇にある一番上の柵に沿って、無意識のうちに両腕を左右に伸ばした。そして両脚を閉じ、手のひらを上に向け、顔を夕空に向けたせいで、まるで彼女は遠くにぶら下がっているように見えた。モーニントンがぴしゃりと言った。「やめろ、バーバラ。まるで十字架にかけられているみたいだ」

バーバラは、まんじりともせずに視線だけを下げてライオネルと目を合わせ、それからかれを無視すると、突然、一歩前に進み出て、「ああ、うれしい！　それは――」と叫んで、笑いながらきまり悪そうに立ち止まった。

バーバラの仲間たちは驚いてあたりを見まわした。門のそばに群がっているかれらの背後には、バーバラに気づいて微笑む普通の若い男が立っていた。彼女は両手を振りながら顔を赤らめたが、いつものすばやさですぐにあやまった。「とてもバカげていると思うけど、あなたの名前が思い出せないの。でも、ここにいてくれてほんとうにうれしい。どうか許して、お名前を教えてください」

「ジョンです」若い男は言った。「あなたは聞いたことがないと思いますが。でも、確実に何度もお会いしてますよ」

「わかってます、わかってるわ」バーバラは言った。「ちょっと待って、思い出すから。それは……結婚する直前だったはず……いや、結婚したあとも。つい先日どこかで。わたしはなんてバカなの！　ライオネル、思い出すのを助けてくれない？」彼女は驚きとよろこびと恥ずかしさで顔を真っ赤にして夫に言った。

しかし、ライオネルはきっぱりと首を横に振って言った。「たしかに会ったことがあるような気がします。でも、どこでなのかはさっぱりわからない」

「場所はたいして重要ではありません」見知らぬ若者は言った。「記憶に残ることがなによりもたいせつなんです。わたしは、そこにいる他の紳士方にも会ったことがあると思います」

「とんでもない」モーニントンは大笑いしながら言った。「とはいえ、きみを見た瞬間、知っている司祭だと思った。でも、どこで見かけたのかはまったく思い出せないから、会ったことはないと思う」

「たしかどこかの教会でじゃないですかね」見知らぬ男は言って、公爵に目をやった。「オリオル・カレッジでかな」公爵は言った。「だれの部屋だった？　でも、最近のことではないと思うが」

「ごく最近ではないですね」相手は答えた。「でも、あなたはわたしのことを完全には忘れていないのですね、会えてうれしいですよ」

「ぜんぜん思い出せないわ」バーバラは、まだ顔を赤らめて興奮状態で言った。「まるで今日初めて会ったような気がするの。あなたは、あの家にいなかったでしょ?」彼女は疑わしそうにたずねた。

見知らぬ人は微笑み返した。「わたしはグレゴリイ・パーシモンズを知っていますし、かれもすぐにわたしのことをもっとよく知るようになるでしょう。でも、ご心配なく。エイドリアンはどうしていますか?」

「元気ですよ、ありがとう」ライオネルは言い、ためらいがちにバーバラを見た。「ねえ、きみは戻ったほうがいいんじゃないか? 妻は調子があまりよくないのです」かれは見知らぬ人に言い添えた。「妻を興奮させたくない。理解していただけると思うが」

若者はふたたび微笑んだ。「たしかに。でも、ここではもう彼女に危険はありません。この宇宙もまた、その心に救いを宿していると確信してください」そして、バーバラに視線を移して言った。「わたしたちは忘れがたい場所で会ったのです。あなたが結婚する前も、結婚してからも、そして今日も。今夜は安心して眠ってください。あなた地獄の門はもうあなたに対して力がありません。公爵殿、あなたはわたしの所有物をたいせつに思ってくれたので、最終的にあなたは救われるでしょう。ただ、聖杯《グラール》の主が来るまで、心でも家でも警戒怠りなく祈りつづけることを忘れないでください」かれはモーニントンに一歩近づいた。「あなたに伝えるメッセージはありません。聖杯《グラール》のメッセージを除いては」ついで、こう述べた。「『わたしはすぐに来る。今夜、あなたはわたしとともに楽園にいるだろう』」

見知らぬ若者はあとずさり、そしてモーニントンと思わず顔を見合わせたとき、脇に退いたように見えたので、若者がどちらの方向に消え去ったのかよくわからなかった。というか、ライオネルと公爵にはわからなかった。バーバラは、うっとりとした目でモーニントンを見つめていた。「今日、深淵の縁にいたのは、あの若者よ」彼女は息を切らして言った。「今夜！　ああ、モーニントン！」

ケネス・モーニントンは一、二分黙ってたたずんでいたが、バーバラが両手を差し出すと、ただこう言った。「じゃあ、おやすみ、バブス。おやすみ、ライオネル。ぼくはスティーヴンからさらに一週間の休暇を絞り取るよ」そして、公爵の腕に手を置いてたずねた。「このままロンドンへ行くか？」

夕闇が濃くなる前に、庭をひとりで散歩していた大執事は門のところに神官王《プリースト・キング》の姿を見た。かれはしばらく立ち止まって道の方を眺めていたが、ぼんやりとした目にはまるで神官王の姿が空とそのまわりの野原や道から自ら形を成したかのように映った。大執事は門のそばまで行って立ち止まった。すると、言葉が頭の中で響いたが、それは外から生じたのか内からなのかはわからなかった。それは神官王が道に沿って動いてきたのか、その存在を表象する宇宙から現れてきたのかと同じくらい判然としなかった。「『時が近づいた』」とその存在は言った。「『わたしは弟子たちとともに過《す》越《ぎこし》の祭りを守ろう』」

「ああ、美しく優しき主よ、あなたはご存じです」大執事は大声で答えた。

「わたしはただの使者《メッセンジャー》だ」それが声だとしたらだが、その声は発した。「だが、わたしはこれから起こることの先駆者だ。わたしはヨハネであり、ガラハッドであり、マリアである。聖杯《グラール》の担い手であり、その番人である。わたしが世界の辺境に住み、王たちがわたしを追いかけていたときも、わたしが人の心の奥深くに移ったときも、わたしは常に聖杯《グラール》を守ってきた。すべての魔法とすべての神聖さは、わたしを通してあり、人々がわたしから聖杯《グラール》を盗んだ時代もあったが、わたしは永遠にそれとともにあった。兄弟よ、友よ、主の来臨の夜が近づいている」

「わたしは幾晩も見守ってきました」大執事は答えた。「そして、主の慈悲が永遠につづくのを見ました」

「わたしもあなたたちとともに目を覚ましていた」声は告げた。「しかし、わたしではなく、わたしを遣わした方が。さらになお、あなたたちはより闇の深い夜に目を凝らすことになる。その後、わたしは今から二日目の朝にこの場所に来て、主の奥義を始めよう。しかるのち、主は御心のままになさり、あなたたちは一連の事件の終わりを見るだろう。ただ強い心を、勇気を持っていなさい」
かの姿は消えていた。大執事は田園風景を眺め、いつもの賛美歌を口ずさんだ。

第十四章　ヒッピー夫人の聖書

コルクホーン警部補は、最速でロンドンに戻れる列車に乗ったが、不安な心という滑らかな氷の上で右往左往していた。公平に見て、この突然の帰還は、殺人事件の解決のためにこれまで試みてきた数多くの捜査同様に無駄になるだろう。とはいえ、ロンドン近郊に住む小柄な男性で、この二カ月以内にウェスレー派メソジストと死に深く関わった人物は、それほど多くいないはずだ。今朝、ミスター・ベイツビーが話していたとき、ふたつの流れ——実際の出来事と自分自身の思索——が穏やかに並走していくように感じられた。まるで自分ではなく、生命が世界の自然なプロセスの中で問題を解決しているように思われた。だが今、そのような単純さはあり得ない。証明は単なる偶然から明快に生じるものではなく、秩序立った全体として現れるのだ。自宅から二軒隣りに住むヒッピー夫人のことを薄ぼんやりと覚えている。彼女は妻の知り合いで、バザーや作品の販売、さらには教会の礼拝にまでいっしょに行ったことがある。ヒッピー夫人の下宿人が失踪していたとしたら、なぜこれまで妻はそのことに触れなかったのか？　身内のそのような失態なのだ。警部補が常々予期し、自分自身に言い聞かせ、そして実感していたのは。

　妻は母親といっしょに過ごしていたので、警部補はキングス・クロスの近くで昼食をひとりでとり、それからトブルハースト・ロード二二七番地へ向かった。ヒッピー夫人がドアを開け、警部補を見てうれしそうな表情で言った。「さあ、お入りください。出張で地方に出かけているとばかり思っていました。コルクホーン夫人がそうおっしゃっていたので」

「そのとおりです」警部補は、通りに面した応接間《ドローイング・ルーム》と厳粛な名前で呼ばれている部屋まで夫人について行った。「でも、調べなければならないことがあって、戻って来ました」

「ほんとうですか？」ヒッピー夫人は心ここにあらずといった感じで言った。「警部補さん、二音節の魚を思い浮かべられますか？」

「魚？」警部は曖昧に言った。「セイウチ（Walrus）？　サケ（salmon）？　サバ（mackerel）？　いや、これは三音節か」

「たぶん二音節に数えられますよ」ヒッピー夫人は答えた。「ネズミイルカ（porpoise）はどうして二音節？　サバ（mackerel）が大好物だから」

「え？」警部補は言った。「いったいどういうことです？」

ヒッピー夫人は大型ソファに置いてあった何枚もの紙を手に取った。鮮やかな緑色とゴールドの地に赤い文字で『パズルとなぞなぞ：みんなのための雑誌』と題されている。「この種の質問と答えのベスト10に賞が授与されるんです」彼女は言った。「これはもっとも優れた方法のひとつだと言われていますが、かなり時代遅れです。でも、すばらしいと思います。ほら、わたしはよっつ作りました。では、どうして靴ひも(shoe-lace)は二音節？」

夫人は口をつぐんだ。答えが返ってこないので、うれしそうに言った。「ボタン穴(button-holes)と懇意だから。つぎは……」

「いいですね！　すばらしい！」警部補は叫んだ。「実に見事です、ヒッピー夫人。あなたが入選したら、全部印刷されるでしょう。きっとそうなりますよ。クロスワードパズルが得意なんですね。でも、長くはお邪魔しません。ここに泊まっていたパティソンという男についてなにか話を聞かせてもらえるかと思って来ただけです」

「ミスター・パティソン？」ヒッピー夫人は目を見開いて言った。「どうして？　逮捕するのですか？　今どこにいるかは知りません。あの人はひと月前にここを出て行ったきりです」

「行き先を言ってましたか？　教えてもらえませんか？」コルクホーン警部補はたずねた。

「カナダです」ヒッピー夫人は答えた。「少なくとも、そう言っていました。でも、実におかしな人だった。わかるかしら、社交的じゃない。どっちかといえば、愚鈍でうっとうしい人。かれにこの雑誌のバックナンバーを全部貸したのよ」彼女は、『パズルとなぞなぞ』を振りながら言った。「でも、一番簡単な問題を出したのに、ひとつも解けなかった。それにわたしの聖書もだいなしにして、いたるところに落書きしたのよ。母の聖書にもね——教会に連れて行けるような人じゃなかった。どのみち教会で人助けをしようとすると、いつだってこんな感じ——手助けするに値しない人がいる。それが事実よ」

「それでも、わたしには手助けをする価値があると思います」警部補は言った。「聖書を見せていただけますか？　パティソンがカナダに行くことは知っていましたか？」

「知らなかった」ヒッピー夫人は、コンテスト結果が待ち遠しそうなまなざしで言った。「行くつもりだと言ってたけど。ある朝、わたしに別れを告げて、絵葉書を送ると言ってくれたの。でも結局、いまのところ一枚も来ていない」

さらに尋問をつづけると、ヒッピー夫人の知識はごくわずかであることが明らかになった。彼女はときどき、家具付きの部屋を二部屋、独身男性に貸していた。故ミスター・パティソンは、ある日、ヴィクトリアに到着してから、ヒッピー夫人の家の窓に貼られた入居者募集広告を見て部屋を借りることにして、身分を厳粛に保証し、家賃一カ月分を前払いした。かれはかなり心配そうな様子だったが、ヒッピー夫人にはなにが気がかりなのかまったく見当もつかなかった。かれは夫人自身が通っていたウェスレー派教会に何度か姿を見せたが、それで不安がやわらぐことはなかったようだ。そして夫人から聖書を借り、そのあちこちに落書きをした。最後に、もうすぐカナダへ出発することを夫人に告げ、ある朝、彼女に最後の別れの挨拶をすると、スーツケースを持って旅立ったという。

部屋は隅から隅まで〝掃除〟されており、今はもぬけの殻で、ヒッピー夫人の既婚の妹の到着を待つばかりの状態だったので、警部補が注意深く調べたにもかかわらず、なにも見つからなかった。その後、警部補は家人が出かけているので空き家同然の自宅にヒッピー夫人の聖書を持ち帰り、それに挿入された数多くの走り書きを熱心に調べた。

それら落書きにはまったく脈絡がないようで、いたるところに書かれていた。見返しや余白、そして本文のあちこちに。多くは断片的な祈りや叫び、さらには文章で構成されている。本文に出てくるフレーズが余白に書き直され、下線が引いてある。特に、神の慈悲と思いやりが記録されたり、それを主張したりするようなフレーズについては、その方法がとられている。ときには、そうした余白に記された書き写しは、自身の嫌悪感にあらがうかのように、「わたしは信じます、わたしは信じます」と乱暴に走り書きされたり、「かれは救う」や「神は愛です」に変化したりしている。一方、特定のフレーズは線と疑問符で強調されている。「呪われた者たちよ、わたしから立ち去れ」や「汚れし者は、なおも汚れたままにしておくがよい」、あるいは、「わたしはかれをサタンに引き渡した」などの部分に太線が引かれている。赦されざる罪に関する言葉には太線が引かれ、「かれは哀れむ者を哀れむ」という部分にも同様に線が引かれていた。これらの奇妙な殴り書きの中に、注意深く書かれたコメントが散在している。「神はすべてにおいてすべてである」に異を唱えるコメントが、落ち着いた筆跡で小さく書かれていた。「嘘」と「世界を神自身と和解させる」に対しては、同様に「真実ではない」と書かれている。見返し、新約聖書の小扉の裏、そして各書の間のスペースには、より長い書き込みが残されている。その最初の文書は一種の議論のようだった。解読するのは容易ではなかったが、救いの約束を要約し、最後に反論を述べているようだ。だが、その最後には活字体で大きく記入されている言葉があった。すなわち、「わたしは呪われている」

こうしたことは、それがどんなに宗教的狂気を示唆しようとも、警部補にはあまり役に立たなかった。殺害された男が、ミスター・パティソンであるとしたら、なぜ殺されたのかの理由解明にはまったく役に立たない。しかし、さらに読み進めると、

「申命記」の終わりのところで、つぎの一語に直面した。「グレゴリイ」。そのあとにはなにも記されていなかったが、警部補の希望はすばらしく高まった。それでも、「グレゴリイ」と書かれているからといって、実際にグレゴリイがこの走り書きをした男を殺したことを証明するわけではない。警部補はページをめくりつづけた。

「ヨブ記」の終わりには、つぎの一文が書かれていた。「かれはわたしを放してくれないし、イエス様もわたしを逃がしてくれない」これはグレゴリイのことかもしれないし、警部補が疑ったように、悪魔に向けられたものかもしれない。まあ、ミスター・パティソンと悪魔がなんらかの契約で結ばれていたとしても、まだすべてが失われるわけではない。

ふたつの預言書のあいだには、「今日、彼女を見た。だから彼女は出て行った」と走り書きがされている。そのあとは空白がつづくが、「わたしたちの主であり救世主であるイエス・キリストの新約聖書」と題された小扉の裏に、以下のような長いメモが記されていた。

「すべてを書き留めておきます。わたしはジェイムズ・モンゴメリー・パティソン、四十六歳。まもなく悪魔に殺されることを知っています。長いあいだ、自分の意志に反して悪魔の意志に従ってきましたが、今さら逃げることはできません。ミスター・マクダーモットの説教を聞いたとき、自分の心は開かれ、主がわたしのもとに来て救ってくれたと思いました。そして、わたしよりも罪深い主人のために証言しました。しかし、かれはわたしをあまりにも早く捕らえたので逃げることができません。盗みを働いているところをかれに捕まってから、わたしは二十四年間、かれと悪魔に仕えてきました。わたしは偽造やもっとひどいことをしました。わたしが口説いて刑務所に入れた女性に誘惑されたのだ、とかれが誓うのを傍観していました。そして今、わたしは自由になれません。かれはわたしを殺すつもりです。それはかれの目と顔に表れています」神とキリストへの訴えが爆発的に起こり、記録が再開されている。「かれはルイーズを刑務所に入れることでわたしを苦しめました。すべてはかれのしたことなのです」そこには空白があり、落ち着いた平静な筆跡でこう書かれていた。「わたしは完全にかれの元に戻った。そしてかれに殺されるだろう。神の思し召しだ」

本の最後のページには、装飾的な流れるような曲線で囲んだ余白に、「ハートフォードシャー州のミスター・ファードルズ、〈カリー〉のミスター・グレゴリイ・パーシモンズ」とはっきりと正確に書かれていた。

警部補は聖書を閉じて、お茶をいれるために台所に向かった。

第十五章 「今夜あなたはわたしとともに楽園にいるだろう」

夕方のロード・メイヤー・ストリートは常に、そんな機会があればだが、周辺に立ち込める霧を引き寄せて閉じ込めてしまうようだ。かすかな蒸気が雰囲気を薄暗くし、特に件《くだん》の三軒の店の近辺ではそれが顕著だったので、夕方は少し霧がかかっているとか、夜が長くなってきているとか、朝には霧が少し出ているかもしれないとか、通行人はしょっちゅう口にしていた。しかし、グレゴリイ・パーシモンズがその日九時ごろに急いでやってきたとき、例の薬種屋は、空の軍隊を統べる王子の象徴であり隠れ家でもある象の背に据えられた天蓋付きの座席のように、ずっしりとロンドンにかまえていた。グレゴリイはあいかわらず半開きのままのドアを押し開けて中に入り、後ろ手に閉めた。

店内は、街灯から数歩離れているせいで暗かったが、奥の部屋からはほのかな明かりが漏れていた。グレゴリイがこの店を知ってから初めて、ギリシャ人はそこにいなかった。ためらっていると、奥から声が聞こえた。

「グレゴリイ、あんたか?」ユダヤ人のマナセが呼びかけた。

「そうだ」グレゴリイは答えると、店内を奥に進んだ。

部屋は殺風景で汚かった。窓の下のテーブルの上に、店のドアのちょうど反対側に、天井の真ん中からシェードなしでぶら下がっている裸電球ひとつの光の下で、聖杯《グラール》がむき出しの状態で置かれている。絵画も書籍もなく、椅子が数脚置かれていて、隅には背の高い戸棚がある。床にはぼろぼろのカーペットが敷かれていた。

ギリシャ人のディミトリは聖杯《グラール》の左側の椅子に座っていた。マナセは明らかに行ったり来たりしていたようだったが、グレゴリイが入ってくると立ち止まり、かれを心配そうに見つめて言った。「で、子供を連れてきたか?」

「今夜はだめだ」とグレゴリイ・パーシモンズ。「やめたほうがいい。マナセ、あんたかほかのだれかが奇跡を起こした。バーバラはほぼ回復して、息子に会いたがっている。だから明日会わせる約束をした。明日の午後、エイドリアンはわしといっしょにロンドンに来て、どこか観光に行くことになっている。場所は忘れたが、そんなことは問題じゃない。わしらはいつ英国を出発する?」

「明日だ」とマナセ。「その朝、また例の女性に会いに行くことになっている。でも、状況がどうなっているかはわからん……」

「翌朝、先方に電報を送ってくれ」グレゴリイは提案した。「『午後までに拘束する』。

そのころにはハーウィッチに着いているはずだ」

「なぜそれほどあの子にこだわるのかわからん」マナセは不機嫌そうに言った。「あの子は――足手まといにならんか、旅の邪魔では？」

「だいじょうぶ」とグレゴリイ。「ジェシーも来る。あの子の世話をしている。案ずることはない――彼女は、事情はよくわからないが、来るだろう。彼女には身内や親類縁者がいない。官能的な小娘で、〈カリー〉のミスター・パーシモンズに淫らなまなざしを向けている。玉の輿《こし》を望んでいる。そんな女さ。しかも、自分は旅に出なければならないかもしれないとわかってはいるものの、行く場所と理由は知らない」

　マナセはうなずいたが、執拗に言った。「だが、なぜあの子を連れて行く？」

「サバトに必要だからだ」グレゴリイは答えた。「こんなに純粋で完全な奉納の機会はめったにない。あの子がわしを気に入ってくれたのはすばらしいことだし、わしらが事をなす前に、あの子を力の主にしてあげられると思う。愚かなまま送り出すより価値があるだろう？　ジェシーに関しては、都合が悪ければどこへでも捨ててくれ」かれはテーブルに向かって歩きながらたずねた。「それで、どうする？　これを持って行くか、それとも今すぐにでも壊したいとまだ思っているのか？」

「いや」マナセは言った。「考えてみたが、おれたちはそれをいただく。どうやら、あんたの言ったことに無視できない点がある」

ずねた。
「わしが言ったこと?」グレゴリイは聖餐杯《カップ》を一瞥すると、軽く口笛を吹いてからた
「破壊のために使うことができるかもしれない——この聖餐杯《カップ》を通して破壊をするの
だ」マナセは言った。「夢見たことがある。それを通じて地と天を破壊することを学
ぶかもしれないし、少なくとも、人間が理解している地球と天国に関するすべての経
験を破壊することを習得するかもしれない。死は同時に生でもあり、死がどこまでつ
づくかはだれにもわからない。普通の人はミサについて語り、あんたは黒ミサについ
て語るが、その聖餐杯《カップ》を用いて、世界を永遠に吹き飛ばすような死のミサが行われる
かもしれない。だが、おれやあんたはそのようなことができるほどの大物ではない」
グレゴリイは穏やかな口調で応じた。「マナセ、あんたの言うとおりだ。我慢して
くれ、わしはこの分野では未熟者なんだ。すべてのものを動かす欲望の流れを知って
いるし、それを自分の思うように少しは導いてきた。でも、もっと深いところになに
かが存在している」かれはギリシャ人を見てたずねた。「で、あんたはどう思う?
わしらより古き者はだれだ?」
ギリシャ人が聖杯《グラール》を見つめながら答えた。「すべてのものは分割できず、ひとつだ。
完全に破壊することも、完全に生きることもできないが、おれたちの推測が正しいか
ぎり、力強く、永遠に変化することはできる。おれでさえ、無限を見通すことはでき

ない。あんたに力があるうちに、それを自分の欲望にあうようにしろ。というのも、聖杯《グラール》には今も通り抜けられる秘密の道があるが、あんたはそれを保持できないからだ」

グレゴリイは微笑むと、指で聖杯《グラール》をつついた。「あのな、わしは大執事を少し困らせてやりたいんだ」そして突然、立ち止まってわめいた。「それを実行できる方法がある。試した結果、わかった。これはすべての魂の輪だ。わしは魂を集めて、望むように結婚させる。魂をこの世とあの世から連れてきて、生者そのものが失われるまで、亡き者と生ある者とを結びつけるのだ」

マナセは近づいて言った。「言えよ、なにかすごいことを考えているんだな」

グレゴリイは言った。「心浮き立つ考えがある。最近、わしの行為によって、弱くて惨めで不幸な魂が世間から旅立った。その魂は神を探し求め、最終的にはわしのもとに戻り、完全にこっちのものになった。わしが手をかけたとき、その魂は死ぬことを望んでいた。それを引き戻し、身も心もあの大執事と融合させよう。大執事は昼も夜もその魂とともに生き、最後にはどちらが本来の自分なのかわからなくなるだろう。それでもなお聖杯《グラール》のために、わしたちに戦いを挑んでくるかどうか見てみよう」

「そうしたければ、するがいい」マナセは言った。「聖杯《グラール》を使わなくても、霊が呼び戻されるのを見たことがある。だが、聖杯と大執事とをしっかり結びつけることができるのか？」

「条件がそろえば、もちろんできる」ギリシャ人が言った。「だが、厳密な条件がある。魂を接触させる肉体がここになければならない。遠隔でできるかどうかはわからないが、これまでにできたことはないだろうし、試す時間もない。そして、魂を自由に操れる状態にしておかなければならないし、移動手段も用意しておかなければならない。それがこの聖餐杯《カップ》にはある。また、非常に強い願望を抱いていなければならないし、それはあんたらふたりにはある。これは所有であり破壊でもあるからだ。そして、最悪の事態を知っているがゆえに、あんたらのほうが有利であり、おれにとっても同様だ。あんたらふたりが望むなら、おれは自分の力をあんたらの力に合わせよう」

「身体がここになければならない」グレゴリイは言った。「だが、かれは来るだろうか？」

「頼まれたのに来ない理由はないだろう」ギリシャ人は言った。「マナセがあの女の話でかれを誘い出せるだろ？」

「確実に明日の夜は、イングランドで過ごせる最後の夜だ」マナセは答えた。「子供を連れて聖杯《グラール》を持って逃げたいなら。でも、そのせいで大執事は来るかもしれない」

かれら三人は黙り込むと、聖餐杯《カップ》のまわりで立ったり座ったりしていた。聖餐杯《カップ》は逃れようのない拘束状態でかれらの決断を待っているようだった。数分後、店のドアをノックする音が突然聞こえたとき、かれらはまだ沈黙していた。グレゴリイはびっくりし、マナセといっしょに店長のギリシャ人に問いかけるような視線を向けた。ギリシャ人のディミトリは何気なく言った。「薬が必要な客かもしれないし、グレゴリイを尾行している人物かもしれない。マナセ、見てきてくれ。おれに用がある客だったら、今夜は留守にしていると伝えてくれ。グレゴリイを探しに来た相手だったら、ここにはいないと言ってくれ」

マナセはギリシャ人の言葉に従い、ドアを開けに向かった。グレゴリイはギリシャ人に微笑みかけてたずねた。「ほんとうに薬を処方しているのか?」

ギリシャ人は肩をすくめて言った。「いけないか? おれはアリに毒を盛ったりしない。つまり、アリだって死ぬより生きていたいのだ。でも、来店する客はそんなに多くない」

マナセがドアを開ける音がした。その後、いっせいにいくつもの叫び声が聞こえた。ついでグレゴリイはびっくりしてあたりを見まわした。陽気な声がして、こう言ったからだ。「おや、あなたは医師本人では! なんと運がいいのだろう。親愛なるドクター、わたしたちは一日じゅうあなたのことを話していました。ええと、あなたのことを公爵に正式に紹介しましたっけ? いや、ああ、だめです、閉めないでください。

お願いです。わたしたちはファードルズ、つまりカストラ・パルヴロールムから、〈子供たちのキャンプ〉から、あなたに質問があってはるばるやって来たんです——たずねたいことが二点あります。グレゴリイはここにいますか？　いまのは質問には入りません。いや、ほんとうに——押し開けて申し訳ありません——どうもありがとうございます。もうドアを閉めてくださってけっこうです」

　このけたたましくせわしない話し声に圧倒されたマナセの叫び声のような抗議と足音が聞こえた。グレゴリイは聖杯《グラール》に手を伸ばしたが、それをギリシャ人が手を振って制した。「何人いる？」かれはそっとたずねた。グレゴリイはドアの隙間から店内を覗いた。「ふたりだと思う」グレゴリイは戻ってきてささやいた。「モーニントンと公爵。ほかには見えないし、声も聞こえない。あれを移動させたほうがいいんじゃないか？」

　ギリシャ人は突然、グレゴリイに悪意のある表情を向けた。「愚か者め。おまえはいつも敵前逃亡するのか？」かれはそう言いながら立ちあがり、数脚の椅子を音もなく壁の方へ動かし始めた。

　店内では、モーニントンがマナセを相手に会話に精を出していた。「おれたちは聖杯《グラール》についてとても関心がある。そして実を言うと、あなたがバーバラ・ラックストローになにをしたのかとても興味があったので、どうしても出かけてあなたにたずねずにはいられなかった。あのとき以来、公爵はあなたのことを絶賛するばかりです。知られざる天才――まさにクリスチャン・サイエンス教会創始者のエディ夫人、外科医ハーバート・バーカー卿さながら。あなたは聖杯《グラール》を受け取ったのだから、なにかしたにちがいない。マナセは立派な人だ」モーニントンは突然立ち止まり、鼻を鳴らしてつづけた。「グレゴリイはここにいるはずだ。まるで糞の山のような臭いがする。部屋に入ってもかまいませんか？」

マナセが邪魔をしたようだ。軽い争いがあって、モーニントンが優しく言った。「かれを捕まえておいてくれ、ライディングス。引き連れて、あたりを見てまわろう」

ギリシャ人は身をかがめてカーペットをつかむと、床に留めている釘もろとも引き剝がして部屋の片側に投げ捨てた。床には、部屋の奥行き三分の二ほどのところから連絡ドアまで、二本の太い平行線がチョークで描かれていた。部屋の端で、この二本の線は複雑な図で結ばれていたが、グレゴリイはそれを認識したようで、息をのんでこう言った。「これでやつをくいとめられるのか？」

ギリシャ人は、聖杯《グラール》が置かれているテーブルと魔法陣のあいだの床にクッションを投げ、その上に腰を下ろして言った。「これがおれたちの防御だ。マナセに入って来ないように呼びかけろ。ここは死の道だから。おれはこれらの障壁に力を与えておいた。その狭間に入る者は力つきるだろう。ドアを開け、脇に立って、静かにしていろ」

グレゴリイはドアのところへ行き、取っ手が届くぎりぎりの距離から手を伸ばした。そしてドアの開口部が、チョークで描かれた平行線の間に向かい合うところまで取っ手を引いた。ギリシャ人は暗くて狭い店内を覗き込み、聖杯《グラール》のぼんやりとした形を目にした。同時に、モーニントンもそれを見た。

「親愛なるライディングス、グレゴリイはあの杯《カリス》を賞賛していた」モーニントンは言った。「おそらくその出来栄えに。親愛なるグレゴリイの話では、エフェソスからもたらされたものらしい。いま床に座っている紳士が、おそらくその運び屋だ。ディケンズのあのクリスマスものの悲惨な小説に出てくる、ホブソンやジョン、なんという名前か忘れたが。あるいは、かれらは好物を食べていたのかもしれない。聖杯《グラール》は、覚えているかぎり、いつだって好きな料理を提供してくれるから。あんたの好物はなんですか、お医者さん？　東洋料理でしょう。米ですか？　聖杯《グラール》を無駄使いするなんてとんでもない！」

そう言うと、モーニントンはドアのところまで来て、ポケットからリボルバーを取り出した。「公爵の銃だ。セールでタダ同然で手に入る家庭用品のひとつさ。捕まえたか、ライディングス？　この建物のどこかに画家がいるようだぞ。床には、とても独創的なスケッチが描かれている」

「地獄が接近している」

「気をつけろ」公爵が叫んだ。「地獄が接近している」

「さもありなん」とモーニントン。「だが、グレゴリイが地獄の王のひとりなら、そんな地獄など考えたくもない」そう言いながら、二、三歩足早に部屋に入り、通り過ぎざまに壁際から急襲されないようにすばやく振り返った。だが、そうしながらよろめいて手を胸にあてた。公爵はモーニントンが息をのむのを聞き、マナセをしっかりつかんだまま、なにが起こっているのか見ようとして前に進み出た。モーニントンは床に描かれた二本の白い平行線の一本までよろめき進み、息をつまらせながら、前に後ろにふらふらと進んでいる。ギリシャ人は顔を突き出しており、公爵は明るい光の中でその顔を目にすると、ギョッとして小さく息をのんだ。公爵が見た顔は、かなり遠くからこちらを見つめていたにもかかわらず、距離など感じさせなかったからだ。その顔は白く、じっと見つめ、悪病を患っているかのようだった。公爵は、その邪悪さに目を閉じた。これまでにも何度も警告されてきた罪の華やかな色彩や優美さは微塵もなかった。善と悪との戦いはもはや存在しない。聖杯《グラール》の下のものは戦っているのではなく、嘔吐していた。公爵は自分が目を閉じていることに気づき、無理やり目を開くと、モーニントンが二本の白い平行線を通り抜けて倒れそうになっているのを見て、かれの名を呼んだ。そしてつかんでいたマナセを床に投げ飛ばし、神と〈神の母〉の名を叫びながら、前に飛び出した。だが、戸口に着いたとき、公爵は力が身体から抜け出ていくのを感じた。心に虚ろな穴が開いた。戸口の柱をつかんだが、触れたとたん、それもまた自分が横倒しにされて下に引きずり込まれるのを感じた。そして床に倒れ込んだ。そのいっぽうで、モーニントンは全生命力を集結し、目標に二歩近づこうとしたが、その力さえつきて、うめき、膝をつき、ついに窒息し、身をよじりながら、ギリシャ人の前に描かれている魔法陣の上に倒れて死んだ。

マナセは立ちあがったが、店のドアに寄りかかったままで、グレゴリイは奥の部屋の壁に寄りかかっている。公爵は動くことができず、敷居の向こう側に倒れていた。かれらが見守っていると、死んだ男の身体が震え、強い風に吹かれたかのように少し持ち上がるのが見えた。しだいにそこから暗い雲のようなものが立ち昇り、四方八方に漂い、ついには形そのものが判別できないほどに厚くなった。マナセは勝利の目で観察している。しかし、グレゴリイは奇妙に動揺していた。高等魔術の教えをあまり受けていなかったので、敵の破壊にではなく、それに伴う要素に怯んだのだ。かれは妖術師の顔から身を引いた。公爵と同じように、自分が予期していなかった状況に陥り、恐怖に震えた。病がかれの身内に忍び寄ってきた。これが勝利と君主権とサバトの終わりであり、約束と願望の成就なのだろうか？　突然、グレゴリイはゆっくりと旋回している無数の螺旋階段を転がり落ち、永遠の虚空の上に浮かんでいた。勝利の象徴、目の前の床から天井まで流れるように立ち昇る暗雲に目をとめようとしたが、その雲と自分を支配している顔に視線は引き戻された。一同が注視していると、雲の柱はゆっくりと沈み始め、自らの内に引きこもっていった。その色彩も濃い黒から煙のような色、そして普通の灰色へと変化していくかに見えた。雲はどんどん速く落下し、数分間漂ったのち、ついに完全に崩れ落ちた。死体があった場所には広がる塵の山だけが残っていた。

公爵は心身ともに敗北し、嵐に立ち向かうには魂が幼すぎたが、それでも自分が信じる大義を主張しようと努力した。かれは横たわった状態から片手で起きあがり、愛するラテン語で叫んだ——ラテン語は宗教というよりは文学として愛されていたかもしれないが、それでもかれ自身よりも古く不朽の力として愛されていた。「キリストの魂よ」かれはよどみながら言った。「世界において、父なる神に……」

「黙れ、おまえ！」マナセはうなり声をあげ、あらゆる脅威につきものの奇怪な動きで、カウンターから小瓶をつかむと、一番手近なミサイルとして投げつけた。瓶は床で砕け、ギリシャ人の視線は瓶のほうへ動いて公爵でとまった。ギリシャ人は懸命に立ちあがると、磁化された死の通路を覆い隠すために、グレゴリイにカーペットをふたたび敷くように合図した。その作業が終わると、邪悪な三人は公爵のまわりに集まった。かれは立ちあがりかけたが、ギリシャ人にふたたび押し倒されてしまった。

「こいつの息の根はとめないのか？」マナセはなかば食らいつくように、なかば怯えているようにたずねた。

ギリシャ人はゆっくりとかぶりを振って言った。「かなり疲れた。それに魔法陣からは力が失われた。そいつがこっちを軽蔑していなかったら、おれが勝てたかどうかわからん。現にこうしてここに横たわっているのだから、あんたは自分で殺す気がないのなら、そいつを利用して望みをかなえるがいい」

「どう利用する？」グレゴリイはつかのまの恐怖が消えたところで思案し、足で公爵を突っつきながらたずねた。

「手紙を書かせて、あんたが憎んでいる大執事に伝えるんだ。公爵と聖杯《グラール》がここにある――そしてもうひとりが、ここに横たわっている。自分たちを救出するために、すぐに来なければならないと」

「でも、書くだろうか？」グレゴリイはきいた。

「書くにきまっている」とギリシャ人。「さもなければ、われわれのひとりがそいつを操って書けばいい」

「なら、あんたが書いて送ってくれ」マナセは言った。「このなかでは、あんたが一番達者だからな」

「そうしてほしいなら、するよ」ギリシャ人は言った。「そいつの身体を少し起こして、鉛筆と紙をくれ」

グレゴリイが手帳からページを破り取ると、マナセは公爵を引きずったり押したりして、とうとうドアに寄りかからせて座らせた。ギリシャ人は公爵の横にひざまずき、片腕を公爵の肩にまわし、右手を公爵の肩の上に置いた。公爵には、巨大な暗黒の雲が自分の上に降りてきて、その中で未知の力に意のままに動かされているかのように思えた。この外からの専制と自身の内なる存在との葛藤で身体の制御は失われた。戦いは外部の領域ではなく、より内なる中心部で起こった。無知で無力な公爵の手は、ギリシャ人の支配する心が命じるままに文章を綴ったが、筆跡はかれ自身のものだった。

「可能なら、ぜひ来てください」と書かれていた。「そのために、わたしたちはここにいます。この手紙を配達する人があなたにできるだけ多くのことを話すでしょうが、あなたがいなければすべてが終わってしまう、とかれが言うのなら信じてください。

——ライディングス」

ギリシャ人は公爵を解放して、立ちあがった。グレゴリイはメモを受け取り、読み、首を横に振って、疑わしそうに言った。「大執事がだまされるとは思えない」

「しかし、かれになにができるだろう」とマナセは言い始めたが、ギリシャ人は身振りでかれを黙らせ、こう言った。「大執事はやるべきことをするだろう。今おれたちの周辺を動きまわっている者は、おれたちとかれ以上のものだ。こちら側にあるもの、あるいは相手側にあるものが解き放たれるまで、戦いは終わらない。明日は気をつけろ」

「それで、だれがこのメモを届ける?」グレゴリイがたずねた。

「あんただ」ギリシャ人は答えた。

「しかし、どこまで伝えればいい?」グレゴリイは今一度確信が持てずにきいた。

ギリシャ人はグレゴリイに向き直って言った。「愚か者。言っておくが、おまえに選択肢はない。おまえは自分の意図どおりに行動し、言うだろう。大執事もそうする。そして明日には最終決着がつくだろう」

第十六章　家を探して

手がかりが、お茶、タバコ、瞑想、睡眠では、警部補は問題の解決に一歩も近づけなかった。殺害されたのがJ・M・パティソンだと仮定しても、グレゴリイ・パーシモンズが殺害した理由は依然として見当たらない。たしかに、これまでのところ警部補は、かれらの関係についてなにも知らなかった。パティソンがグレゴリイを脅迫していたとしたら、なぜ聖書に落書きがあるのか――？　なにか古《いにしえ》の復讐か、理不尽な憎しみか、とかれは必死に考えた。しかし、だとしても、それでは話があべこべだという思いから逃れられない。とるにたらない無名の人間が大地主や銀行家や貴族を殺すことはときどきあるが、大地主が些末な人間を殺《あや》めるというのは尋常ではない。それに、なにやら宗教的な狂気がからんでいるような気がする。だが、ミスター・パーシモンズと被害者のいずれか、あるいは双方が影響を受けたのか、警部補には判断できなかった。では、なぜ悪魔なのか？　いったいなぜ、神の名において、悪魔なのか？　警部補が抱いている悪魔に関する概念は、大まかに言って、悪魔は子供たちには信じられているが、普通は存在しないことになっており、世界情勢に積極的に関与しているわけでもない、というものだった。これは、一般的に言えば、警察、犯罪者、大衆の三つのグループが抱いている考えだ。警部補は、この最後のふたつのグループをひとつのものとして見なしがちだが、すべての専門家は、人類を優れた自分たちとそうではない影響を受けやすい大衆とに分割して考える傾向にある。医師は、自分自身と患者の潜在的または実際的なふたつの部分にそれを見る。聖職者と弟子たち自身、詩人と読者（または本を読まない者、しかしそれは単なる人類の内なる醜悪である）、探検家と出不精の人々など。しかし、警部補は法律の定義に従わざるを得ず、世間一般の人々は、総じて、皆がみな犯罪者というわけではないということを認めざるを得ないのだが、ミスター・パティソンが有罪である可能性の方が、グレゴリイ・パーシモンズがそうであるより高いと必然的に考える傾向にあった。ミスター・パティソンを絞殺したのはだれかであり、パティソン自身の予想では、そのだれかはグレゴリイ・パーシモンズだった。

コルクホーン警部補は、自分をこの地点に導いた出来事を回想した。犯罪に直接関与した人物を見つけられなかったこと、スティーヴン・パーシモンズとライオネル・ラックストローに対するいらだち、ジャイルズ卿に対する怒り、グレゴリイとスティーヴン、ジャイルズ卿とのつながりを発見したこと、あまり期待できないファードルズへの遠出。ラディングとの衝突はちょっとした息抜きになったが、啓発的ではなかった。そしてその朝の出来事と、若い見知らぬ男がかれを知っていると言った経緯を思い出した。もちろん、自分は相手のことを知らなくても、相手はこちらを知っているということはある……まちがいなく、だが、かれはその若者の顔を見知っているような気がした。家政婦のラックスパロー夫人や従僕のラディングが判断したように、漠然と相手の顔を外国人のようだと思った。公爵は、その顔をオックスフォード時代の親しい友人たちと結び付けて思案した。ケネス・モーニントンは、その容貌を教会とその秩序に関する知識とに関連付けて考えていた。ジャイルズ卿は、若い男を好奇心と恐怖から見ていた――が、ほとんど純粋に知的な関心からであり、過去の鮮明な経験を取り戻すものではなかった。グレゴリイと大執事は、見知らぬ若者が実在の様態をどことなく象徴するものであるかのように、より情熱的に対応した。バーバラは、地獄の住処で自分を救ってくれた安寧と平穏を、即座に見知らぬ若者の言葉に認めた。グレゴリイは、見知らぬ若者の顔を覚えていなかった――モーニントンの突然死がもたらした恐慌状態で忘れていたのだ――が、ギリシャ人が敵の行動内に、またその活動を通して動いている力を感じているように見えたのは理由があったのだ。

しかし、以上のことをコルクホーン警部補は知らなかった。それでも、見知らぬ若者がだれだったのか思い出そうとしていた。職業柄、これまでの人生でかなりの人数の外国人と会っていたので記憶をたどるのに時間がかかったが、件《くだん》の見知らぬ男を見かけたのは、少し前にスペイン王女が来訪したさいだったにちがいない。警部補は当時、スペイン警察の数多くの職員と話をかわしたので、ほとんどの顔は、今回のように〝偶然〟に再会するまで忘れ去られていた。〝偶然〟はまた、ミスター・ベイツビーとの会話を恐怖と自分の過去の体験、そして故ジェイムズ・モンゴメリー・パティソンの懇願へと導いた。少なくとも、警部補と代理牧師とのあいだには、この〝偶然〟と見知らぬ若者とがいた。というのも、この見知らぬ男こそが、ときおり質問の舵取りをしていたのだ。警部補は、かれが殺人に関与しているかどうか考えてみたが、うまくいかなかった。スペイン人と思われる人物ともういっぽうとの関係を思い描いたとき、いっぽうが消え去ってしまったのだ。もちろん、そのいっぽうとは〝偶然〟である。しかし、〝偶然〟は警部補に良い影響をもたらした——少なくとも、ある程度までは。

コルクホーン警部補は翌朝、ロンドン警視庁警視監に自分の抱えている問題を訴えた。副本部長は警部補の報告を注意深く聞いたあとで、さらに独自に調査する気になったようだった。「月曜日に」警視監は言った。「コンヤーズ警視長から話をきいた。かれは、ノース・ライディングス公爵とファードルズ大執事が盗んだと思われる杯《カリス》を追って、グレゴリイ・パーシモンズとともにちょっとした奇妙な追跡行に参加したそうだ。グレゴリイはその盗難事件を告訴しないと明言しているので、警察が乗り出すには非常に困難な状況だ。しかし、火曜日に女公爵とお茶を飲み、ライディングス公爵とも話をした」

「で、公爵は盗みを認めたんですか?」コルクホーン警部補は驚いてたずねた。

「まあ、かれは杯《カリス》が大執事のものだとほんとうに考えていたようだ」警視監は答えた。「しかし、かれはかなりこわばった口調で、それを手に入れようと真剣に試みるにたる理由があったと言い、魔法のことまで話した」

「なんですって?」警部補はさらに困惑してたずねた。

「魔法だ」と警視監。「アラビアンナイトだ、警部補、そして人々が子犬に変えられるとか。もちろん、すべてでたらめだが、かれはなにか思いついたにちがいない――どうやらグレゴリイ・パーシモンズと関係がありそうだ。リブルストーン・リドリー教授にエフェソスの杯《カリス》について知られていることを教えてもらったが――あまり役に立たなかった。そのあたりから発掘されたかなり有名な杯《カリス》が四つか五つあるようだが、それらはすべてアメリカの大富豪の所有物になっている。ただし、キエフにあったひとつをのぞいては。それかもしれない――ロシアの貴重品の多くがこちらに流出しているからな。しかし、どうして公爵がそれを持ち去ったのか、また、なぜグレゴリイ・パーシモンズは取り戻すことを拒否したのか、まだわからない。グレゴリイがそれを盗んだのでなければ。殺害されたパティソンは、杯《カリス》をわたすための腐れ仕事に手を染めていたのだろうか？」

「ボルシェビキですか？」警部補はにやりとしてきいた。

「言われるまでもない、わかっている」と警視監。「それでも、『狼』を知ってるだろう……ボルシェビキの事件にもそういうものがある」

「それはありえますね」コルクホーン警部補は認めた。「しかし、それではパティソンが言っている悪魔とは、ボルシェビキのことですかね？」

警視監はかぶりを振って、残念そうに言った。「宗教は人間の正気をだいなしにする。聖職者は、自分は救われていると思うと言うが、そうした状態にある人間は、なにも言わないし、なにもしないだろう」

「アメリカの杯《カリス》のひとつかもしれませんね」警部補は意見を述べた。

「かもしれない」と警視監。「だが、ニューヨークの盗難品なら、たぶんわれわれも報告を受けているだろう。リブルストーン・リドリー教授が話をした聖杯《ホーリー・グラール》かもしれない。いくつかの伝承によれば、それはエフェソス産らしい」

「聖杯《ホーリー・グラール》」警部補は疑わしそうに言った。「教皇となにか関係があるのでは？」

「それはキリストが〈最後の晩餐〉で使った杯《カップ》だと言われているから、教皇と関係があると言えるかもしれない」警視監も怪訝そうに答えた。「しかし、その杯《カップ》は、たとえかつて存在したとしても、今はおそらく存在していないので、あまり心配する必要はない。案ずるな、コルクホーン、わたしはここでゆったりかまえているよ。公爵がわたしになにか話してくれるかどうか疑問だし」かれは警部補を見て、こう言葉を結んだ。「きみが行って聞いてみるか?」

「えーと、警視監殿に行っていただきたいです」コルクホーン警部補は言った。「たずねたいことが漠然としているときは、まず相手のことをあるていど把握しておきたい——そうすれば物事がうまくいくようなので」

警視監は電話を見て言った。「わたしたちはあまり知らないんだな。杯《カリス》と聖書と聖職者。なんとまあ宗教的な事件になっていくやら! しかも郊外に大執事がいるなんて。おそらく今ごろは、グレゴリイ・パーシモンズに殺されているかもしれない」かれは受話器を取りあげながら、期待を込めてそう付け加えた。

公爵の執事に連絡を取ったところ、公爵はロンドンにはいなかったようだ。二晩ほど滞在していたが、水曜日に田舎に戻った——昨日の朝だ。公爵には(以下は、電話の相手がだれだかわかったときの答えである)ファードルズ大執事とミスター・モーニントンが同行していました。ふたりとも公爵といっしょに戻ってきました。電話口にミスター・スウェーツをお呼びすべきでしょうか? ミスター・スウェーツは——いいえ、公爵の秘書ではありません。いいえ、従者でもありません。もちろん最良の意味で、公爵にとって一種の万重宝《よろずちょうほう》な人です。

警視監はためらったが、公爵について質問しているようには思われたくなかったので、まずはライディングス城に電話してみることにした。市外局番を要求し、座って待った。

「どうやらすべてがごたまぜになっているようです、警視監殿」とコルクホーン警部補。「あの出版社にはミスター・モーニントンがいました。もちろん別人かもしれませんが、あちらにはパーシモンズとモーニントンがいて、こちらにもパーシモンズとモーニントンがいます」

「そして、あちらにはパーシモンズのことが記された聖書、こちらにはパーシモンズが盗んだか盗ませた杯《カリス》」と警視監。「なるほど、奇妙だ。そしてあちらには死体。こちらにも死体があれば、きれいな均一模様が作れるな」

普段のスコットランドヤードは電話を待たされることがなかったが、数分間の沈黙がつづいたのち、ようやくライディングス城の家政婦に電話が繋がった。いいえ、公爵は田舎にはいません。公爵とミスター・モーニントンは昨夜ロンドンへ出発しました。列車で――車はちょっとした修理のために一日ありませんでした。いいえ、公爵閣下の帰還についてはなにも知らされていません。グロブナー・スクエアにいるはずだと言っておりました。公爵の昨日の動向？　公爵とミスター・モーニントンは昼食のために、連絡もなしに不意に到着しました。午後にはふたりして散歩に出かけましたが、戻ってこないかもしれないと言っておりました。どこへ行ったのか？　家政婦は知らなかったが、公爵がミスター・モーニントンにラックストロー夫人についてなにか言ったのを耳にしていた。公爵が自分たちは戻ってこないかもしれないと告げたあとのことである。そうだ、ライオネル・ラックストロー。なにか伝えたいことがあるのでは？

警視監は電話を切り、興奮した様子の警部補に目を向けた。

「いまいましいラックストロー」警部補は言った。「いつだってしゃしゃり出てくる。ジャイルズ・タムルティと昼食をともにし、あいつのオフィスで男が殺される。公爵があいつの妻に会いに出かけ、そして姿を消す」

「もうひとつ死体があるかどうかは不明だ」警部補の上司は言った。「コルクホーン、スウェーツという男がなにを話してくれるかどうか、会いに行こう。まちがいなく問題はないだろうが、どうにもキナ臭い」

グロブナー・スクエアに呼び出されたとき、スウェーツは最初、反抗的ではないにせよ、少なくとも気が進まない様子だった。公爵の居場所についてなにも知らないと主張した。どこにいるかを公表したら、公爵はぜったいにいい顔をしないだろう。なぜか。公爵はプライバシーを望んでいると考えられるからだ。そうだ、とかれはしだいに事実を認めた。スウェーツは、月曜日に公爵が杯《カリス》を持っているのを目撃した。月曜日の夜、「攻撃は失敗した」という大執事の主張を信じて三人が退いたあと、かれが杯《カリス》を見張るために起こされたことを考えると、「公爵が杯《カリス》を持っているのを目撃した」というのは控えめな言い方だ。しかし、公爵が秘密を望み、スウェーツがそれを守ろうとしていることは態度に現れていた。しかし、主人の失踪、あるいは少なくとも姿を見せなかったことを聞くと、かれは不安になり、そんなことはまったく意図していなかったことを認めた。かれは杯《カリス》が今はロンドンにないことを認めた。公爵とその友人たちが水曜日に杯《カリス》を持ち去ったのだ。スウェーツは、かれ自身と訪問者たちに向かって、今日は木曜日であり、公爵がいなくなってまだ十二時間以上経過していない――つまりたいして長い時間ではないと指摘した。

「昨日の四時から今日の十二時まで――二十時間だ」警部補は言った。

「まあ、二十四時間ではありません」スウェーツは答えた。「一晩だけ、と言えるかもしれません。そんなに長くはありませんが、もし閣下がなにかで忙しかったら、簡単にはそこから離れられないのかもしれません」

「公爵は予告なしに留守にすることが多いのですか？」警視監がたずねた。

めったにない、とスウェーツは認めたが、それは周知のことだった。一度、ちょっとした遊びに出かけ、二十四時間ずっと戻ってこなかったことがあった。それでも、閣下は月曜日と火曜日に、なにかプライベートなこと、なにやら杯《カリス》に関することでとても心配していた。

公爵は叔母の女公爵にはなにも話していない、とスウェーツは思った。公爵は叔母と話す習慣がなかったからだ。そしてスウェーツは訪問者たちに、女公爵に聞き取り調査をしないよう強く説得した。彼女は悪名高いおしゃべり屋で、警察が捜査している事件は、すぐに何千もの居間で話題になるだろう。調査しなければならないのなら、警察は独自のルートでそうするように、と具申した。

しかし、警視監がいらだたしかったのは、まさに当の警察独自のやり方だった。かれはスウェーツに、公爵が戻ったらすぐに知らせるように、あるいは公爵の知らせが届いたら教えるように、あるいは公爵が戻ってこなければ二時間ごとに電話で報告するようにと強く勧告した。それから警部補とともに撤退した。

「さて」ふたたび通りに出ると、警視監は言った。「コルクホーン、きみはファードルズに戻って、なにか見つけられるかどうか調べてくれ。状況からすると、大執事と話をして、グレゴリイ・パーシモンズの動向に目を光らせておくといいかもしれない。もうひとり、手助けをつかわそう。あともうひとつだけ思いだした。コンヤーズ警視長が月曜日に警察署に来て、公爵と大執事、もうひとりについてたずねた。また、例の呪われた杯《カリス》をグレゴリイに手渡した北ロンドン在住のギリシャ人についてもたずねた。その人物に張り込みをつけよう。あとで電話して、なにがあったか教えてくれ」

夕方近くになって、警視監は三件の電話報告を受けた。最初の報告はスウェーツからのもので、それまでと同様に、「なにも起きていません、警視監殿。公爵閣下は戻っておらず、報《しら》せもありません」と述べたが、今回はこう付け加えた。「女公爵が不安がっています、警視監殿。夫人は警察に相談しようと話しています。電話を繋ぎましょうか？」

「いや、頼むから」警視監はあわてて言った。「女公爵になにか、なんでもいいから伝えてくれ。最寄りの警察署に電話するように言ってくれ……いや、彼女はわたしのことを知っているから、そんなことはしない。よし、スウェーツ、繋いでくれ」

女公爵と通話が繋がり、警視監は彼女からほんとうに欲しかったもの——捜査許可を入手した。そして、通話が切られたふりをした。

数分後、警視監はコルクホーン警部補から電話報告を受けた。

「大執事がいません、警視監殿」警部補は報告した。「昼食の直前、われわれが公爵邸にいたころにロンドンに出発しています。いつ戻ってくるかはわかりません。グレゴリイ・パーシモンズも昼食直後に出発しました。かれとわたしは電車ですれちがったのでしょう。ラックストローは妻といっしょにパーシモンズ邸の敷地内のコテージにいます。どうやら幼い男の子がいるようですが、パーシモンズ邸のメイドがロンドンに連れて行ったようです。わたしはラックストローが関係していると、なにがなしわかっていました」

「パーシモンズ、家族思いの人だ」警視監は言った。「かれが来ることを知らせてくれればよかったのに。そうすれば、われわれが守ってやれた」

「でも、警視監殿、わたしがここに来る前に、かれも大執事も出かけていました」警部補は辛抱強く言った。「そちらに戻ってもいいですか?」

「いや、そうは思わん」警部補の上司は言った。「とにかく今日はそこに留まり、明日なにか新しい情報があれば知らせてくれ。ピュイットをフィンチリイ・ロードに手配したが、まだ報告がない。すべては偶然だ。われわれはなにを探しているのかほんとうにわからんよ」

「われわれは、グレゴリイ・パーシモンズがパティソンを殺害した動機を調べているのだと思っていました、警視監殿」コルクホーン警部補は答えた。

「だと思うよ」警部補の上司は言った。「でも、われわれはパーシモンズのおこぼれを狙って飛びまわるスズメみたいなもんだ。さあ、つづけてくれ。おこぼれをひとつでも拾えるかどうか嗅ぎまわれ。明日はそのおすそわけにあずかれたらいいな。じゃあな」

警視監は腰を下ろして、タバコに火をつけ、ほかの仕事に取りかかった。八時半ごろ、ピュイットが電話をかけてきた。ピュイットは、この種の仕事の単なる機械的な部分を試されている若者である。ほぼ一日中別の仕事に従事したあとで、二時間ほどまえにフィンチリイ・ロードに送られたばかりだった。かれの声は、落ち込んで心配そうに聞こえた。

「もしもし、ピュイットです」かれは警視監に通話が繋がると言った。「わたしは――わたしはかなり困った状況に陥っています、警視監殿。わたしは――われわれは――家を見つけることができません」

「なにができないだと？」ピュイットの上司はきいた。

「家が見つかりません、警視監殿」ピュイットは繰り返した。「バカげた話だとは思いますが、真実です。どうやらこのあたりに該当する建物は見あたりません」

警視監は電話口で目を瞬《しばたた》いてたずねた。「きみは頭がおかしいのか、それともただのバカなのか、ピュイット？　少なくとも、一人前かそれ以上の頭脳を持っていると思っていた。住所を失くしたのか、それともなにか？」

「いいえ」ピュイットは言った。「住所は正確に把握しています。ロード・メイヤー・ストリートです。薬種屋だとおっしゃいましたが、それらしき店はありません。もちろん、霧のせいで見晴らしがかなり悪いのですが、それでもそこにはないようです」

「霧？」警視監は言った。

「ここノース・ロンドンでは霧がすごく濃いんです」ピュイットは答えた。「まさに濃霧です」

「教えた住所の通りにいるんだろうな？」上司がたずねた。

「まちがいありません、警視監殿。当直中の巡査もここにいます。店のことは覚えているようですが、かれにも見つけられません。警視監殿、われわれが見つけたのは――」

「ちょっと待て」警視監は口を挟むと、ベルを鳴らして、住所氏名録を取り寄せた。ついで、それを見ながら話をつづけた。「さあ、いいぞ、どこから始める？」

「ジョージ・ギディングス、食料雑貨商」

「よし」

「サミュエル・マーチソン、菓子職人」

「よし」

「ミセス・ソログッド、下宿経営者」

「おい、ふざけるな」警視監は激怒した。「一軒、すっとばしてるぞ。ディミトリ・ラヴロドプロス、薬剤師」

「でも、ありません、警視監殿」ピュイットは不満そうに言った。「霧はとても濃いのですが、店を丸ごと見逃すはずがありません」

「しかし、コンヤーズ警視長はそこに行ったことがある」警視監は声を張りあげた。

「そこに行って、その悪辣な男と話をしたんだ。ああ、そこにいるにちがいない！ピュイット、きみは酔っぱらってるな」

「そんな感じです、警視監殿。この件に関しては」ピュイットは悲痛な口調で言った。

「でも、酔っているわけではありません。わたしも住所氏名録を見ましたし、そこに記されていますが、実際には存在しません。薬種屋はただ消えてしまったのです」

「一枚ガラスのショーウィンドウをうかつにも通り過ぎたにちがいない」通話相手は苦々しく言った。「いいか、ピュイット、わしもそっちに行く。その結果、わしがその家を見つけたら、きみときみの友人の警官は、神の御加護を乞うことになる。八つ裂きにして食ってやるぞ。もし見つけられなかったら、わしが神のご加護を乞う」警視監は受話器を戻しながら言った。「公爵と同じように家が消えていたら、わしにはもうこの一件は手におえん」

　ロード・メイヤー・ストリートに着くまで、予想よりずっと時間がかかった。タクシーが北へ向かうにつれ、最初はかすかな霧が出てきたが、その後、タリー・ホー・コーナーに着くまえには濃くなっていった。実際、しばらくすると、タクシーの運転手はそれ以上先へ進むことを拒否し、警視監はゆっくりと歩いて進んだ。フィンチリイ・ロードを漠然とおおまかに知っていただけなので、長時間を費やして多くの危険を冒したのち、ようやく目的地に近づいた。そしてロード・メイヤー・ストリートの角と思われる場所で、立ち止まっている人物にぶつかった。

「なんだ――」と警視監。「おっと、すみません。なんだ、おまえか、ピュイット。くそっ、ぶつかる前に声をあげろ。いい、もういい。でも、通りの角に突っ立っていても家は見つからんぞ。巡査はどこだ？　なぜいっしょに行動しない？　なんと、ここにいたのか！　おまえたちのどちらかでも、街角で伝道集会を開くかわりに問題の家を探せなかったのか？　頼むから謝るな、さもないと、わしも謝罪の言葉を口にしなければならなくなり、その結果、車座で話し合う動物園のチンパンジーのように見えるぞ。わたしの機嫌が悪いのは、おまえたちも先刻承知のはず。さあ、探しに行くぞ。まず、食料雑貨店はどこだ？」

その場所が指さされた。そのあとで、警視監が先頭に、ついでピュイットがつづき、最後尾に巡査がついた。家々に沿って進み、窓に懐中電灯を向けた。「あれは食料雑貨店だ」と警視監。「そしてここは――ひどい霧がこれまで以上に濃くなっている――食料雑貨店の端だろう。少なくとも窓の端だ。それならここは菓子屋にちがいない。ケーキが見えたと思う。ブラインドは半分だけ下がっている。そしてここにドアがある、菓子屋のドアだ。こうやって探そうとは思わなかったのか、ピュイット？」

「いいえ、巡査といっしょに十七回ほどやりました」ピュイットは言った。

警視監は、その答えを無視して先へ進んだ。「これが菓子屋のふたつ目の窓の終わりだ」かれは勝ち誇ったように言った。「そして、ここに壁がある……さらに壁がつづいて……ここに門がある」そこでかれは、確信が持てずに立ち止まった。

「はい、警視監殿」ピュイットは言った。「ミセス・ソログッドの門です。そこへ行きましたが、夫人は年老いた女性で、かなり耳が遠く、下宿人の中には休暇中の人もいれば、まだ仕事から帰っていない人もいます。それでこちらがなにを言っているのか彼女に理解してもらえませんでした。少し前にもう一度試してみましたが、夫人は玄関にさえ出て来ませんでした」

警視監は門を見た。というか、霧を見た。門は見えなかったからだ。部下の姿も見えなかった。ピュイットという名の、より濃い影をかろうじて認識できただけだ。警視監は門に触れた。まちがいなく門だ。立ち止まり、住所氏名録で調べたページを念頭に想起した。そうだ、菓子職人のマーチソンとミセス・ソログッドの下宿屋とのあいだに薬剤師ディミトリ・ラヴロドプロスの名が記されていたはずだ。

「菓子屋を訪ねてみたか？」副本部長はたずねた。

「ええ、二階の窓から首を出してしか話をしませんでした」ピュイットは言った。

「でも、たずねてみました。すると霧の中でドアをノックしてまわっている人がどんな人間か知っていると言っていました。かれは窓がふたつあると断言し、薬種屋は隣だと言いました。しかし、どういうわけか、その隣を見つけることができませんでした」

「どこかの角を曲がったところにあるにちがいない」警視監は言った。

「ええ、まちがいなく、きっとどこかの角を曲がったところにありますよ」ピュイットは請け合った。

副本部長は、どこかに裂け目が生じ始めたような気がした。すべてが消え去ったようだった。公爵は家に帰っていなかったし、モーニントンも、それがだれなのか知らなかったが、戻っていなかった。大執事とグレゴリイ・パーシモンズは外出している。そして今、家全体が飲み込まれてしまったようだった。かれはゆっくりと角に戻り、部下たちもあとにしたがった。それからもう一度、非常にゆっくりと窓辺にしゃがみこんだ。菓子屋のドアの両側にはブラインドのない細長いガラス窓があり、それぞれの窓には、鼻から一インチ半以内にスコーンやパンやジャムタルトがぼんやりと見えた。たしかに、一番奥の窓も最初の窓と同様、薬種屋のそれではない。しかし、二度目に窓辺に戻ってきて、それを押してみると、指の腹にざらざらした壁を、ついで鉄の門を感じた。

住所氏名録とコンヤーズ警視長の双方ともまちがっているのにちがいない、と警視監は思った。ほかに説明がつかない。ディミトリ・ラヴロドプロスは引っ越して、菓子屋が店を引き継いだにちがいない。だが、コンヤーズ警視長が電話してきたのは月曜日で、今日は木曜日だ。それに菓子屋の店主は、薬種屋は隣にあると言っている。かれはふたたび壁を触った。ここにあるはずだ。

「ピュイット、どう思う？」警視監はきいた。

霧の中からピュイットが答えた。「気に入りません、警視監殿。あえて言うなら、勘違いしているのでしょうが、どうにもいやな予感がします。不自然です」

「悪魔が家を持ち去ったと考えてるのか」副本部長は言いながら、その朝勉強した聖書のことを自ずと思い出した。そして、いらだちのあまり壁をたたいて言った。「ちくしょう、薬種屋はここにあるはずだ」だが、店はなかった。

かれらがひとかたまりになって立っていると、突然、足元の地面が揺れて震えたように思えた。ピュイットと巡査は叫び声をあげ、警視監は飛びのいた。

もう一度、大地が揺れた。「なんてことだ」警視監が声を張りあげた。「いったい七つの悪魔が世界になにを起こしている？　ピュイット、そこにいるのか？」驚いて飛びのいたせいで、かれは部下のふたりから隔絶してしまった。なんらかの返事が聞こえたが、自分ひとりしかいないことに気づき、にわかに恐怖を感じた。ふたたび地面が足元で震え、どこからともなく吹いてきた冷たい強風が顔を打った。

霧があまりにも濃かったので、警視監はよろめいて倒れそうになった。だが、落ち着きを取り戻すと、周囲の霧が晴れていく様子がわかった。見知らぬ男が目の前に立っていた。その人物の背後に突然、薬種屋の窓が現われた。見知らぬ男が警視監のところにやって来た。「グレゴリイ・パーシモンズです」男は言った。「殺人罪で自首します」

第十七章　生者と死者の結婚

その朝、コルクホーン警部補がパティソン殺害事件について上司と話し合っているあいだ、カストラ・パルヴロールムの大執事は書斎で教区の事務仕事をこなしていた。ケネス・モーニントンが日中に訪ねてくることはあまり期待していなかったが、実際には、かれの来訪を望んでいた。同時に、ラックストロー家のコテージまで歩いて行って、患者の容態がどうなっているか聞こうかと考えていた。モーニントンと公爵が前日に感じた疑惑は頭に浮かばなかった。というのも、なにか新たな要求が生じてふたたび行動に駆り立てられるまで、例の出来事は一件落着したものと受け入れていたからである。だがそれ以上に、公爵と衝突したためになにが起こったのか理解できていなかったのだ。大執事は、新しい医者が意志の力か薬でバーバラを落ち着かせることができたのだろうと考えていた。また、聖杯《グラール》を所有することに対する医者の熱狂は、グレゴリイの度を越した執着と同じくらい不品行であるように思えたが、結局のところ、それは自分の問題ではない。昨夜の会話を心に留めて考察したが、それもまた、なんらかの行動を起こす動機とはならず、すべてのものの〈動作の主〉に仕えることが自分の務めであると結論づけた。今は日曜学校の出席簿についてメモを取りつづけていた。日曜学校は重荷だったが、村の母親たちに期待されていたので、自分には要求を満たす義務があると感じていた。ときおり、「わたしの子羊を養いなさい」と自身につぶやいたが、その聖句の適切な引用についての深い疑念に囚われるのだった。ファードルズの日曜学校でさえ自分たちに与えられた食物がキリストの意図したものであったかどうか確信が持てなかった。しかし、それもまた、神の救い主が清めて善いものにしてくださるだろう。

家政婦のラックスパロー夫人が戸口に現れて言った。「ミスター・パーシモンズがいらしてます。お時間があれば、少しお会いしたいそうです」そして小声で付け加えた。「収穫祭のことだと思います」

「ほんとうですか?」大執事は驚いてたずねると、少し声音を変えてもう一度、「ほんとうですか!」ときいた。ミスター・パーシモンズの態度には堪忍袋の緒が切れそうだ。大執事は立ちあがると、訪問者と対話するために玄関ホールに行った。

「お手数をおかけしてたいへん申し訳ありません、大執事様」グレゴリイ・パーシモンズは微笑みながら言った。「この手紙をあなたに直接届けるよう頼まれました。あなたが受け取ったかどうか、そして返事があるかどうか確認しなければなりません」

大執事は、小さな霜の降りた池のように光る手紙を受け取って開いた。それを一度読み、二度読み、顔をあげると、グレゴリイが正面玄関から外を見つめていた。かれは三度読み、突っ立ったまま考えた。

「『アモリ人の王シホン』」大執事はぼんやりと口ずさんだ。「『バサンの王オグ。かれの慈悲は永遠につづく』。この手紙になにが書いてあるかご存じですか、ミスター・パーシモンズ?」

「おそれおおくも、知っています」グレゴリイは愛らしく答えた。「状況が……」

「はい」大執事は沈思黙考しながらひとりごちた。「ええ、当然です」

「当然ですって?」グレゴリイは、まるで会話の口火を切るかのような調子でたずねた。

「まあ、失礼な言い方をするつもりはありませんが」大執事は言った。「第一に、実際のところ、あなたはおそらく手紙の内容を知っている。第二に、あなたがそれを書いたのでしょう。そして第三に、あなたはおそらく、そして当然、いずれにせよ他人の手紙を盗み読みするでしょう。ええ、そうですね、どうもありがとう」

「なにも質問はないんですか?」グレゴリイはたずねた。

「ええ」大執事は答えた。「質問はありません。わたしはあなたを制する手段を持ち合わせていない。わたしにはないのです。そして、ほんとうの意味で神に逆らうことを習慣にしている人たちに頼るなんて夢にも思いません。かれらはほぼまちがいなく、すべての平衡感覚を失うでしょう」

「まあ」とグレゴリイ「あなたの好きにしてください。でも、そこに書かれていることは真実です。われわれはかれらを掌握しており、すぐにでも殺せる」

「そうすれば、かれらはかなりの厄介事から解放されますね?」と大執事。「かれらは、本気でわたしに介入してほしいと思っていますか? 『今すぐ死ぬこと。今、最高に幸せになること』ですよ」

「ああ、あなたの言うとおりだ」グレゴリイは不当にも激怒して言った。「だが、あの若者たちは死にたいとでも思っているのか? それとも、あなたはかれらが死ぬために捧げた器《ヴェセル》が権力と破壊の道具にされるのを見たいのか?」

「これから自分がどうしたらいいのかわかっているなら、あなたに教えます」大執事は答えた。「でも、それがわからない。それにあなたは、わたしが行くとしたらどこに行けばよいかを教えるのを失念しています」

グレゴリイは落ち着きを取り戻すと、ある住所を告げて玄関ドアに戻り、そこで庭の美しさについてひとくさり語ってから姿を消した。大執事は書斎に戻り、ドアを閉めて、心の静寂と導きに身を委ねた。

グレゴリイは、〈カリー〉に向かった。牧師とのちょっとしたやり取りで実に愉悦を味わったが、歩きながら新たな危惧が湧きあがってくるのを感じた。恐れよりむしろ疑念に近い不安だった。偶然にも、自分は欲望や所有や権力に満足を見出さない二、三人の人物と接触していることに気づいた。破壊の力はマナセの飢えを満たすようには見えず、財宝の豊かさは大執事の飢えを刺激するようには見えなかった。そして、グレゴリイは不慣れな地域を移動しているとき、欠けているのは歓喜だと感じた。かつては、威圧したり苦しめたりすることが自分のよろこびだったが、マナセの貪欲は決して満たされることがない。そして、大執事が平和に暮らしていたことを表す言葉としての歓喜はあまりにも小さすぎる。自分の矢がむなしく放たれた相手である大執事のことを思うと、静寂の空が頭上に広がった。グレゴリイは、それが東から西へと走っていくのを見た。その下、空虚の平らな円の真ん中に毒を吐き出すギリシャ人の顔が見えた。まったくおかしなことだが、無益であることが腹立たしかった。最悪な出来の娯楽小説に費やされた資本の割合について息子に表明したときと同じようないらだちを覚えたことがあった。気晴らしは実に結構だが、娯楽は単に無益であってはならない。無駄であることが、腹立たしい。さながらかつて、自分の父親が単なる愚か者で、老齢の心配から感情と力を浪費したことにいらだたせられたように。力の浪費こそが無意味なのだとエイドリアンに教えなければならない——権力こそが霊的なものの目的であり、サタンは力の主なのだ。〈カリー〉の門をくぐると、眼前に窓があった。かつてエイドリアンの父親と話をした場所だ。「売春宿の聖職者」と不意に思った。聖職者でさえ権力を欲している。そして突然の絶望の中で、グレゴリイは空の変わらない静けさと、その何マイルも下で魔宴《サバト》の炎さえも無益に跳ねているのを見た。ここで見知らぬ若い男と出会ったのだ。「奴隷だけが立ち入ることができる、そしてかれらは影の中にいるだけだ」。だが、自分は奴隷ではない。その高慢さが膨らむにつれて、空がグレゴリイを嘲笑した。奴隷、奴隷と声がして、ホールに足を踏み入れると、ふたたびその言葉が耳に響きわたった。

グレゴリイは、メイドのジェシーと幼いエイドリアンに会いに行った。かれらは敷地内にいたので、ふたりを探すついでにライオネルとバーバラも探した。しかし、かれら夫婦には会えなかった。ジェシーとエイドリアンには出会えた。少年は見るからにくつろいでいて、複雑で果てしない物語を自分自身に語っている。ジェシーは小川を覗き込んで物想いにふけっている。グレゴリイは彼女が考えていることを想像して微笑んだ。ジェシーは、グレゴリイの妻——精神病院にいる——かれの妻についてなにも知らない。そこでグレゴリイは彼女に〝パーシモンズ夫人〟と声をかけそうになったが、やめておいた。

バーバラは、あいかわらず元気そうだった。彼女は、夫のラックストローに休むように言われるまで息子のエイドリアンと一時間過ごした。その後、ジェシーとエイドリアンは庭に出て、そこで見知らぬ紳士と出会ったという。その若い男は、エイドリアンとしばらく話をしたり遊んだりしていた。グレゴリイは、その一件を知って眉をひそめた。だが、ジェシーの言い分では、自分は承認しなかったが、エイドリアンが相手をとても温かく迎えたので、ふたりは古い友人だと思って制止することができなかったのだ。

「だが、その男はわしの敷地内でなにをしていた?」グレゴリイはたずねた。

「わかりません」ジェシーは答えた。「ラックストロー家のことを知っているようでしたし、あなたを存じていると言ってました」

グレゴリイは、それがジェシーの腹蔵ない言葉なのかどうか疑ったが、叱責するほどの価値はないと思った。彼女は、一週間もしないうちにウィーンやアドリアノープル、あるいはもっと東のどこかにいる見知らぬ人と友だちになりたくてたまらなくなるかもしれない。

「どんな人相風体だった?」グレゴリイはきいた。

「ええ、かなり若くて、すごく異国人風で、全身グレーの服でした。エイドリアンとは半分くらい外国語で話をしているようでした」

グレゴリイは突然立ち止まり、それからまた歩き始めた。ジャイルズ卿は、その見知らぬ人についてなんと言っていただろうか。また、その正体不明の男はだれを想起させたのだろう。もちろん、大執事だ。ふたりともどこか遠く離れた静けさ、挑発的で圧倒的な超然とした態度を有している。前日の出来事に興奮したあまり、マナセに相談するのをすっかり忘れていた。まあ、夜までには心の平安を取り戻しているだろう。しかし、ふたりが外国語で話をしていた件は無性に気になる。エイドリアンが自分以外の、自分の知らないだれかと親しい友人関係になるのではないか不安だ。ジャイルズ卿の戯言になにかあるとしたら……グレゴリイは落ち着きを取り戻し、ジェシーのほうにくるりと向き直った。

「ロンドンに行こう」グレゴリイは言った。「わしときみとで昼食後すぐにエイドリアンの面倒を見るようにするんだ。明日はちょっと海外に行くかもしれない。突然だがしかたない。それに口外するほどのことでもない。頼んだよ」

かくてコルクホーン警部補が教区牧師館で家政婦のラックスパロー夫人に尋問を終えるころには、グレゴリイはエイドリアンとジェシーとともにロード・メイヤー・ストリートに到着していた。薬種屋は閉まっていたが、マナセはかれらを中に入れ、ジェシーはまず台所に案内され、その後、エイドリアンといっしょに寝る予定の二階の小部屋へ案内された。

ジェシーはノース・ライディングス公爵が縛られて横たわっている地下室を素通りさせられ、エイドリアンといっしょに裏の部屋に急いで通された。そこには物想いにふけりながら窓の外を眺めている大執事がいた。ジェシーとエイドリアンが室内を通り抜けるさい、大執事はふたりをちらっと見たが、どちらの顔からもなんの感慨も受けなかった。グレゴリイはエイドリアンに新しいおもちゃを二つ三つ与えていたが、ジェシーには、早く寝かせたほうがよいこと、そして部屋が変わったので目を覚まして怖がったときのために、エイドリアンといっしょにいたほうがよいと伝えた。

虜《とりこ》との対応をすませてから、グレゴリイは店内の仲間たちのところへ戻った。大執事は窓の外を見るのをやめ、窓際で隠者レディ・ジュリアンの黙示録を読んでいた。

「では、かれは来たんだな」グレゴリイは言った。

「来たよ」マナセは答えた。「期待していなかったのか?」

「知らなかった」グレゴリイは言った。「今朝はまったくそのようには見えなかったし、それになぜ現れたのかもわからない」

「かれが来たのは」ギリシャ人のディミトリが言った。「われわれがここにいるのと同じ理由からだ。世界のありとあらゆる存在が破滅へといそいでいるからだ。おまえは、これからどうするか決意と準備はできているか?」

グレゴリイは半開きのドアから後ろを振り返った。「何時間も考えてきた。決心したし、準備もできている」

「それなら、なんでぐずぐずしている——?」ギリシャ人は言った。「おれはこの店を雲の中に隠し、おれたちの心の中に引き寄せ、仕事が終わるまで外部の人間は入ってこられないようにした」

グレゴリイは思わず窓の方を見た。すると、窓の上に濃い闇が立ち昇っているのが見えた。外にいる人にはただの霧のように見えたが、その闇はただの霧ではなく、まるでなにか生き物が周囲で脈打っているかのように、あらゆる色彩と動きに満ちていた。ギリシャ人は向きを変えて奥の部屋に入り、グレゴリイもそのあとを追った。そこではすでに闇が広がりつつあり、大執事は読書をやめて、つぎになにが起こるか待っていた。かれはその日ずっと、朝にグレゴリイと話して以来、自分が従順に生きるようゆっくりと教えてきた力がしだいに後退し、自分から去っていくのを感じていた。着実にそして継続的にそのプロセスがつづき、今、敵と対峙したとき、巡礼の旅の途中で自分を襲った内なる喪失感が、最終的に圧倒的な荒廃へと成長していくのを感じた。かれはまた、いつものように自分に言った。「これもまたあなただ」なぜなら、荒廃も豊かさも、すべてを知るための手段に過ぎない。しかし、かれは小部屋の暗闇の中で、グレゴリイとマナセ、そして見知らぬ三人目の男がドアからこっちを見つめている中で、異常に孤独を感じていた。

ギリシャ人はゆっくり前進すると、しばらく考えたのちに言った。「なぜここに来ることになったのかわかっているか？」

「わたしは神の意志に従って来ました」大執事は言った。「なぜ呼んだのです?」

「やらなければならないことがあるから。あんたはその手伝いをすることになる」ギリシャ人がそう言うと、マナセは貪欲で満足げな奇声をそっと発して大執事の腕をつかんだ。グレゴリイはかれのもう一方の肩をつかんだ。

「おまえにも手伝ってもらう」ギリシャ人のディミトリは微笑みながら言った。グレゴリイはかれの笑顔を初めて見た。ついで突然、ギリシャ人は激しく痙攣しながら言った。「そいつを連れて行き、縛って寝かしておけ」

命令は、すぐに行動に移された。大執事は抵抗できなかった。相手の力が強かったからというより、内なるエネルギーの減少が今や身体に影響をおよぼし、刻々と衰弱していたからである。マナセに床に倒されると、衣服を引き裂かれて、胸を露出させられた。ついでギリシャ人が窓際のテーブルから聖杯《グラール》を持ってきて大執事の上に置いた。すると、闇がますます濃くなり、周囲で蠢き、渦巻いた。大執事は、頭上でグレゴリイがこう言うのを耳にした。「印を結んだり儀式を行ったりしないのか?」するとギリシャ人が答えた。「おれたちはそのようなものから遠ざかっている。唯一の方法は、すでに杯に満たしておいた血だ。おれたちの意図には唯一の安全策がある。おまえは自分が殺した男のことを思い出せ。やつのイメージを心に描き、それをこの男の存在に刻み込むんだ。その行為を通して、マナセとおれが事をなす」

大執事は闇に完全に覆いつくされて横たわりながら、しばらくのあいだ薄暗い夜が無駄に過ぎていくこと以外なにもわからなかった。その後、暗闇の中、自分のまわりに三つの点とエネルギーがあることに気づいた。それぞれの点から、方向性のある力の光線が発せられている。それらの光線はまだ自分に直接向けられていない。また、それぞれの光線の性質が異なっていることにも気づいた。自分にもっとも近い光線は、同時にもっとも不明瞭だったからだ。それは震え、よろめいており、大執事がこれまで人間たちのあいだで見られた怒りに似ていた。赤くて、変化しやすく、死を招くもの。その怒りは、かれらが去った地球上ではグレゴリイ・パーシモンズとして知られていた人間の中心から出たものだった。その中心は人間の自然な欲望によって今も震えている。大執事は力のおよぶかぎり、あらゆる欲望を満たす手段として、聖職者としての精神と信仰に身を捧げた。そのような情熱によって地獄が大入り満員となったり、神に対する最後の拒絶がなされたりするのではない。

しかし、怒りにも似た光線は、それ自身の力でたえまなく直進しているのではなかった。より強大な力によって制御され、指揮されていた。別の中心から別の力が発せられ、それに対抗するには、いまあるすべての力が必要であることを犠牲者である大執事は悟った。狂気、苦痛を与える病気、そして神々の復讐など、あらゆる憎むべき、分離をもたらす、死をもたらすものの知識が大執事に襲いかかった。これは創造物が自らを捕食する飢餓だ。自らを消耗させる毒物以外にはなんの効果もない超自然的な飢餓である。死ぬことのできない第二の死であり、飢えた死の使命を帯びて不死の世界を活発に駆け巡っている。その使命がなんであるかは、まだ大執事にはわからなかった。光線は大執事の上のどこかで動き、やがて中央の暗闇が聖杯《グラール》を隠した場所で消えた。しかし、大執事はその使命がすぐに明らかになることを知っており、あらゆる種類の誕生の完成を霊的な行為によって確実にした。

大執事がそうしているあいだにも、行為そのものが震え、ほとんど死にかけた。かれの上を第三のエネルギーの流れが通り過ぎ、それが通過すること自体がかれの存在の中心を根源から揺さぶったからである。それはもはや使命でも欲望でも、探求でも布教活動でも飢えでもなかった。絶対的な拒絶だった。いかなる人間の心も、自然で適切な欲望にもとづかない欲望を思いつくことはできない。死への渇望さえも、すべての聖なる誕生に先立つ死の歪曲にすぎない。しかし、それは考えられるあらゆる欲望、考えられないあらゆる欲望の否定である。欲望そのものは病的なものだが、死に至るものではない。拒絶はすべてのものを引き裂き、奈落の底へと落下させながら、すべてを一掃する。大執事は、その第三のエネルギーが緩やかに流れているにもかかわらず、自分が沈んでいくのを感じた。その場所がどこかにあるのなら、ここでこそ、宇宙の基盤はしっかりと支えられているにちがいない。そうでなければ、大執事と宇宙は永遠にともに破滅することになる。だがその基盤は、存在したとしても、かれから離れてしまった。大執事は必死に神に向かって叫んだが、神はかれの声を聞かなかった。三つの混じり合うエネルギーの流れはそのまま通り過ぎた。かれは気を失い、無力になりながら、さらなる終わりを待った。

少しだけ安堵した。また、数秒間、ぼんやりと外界に気づいた——頭上の息、胸に感じる杯《カップ》のかすかな感触、両腕を両脇に縛りつける紐の圧力。そしてゆっくりと、とても穏やかに、それらはふたたび消えてゆき、大執事は自分がなにかに方向づけられているのを感じた——それがなにかはわからなかったが。かれはいわば移動していた。運命づけられた逢瀬へと向かっていた。なにかに出会い、ひどく怖くなった。結婚が待ち受け、頭上の闇が形を成し、別の存在がそこにいることを知った。それはかれがこの逢瀬を憎み抵抗するのと同じくらい憎み抵抗する存在であり、かれが情け容赦なく駆り立てられるのと同じように駆り立てられた存在だった。長い年月を経て、それらはしだいに近づいてきた。欲望と死と完全な拒絶が、さまざまな世界から犠牲者を集め、ひとつに引き寄せた。大執事の身体はふたたび聖杯《グラール》を意識し、聖杯そのものから来訪者が現れた。もはや聖杯ではなく、人間がそこにいるのを感じた。弱々しく、不安に彩られ、悩まし気な顔が絶望したまなざしでこちらを見つめているのを目にした。それが自分の周囲を漂っているのを見て、それまでこれらすべての事象を受け入れていたかれの意識は、これまでとは違った感覚を持ち始めた。自身であったものの中に、自分とその他者が永遠に破壊し合う可能性を秘めた〈血〉を蓄えているあの器《ヴエセル》の中に、なんらかの侵入が強行された。そして、この知識自体が取り消され、自分が存在することはもはや記録されなかった。

大執事が意識を失っていたこの瞬間、かれを見下ろしている儀式の達人たちは、自分たちが手にしている目的のために最大限の底力を集中させた。その力のあまりの強烈さに、聖杯《グラール》がかれらの前で震えた。

ギリシャ人の指示に従い、グレゴリイは、それほど遠くない昔に殺したあの人物に意識を集中していた。一部は身の安全のため、一部は単なる娯楽のため、一部は神への捧げ物として。グレゴリイは、その哀れな男の生涯を思い返した――たわいもない万引きが発覚して自分の支配下に入った瞬間から、長年の奉仕と苦痛、自由への最後の努力、そして最後の意図的な帰還までを。パティソンは死ぬために戻り、与えられた命令にすべて忠実に従いながら死んだ。清潔で汚れのないシーツ、身分証はなし、わずかな所持品はどこかの地下鉄の駅のバッグに残し、切符は破棄した――パティソンは、すべてが主人の法則に魅了されて行われたことを知った。そして今、その法則はパティソンにさらなる働きかけをしようとしていた。法則は、かれの不確かな魂がさまよう影の場所でかれを探し、死後の夜を探検して、そこからかれを取り戻そうとした。グレゴリイはパティソンの魂に関する知識を心にしっかりと留め、その魂は深淵での孤独なさまよいから主のもとへ戻り始めた。今やかれの姿は上昇し始めた。数日前にエイドリアン少年の生霊が浮かんだように。しかも三度の呼びかけのおかげでさらに速く。幻想的な色彩の雲の泡が現れ、聖杯《グラール》から上昇し、濃くなって霧となり、形と顔を具現化した。聖杯《グラール》はかすかな緑色の光の中にぼんやりと見え、その光を通して、そしてその光の上に、呼び戻された魂が人間の姿をまとっていた。グレゴリイは、一瞬見えた顔の訴えに思わず微笑み、自分が崇拝する強大な力に虜《とりこ》となったふたりを捧げる努力を新たにした。ゆっくりと三人の力が勝利した。召喚された魂の影は徐々に沈み、床の動かない姿の上に広がり、少しずつそのまわりを流れ、その中に入り込んでいった。グレゴリイは、根を詰めた意識の集中にほとんど疲れ果て、聖杯《グラール》から朽ち果てた光のように輝く最後のかすかな霧が消えていくのを見て満足し、そこでやめようとした。しかし、他のふたりの仲間の知識とエネルギーは、こんなものは自分たちが費やしたたえまない力の中では精神的な悩み、永続する強迫観念以外のなにものでもない、と主張していた。パティソンと大執事のふたりの犠牲者の最終的な完璧な結婚には、さらになにかが必要だった。そして一瞬のうちに、そのなにかがやって来た。

器《ヴエセル》の周囲のかすかな輝きは薄れて消え、室内で蠢いていた闇はすべて、聖餐杯《カップ》の中で鼓動する夜のもっとも濃い核へと向かった。さながら、そこから現れたように。まるでその心臓がそこで鼓動しているかのように。実際、かれらは一瞬だけ、心臓の鼓動を聞き、感じた。すると突然、聖餐杯《カップ》の中から恐ろしい金色の光が吹き出した。喇叭《トランペット》がつぎからつぎへと吹き鳴らされ、空気が揺れた。聖杯《グラール》が一同の眼前で勢いよく燃えあがった。そしてその本質が、自らに触れられたとき、ついに勝利と眩いほどの力に目覚めた。光と喇叭《トランペット》が実際にそこにあったかどうかはわからない。しかし、なにかがあった？　なにかが一同の発したエネルギーを捕らえてかれらに返すと同時に、床に倒れている人物にまたがっているように見えた。聖杯《グラール》が宙に浮いているのか、それとももはや聖杯ではないのか――かれらにはわからなかった。かれらは、この空中浮遊、およびうっすらと可視化していく姿にあとずさった。聖杯《グラール》を頭上に掲げている男もまた深淵から戻ってきたのだ。男は顔をあげ、聖杯《グラール》が星々の散らばる夜空を突き抜けて燃えているのを見た。そして連禱を聞いた。その未知の言語の詠唱は、耳に届いたとき、かれの自然のままの心が慣れ親しみ慈しんできた格言へと変化した。

「主が贖《あがな》われた者たちに感謝せよ」と美声が歌い、その周囲から光と音が同時に応じた。「主の慈悲は永遠につづく」

「そして敵のわなから救い出された」とふたたび歌われ、そして今一度無限の合唱が響きわたった。「主の慈悲は永遠に続くからである」

大執事が腕を動かすと、縛られていた紐が切れた。聖杯《グラール》、あるいは聖杯だった男が前方に、そして上方に移動したので、大執事は上半身を起こした。かれの本性と霊的実体への恐ろしい侵入の感覚はすべて消え去った。かれは、以前見た覚えのある顔を、一瞬、近くのどこかで見た。その顔は解放感と至福と崇拝に満ちていた。大執事はケネス・モーニントンをどこか近くで目撃したが、すぐに見失い、ふたたび周囲で連禱が火のように渦巻いた。

「かれは大国を滅ぼした。かれの慈悲は永遠につづく。そして力ある王たちを倒した。かれの慈悲は永遠につづく」

大執事は立ちあがった。かれの前には光も闇も消え、いつものむき出しの汚れた部屋が広がっていた。そして聖杯《グラール》を両手に掲げた神官王の姿があった。その向こうには他の者たちが横たわっていた。グレゴリイはうつ伏せに倒れ、ユダヤ人のマナセは震えながら仰向けに身もだえし、ギリシャ人のディミトリはうずくまっていた。

「われはプレスター・ジョン」と声が響いた。「これから起こること、そして今起こっていることとの予言者である。聖杯《グラール》の中心を探し求めてきたあなたたちよ、われを通してあなたたちが求めるものを見よ、われからあなたたち自身がなんであるかを受け取れ。正しい者は、なお正しいままでいなさい。汚れた者は、なお汚れたままでいなさい。われは拒絶を求めた者にとっては拒絶であり、破壊をもたらした者にとっては破壊であり、犠牲を捧げた者にとっては犠牲である。友人には友人、恋人には恋人、われはすべてを捨てる。われはわれ自身であり、われを遣わした者だからである。この戦争は終わり、すぐにつぎの戦争がつづく。時があなたがたにつづくうちに、あなたがたのしなければならないことをしなさい」

大執事は、グレゴリイがゆっくりと立ちあがるのを見た。マナセはじっと横たわっていた。ギリシャ人はさらに床にうずくまっていた。

「グレゴリイ・パーシモンズよ」と声はつづけた。「かれらはすぐ近くでそなたを待っている。人は兄弟を犠牲にしたり、兄弟のために神と契約したりできるだろうか？ ならば、かの男が死んだようにあなたも死になさい。そうすれば最後にはそなたも契約を結ぶことになるだろう。そなたはわれだけを求めたのだから」

グレゴリイは気だるげにドアに振り返り、そこへ向かった。神官王は大執事に向き直り、聖杯《グラール》を差し出した。「兄弟よ、友よ」プレスター・ジョンは言った。「あとはそなたの責任。そなたの友人のひとりは下にいます。もうひとりはわれとともにある。そなたの友人とこの聖餐杯《カップ》を持って戻りなさい。われは明日、そなたのところへ行く」

大執事は、いつものように落ち着いて聖杯《グラール》を手に取った。聖杯は、最後に見たときと同じようにくすんでいた。かれは床に横たわる人たちをちらりと見た。そして、自然の薄暮にきらめく長身の神官王の顔をもう一度見た。そして厳粛に、そして少し上品に、地下室へ向かった。

上の部屋では、メイドのジェシーがシェードのついたランプの明かりで目を覚ました。そして、その朝にエイドリアンと遊んだ見知らぬ男がそばに立っているのを見た。「来てください」その男がジェシーに言った。「雇い主は警察に捕まっています。今夜ファードルズに戻ります。子供のことは心配いりません」かれは眠っているエイドリアンを腕に抱き、黒い布で身体を包むと、「来てください。ドアのところで待っています」と言って、部屋を出て行った。

ジェシーは、どうやって〈カリー〉に戻ったのか、はっきりとは覚えていなかった。田舎道を走っているような漠然とした印象があり、車に乗っていたにちがいないと思っていた。のちに親友にこう語っている。「とても眠かったので、あの人は天使だったのかもしれない。警察がミスター・パーシモンズを間一髪で捕まえてくれたのは幸運だった。かれに頼まれたら、『いやです』と答えられたかどうかわからないから」

「でも、家もお金もかなり手に入ったはずよ」ジェシーの友人は遠まわしに言った。

「なんですって？　絞首刑に処せられた男の妻になる？」ジェシーは憤慨して言った。「殺人者の妻だなんて論外よ。バカなこと言わないで、リジー。わたしそんな女じゃない。だって、金のために自分を売るのと変わらないじゃないの」

第十八章　カストラ・パルヴロールム

ノース・ライディングス公爵は教区牧師館で夜を過ごした。かれと大執事はぐっすり眠ったが、ベッドに入るのはかなり遅かった。ふたりは五マイル離れた最寄りの分岐駅《ジャンクション》行きの最終列車に乗って戻ってきた。列車に乗っているときも歩いているときも、大執事は聖杯《グラール》に少々悩まされていた。かれは薬種屋を出るときに、店内から紙を拝借した。剝き出しのままの聖杯を持ち歩くことで不信心者に邪《よこしま》な行動をとらせないようにという考えだったが、うまく覆い隠すことができず、紙の端が揺れて聖餐杯《カップ》が見えてしまうのだった。列車に乗っていた陽気で少し酔った行楽者は、その状態を聖職者と教会の大幅な経費削減に関する愉快な自虐ネタだと見なして、なにかを言った。その一言が大執事に思案させた。ひょっとして自分は、達観していない幼子たちにとって躓《つまず》きの石となっているのではないかと。しかし、歩いているうちにいつもの平静さを取り戻し、今晩もふたりで寝ずの番をすべきだという公爵の思惑を巧みに否定した。

「すごく眠いんです」大執事は申し訳なさそうに、しかし毅然と言った。「結局、今日はかなり疲れた一日だったし——だれかが言ったように——わたしは曇りなき心で神に会うつもりです」

「ジョンソン博士の言葉だ」公爵は思わず不必要な情報を提供して、微笑んだ。「あなたの言うとおりです。神はわたしたちに睡眠も与えてくれました」

「主の慈悲は永遠につづくのです」大執事は心から答え、ふたりは夜を別れて過ごした。

バーバラはその朝早くにコテージで目を覚ました。〈カリー〉で寝るのが嫌になり、眠っているライオネルを起こさないようにして戸外へ出た。最初に目に入ったのは、前日に出会った、だれだか思い出せない若い男性と芝生で遊んでいるエイドリアンの姿だった。バーバラは大声を上げながら、ふたりのところへ駆け寄った。元気いっぱいのエイドリアンは、騒々しい金切り声で挨拶と情報提供をしながらバーバラに突進してきた。彼女は笑いながら、説明を求めて見知らぬ人を見た。

「グレゴリイ・パーシモンズは自白により殺人容疑で逮捕されました。わたしはその場にいたので、すぐにあなたの息子を連れて帰ったのです。エイドリアンはずっとぐっすり眠っていて、目覚めてからはここで遊んでいました」

バーバラは片手でエイドリアンを抱き、もう一方の手で自分の髪をかきあげた。そのさい、手首に長い傷跡が見えた。「それはどうも御親切に。でも、ミスター・パーシモンズが！　なんておそろしい！」

「ほんとうにそう思いますか、ラックストロー夫人？」相手は微笑みながらたずねた。

バーバラは顔を赤らめ、そのあとで深刻な表情で言った。「いいえ。まあ、少なくとも、どういうわけか驚きません。あなたに会ってから、ミスター・パーシモンズに対して以前と同じ気持ちではなくなりました」

「今も同じように感じるかもしれませんね」とプレスター・ジョンが応じたところで、エイドリアンにさえぎられた。

「静かにして、ぼうや！　教会に行く？　ええ、あなたが望むなら。でも、申し訳ないけど」バーバラは、見知らぬ人をもう一度見つめながら、さらに顔を赤らめて付け加えた。「わたしたち、定期的には教会に行ってないの」

「手段なんです」見知らぬ若者は答えた。「ほとんどの人にとってはおそらく最善であり、一部の人にとってはほぼ唯一の手段です。非常に重要なものだとは言いませんが、手段は存在することも存在しないこともできません。その手段を使わないのであれば、気にするのは無駄です。気にするのであれば、使わないのはもったいない」

「ええ」バーバラは怪訝な面持ちで言った。「ライオネルは子供のころ、かなりしつこく教会に行かされたので、今ではほとんど嫌がっているし、それで……」

「敵はいつも自分の家庭の中にいる」相手はやや悲しげな笑みを浮かべて答えたが、

バーバラにちらっと視線を向けられ、なにか別の意味があるのではないかと不審がられているようなので、先をつづけた。「でも、今朝はエイドリアンがあちらの教会で、わたしの従者を務めることになっている」

「従者ですって！」バーバラは驚いて言った。「でも、それは無理。まだ四歳で、なにも知らないし、それに……」

「ラックストロー夫人、息子さんはわたしに必要なことをすべてやってくれます」見知らぬ男は応じたが、エイドリアンの「ママ！　クリケットをやってきたんだけど、朝食のあとで遊んでくれる？」という言葉でまたもやかき消された。

「教会に行くんじゃなかったのかしら、ぼうや」バーバラは答えた。

「ああ、教会のあとも遊んでよ。おじさんもいっしょに？」エイドリアンは見知らぬ人にきいた。

答えるのが遅れたのは、ライオネルがパジャマ姿でコテージから出てきたのを見たからだ。見知らぬ若者は、依然として人生の大切さと切迫感に満ち溢れた気持ちでライオネルのもとに駆け寄った。そのあとを追って、バーバラとエイドリアンも戸口まで来た。

ライオネルは、ついにグレゴリイが白旗をあげた知らせに衝撃を受けたが、それは単に突然の出来事だったからである。そしてエイドリアンに視線を落とし、ある種の疑問と恐怖を感じた。もしや無邪気でなにも知らない頭脳に、来世でどんな運命がすでに待ち受けているのか植え付けられたのではないか？　そしてバーバラが、朝食、あるいは教会に行く前にコーヒーとビスケットやなにかを食べたらどうかしらとつぶやきながら、息子とともにコテージに消えていくと、見知らぬ男はライオネルに言った。「それでもかれは逃げるかもしれない」

ライオネルは顔をあげた。「ああ、そうだな」かれは漠然と言ったが、相手とふたりきりで立っているときの幻想が心の中ではっきりと形を成すのを感じた。「ああ、そうだ——が、破滅と絶望がかれを待っているのは確実だ」

「かもしれない」見知らぬ人は言った。「でも、おそらく幸せな破滅と幸運な絶望なのでしょう。それら自体は悪いものではありませんが、あなたはそれらを恐れすぎていると思います」

「ぼくはあらゆるものを恐れている」とライオネル。「どうして人々がもっと恐れないのか理解できない。都会は十分ひどいところで、人や物によって耳が聞こえなくなり目が見えなくなる。ここではすべてがとても静かで瞑想的だ。でも、その瞑想がなんなのか怖い」

「では、人生には楽しいことはなにもない？」とプレスター・ジョン。

ライオネルは、ほとんど残酷に聞こえる口調でこう答えた。「人生がもっとも楽しいとき、人はそれをもっとも疑うということがわからないのですか？　その瞬間に自分を麻薬漬けにして忘れないかぎりは」

「あなたは麻薬常用者にはあまり見えませんが」見知らぬ人は微笑みながら言った。「ほんとうに自分の恐怖を愛していないのですか？」

「ええ」とライオネル。「確信はありませんが。ぼくは、恐怖を嫌っているけれども、それを感じるのは好きだと思う。でも、なぜかはわからない」

「なぜなら、あなたは自分が生きていると感じているからです」とプレスター・ジョン。「恐怖から離れ、批判的で、苦しんでいるが、心と頭では生きている。あなたは死を望んでいる！　その望みそのものが、あなたが恐れをどれほど情熱的に感じ、いかに強く生きているかを物語っている」

ライオネルは少し微笑んで、「自虐者《ヒユートンテイモルメノス》？」と疑わしそうにたずねた。

「いや、そうではない」見知らぬ人は答えた。「しかし、あなたは日々の生活の幻想の中で自分を見失うことを恐れ、それらの苦痛が自分を救ってくれると考えています。しかし、わたしはあらゆる人々の欲望をもたらす。あなたはわたしになにを求めます？」

「消滅だ」ライオネルは答えた。「ぼくは命を求めたわけではない。でも、じきにそれがなくなることがわかっているから、いまは満足している。ぼくがいわゆる天国を望んでいると思うか？」

「少なくとも死は訪れるでしょう」相手は言った。「でも、神は与えるだけであり、与えることができるのは神自身だけであり、神は、神でさえ、自身の条件でしか与えることができない。数年待てば、神はあなたが望む死を与えてくれるでしょう。しかし、死と天国がひとつだとわかったとしても、あまり恨む必要はない」そして、〈カリー〉を指差した。「あの男は、すべての犠牲と犠牲そのものの神を強く望んでいたが、今や神を見つけた。けれど、あなたは、別の道を見つけるでしょう。消滅が始まるときに開く消滅の扉は、神としての消滅によってのみ開かれるからです」

プレスター・ジョンは空き地を横切って歩き去り、ライオネルがふたたびかれの姿を見たのは、シーザーが子供たちを母親の元に返したと言い伝えられている場所の上に建てられた教会の中だった。

ノース・ライディングス公爵は、自身のカトリック教会の厳格な作法に従順すぎるあまり、信徒席にはつかずドアの柱に寄りかかっていた。大執事は自分の席にいた。ちょっとした物珍しさに惹かれた他の信者たちが入ってくると、エイドリアンは母親の手を振りほどき、小刻みに足早に通路を駆けあがり、祭壇のそばでプレスター・ジョンが自分を迎えに来たところまで行った。典礼用の祭服に慣れているバーバラと公爵にとって、神官王は伝統のカズラをまとっているように見えた。ライオネルにとって、かれは朝の強い日差しの中で、清らかで裸で立っているように見えた。かれが子供にどう見えたかは、そのときも、それ以降もだれにもわからない。かれはエイドリアンを迎えるために片膝をつき、エイドリアンの突進に備えて腕を広げた。そしてふたりが相談をしているように見えた一瞬ののち、かれは子供をそっと横の聖体テーブルに引き寄せた。そこでエイドリアンは厳粛な面持ちで満足そうに足台に座り、神官王は祭壇に戻った。

鐘を鳴らす聖具係は村人たちといっしょにいたが、突然、かれらの頭上で鐘の音が聞こえた。これまで聞いたどの鐘の音よりも高く、遠く、はっきりと聞こえた。まるで音という概念そのものが鳴っているように感じられた。それはしだいに遠のいてゆき、鳴りやんだ。神官王が両手を開いて組み合わせた。すると、まるで百人の〈見張り人＝聖なる者〉が秘儀の始まりに身をよじり、息を吸ったかのように教会全体が揺れ動いた。公爵は困惑して少し身を乗り出した。かれは見慣れた姿を目にしたが、そこかしこで、常に片鱗だけ、あるいはどこかの片隅で見かけるだけで、そのたびに異なった外観のように思えた。さまざまな姿形をとるその人物は、いつも一瞬のうちに消えてしまうのだが、たしかにそこにいたのだ。公爵は、城に飾られている先祖たちの大ギャラリーで見知った顔とそれよりも古風で異質な数多くの顔、ターバンを巻いた頭、甲冑を身につけた姿、異様なローブ、そしてたくさんの王冠の輝きを目に捉えた。それらが消えると、エイドリアンが立ちあがり、儀式の執行司祭の側に寄っていくのが見えた。ついで公爵の耳には、かれらの声が明瞭かつ荘厳に聞こえた。

声ははっきりしていたが、なにを言っているのかはわからなかった。ドア近くにいる公爵にも、椅子のそばにひざまずいているバーバラにも覚えのあるフレーズがときおり聞こえた。「われは行かん《イントロイボ》」と公爵は聞いたように思ったし、それに対して子供の声が「神の祭壇に、わが青春に喜びを与え給う神に《アド・デウム・クイ・ラエティフィカト・ジュヴェントゥテルン・メアム》」と答えていると言われれば、そう信じたかもしれない。しかし、告解の申請がないか探したが無駄だった。そうしているうちに、神官王は祭壇のそばの階段を上がっていったが、公爵は去って行くその姿を見ていなかった。教会の周辺では、「キリストよ、憐れんでください」と声が響き渡り、やがてやんだ。

儀式に不慣れなバーバラは、ラテン語版集会祈禱書の一文しか理解できなかった。「全能の神よ、あなたにはすべての心が開かれ、すべての願いが知られ」——そして、息子の落ち着いた動作にうっとり見とれていたが、突然、聖書朗読の言葉にふたたび心を奪われた。「そして神は言った。われわれにかたどって、われわれに似せて人を造ろう。神はかれを神のかたちに創造し、かれらを男と女に創造した」その言葉の響きのおかげで、バーバラはほんの少し夫に寄り添った。そして手を伸ばして夫の手を見つけると、互いに手を繋いだまま最後まで儀式を見守った。神官王の声が福音を締めくった。「見よ、わたしはすべてのものを新しくする」

しかし大執事は、これらすべての言葉を聞いて、ひざまずきながら少し震えた。秘儀に近づくときの思いは消え、秘儀自体も消えた。もはや言葉と行為を区別しなかった。かれはその場にいて、はるか遠くで発せられてかすかに聞こえる言葉という行為の一部だった。「人を造ろう」――創造は起き上がり、流出し、その荘厳な帰還へと向かった――「われらにかたどり、われらに似せて」――偉大な代名詞は、その帰還の音だった。あらゆるものがどんどん速く動いていき、以前見たことのある狭い水路《チャネル》を通り抜ける。今や大執事自身もそこを通過して、他のあらゆるものの同様に似てはいるが異なる存在へとふたたび生まれ変わる――再生された者たちは静止したまま、夢にも思わなかった完璧さの中に溶け込んで一体化した。陽光――太陽そのもの――が、祭壇の前の直立した物体を通り抜け、闇と光がともにそこを通過していく。それらといっしょにすべてのものがその物体に流れ込んでいく。大執事は、その水路《チャネル》の端に立っているエイドリアンの小さな姿を見た。つぎの瞬間には、大執事自身も少年を追い越し、〈道〉の最終段階に入っていた。すべては覆い隠されていた。神官王の声は創造活動の音だった。大執事はこれから起こる解放《エクソダス》を待ち望んでいた。

すべてが覆い隠されていたが、完全にではなかったので、背後のどこかから、空間や経験の中で、公爵の「また司祭とともに《エ・ク・スピリット・トゥオ》」という声や、前方からの「心を高く上げなさい」という呼びかけ、あるいはまた背後からバーバラの「わたしたちは心を主に捧げます」という叫び、あるいはもっと高く、もっと威厳のある呼びかけで、「主に感謝を捧げましょう」という叫び、そして騒々しい歌声の中で、「そうするのが適切で正しいです」という応答に、ライオネル自身の声が加わった。

「そうすることが実に理にかなっている……」神官王は言った。三人はその言葉を聞いたが、それ以上の理解できる言葉は聞こえなかった。かれらはエイドリアンが動きまわるのを見た。かれらは少年が主の指示に応えて振り向いたときの厳粛で幸福な顔を見た。かれらは、少年が祭壇横に戻って、ふたたび足台に座り、膝を抱えて母親を見下ろし、自分の動作の一部始終が見守られていることに気づいているのを見た。今のところ、未知の音が鳴り響いている。ライオネルとバーバラのしっかりと結ばれて一体となった手をのぞいて、すべての分離されている存在が、あの高所にいる不動の姿に集中していた――動きがないのは、主の中ですべての動きが、〈かれ〉の動作が解放されるのを待っていたが、依然として、〈かれ〉は動かなかったからである。すべての音が止み、すべてのものが強烈な存在の停止状態に入り、〈かれ〉以外のどこにもなにもなかった。

〈かれ〉は立ちあがり、手を動かした。まるで祝福するかのようなその身振りによって、それまでずっと聖杯《グラール》の上にかかっていた黄金の光輪がすぐに解け、色彩となって広がっていった。それを見ていたすべての人々の中に生命が湧きあがり、満ちあふれ、かれらの心は高揚した。「われらにかたどり、われらに似せて、人を造ろう」〈かれ〉は歌い、目に見えるすべての教会と不可視の存在が叫び声で応えた。「神のかたちに創造された。男と女に創造された」すべてのものがふたたび存在し始めた。ライオネルとバーバラと公爵は、〈かれ〉が聖杯《グラール》を持ちあげると、動く星々の宇宙、そして空飛ぶ惑星がひとつ、野原と部屋、何千もの思い出の場所、そしてすべてが光と闇と平和に包まれているのを、〈かれ〉の遥か彼方に見た。

〈かれ〉はもはや聖杯《グラール》を握っていないようだった。創造の幻影の中で動いていた神聖な色彩が、きつく結ばれたローブのように〈かれ〉を包んでいる。〈かれ〉の向こうに教会がふたたび見え、幻影に伴っていた飛び交う音楽につづいて静寂が訪れた。その静寂の中心に、三人は〈かれ〉が召喚するように名前を呼ぶ声を聞いた。〈かれ〉は振り返らず、依然として祭壇に向かい、三度呼びかけては静かにしていた。大執事は突然、自分の席から立ちあがった。そして落ち着いて席から離れると、内陣中央に参列していた三人のほうを向いた。大執事は三人に微笑みかけ、手で別れのしぐさをした。それから聖域へ向かった。同じ瞬間、エイドリアンはなにか命令を受けたかのように、急いで立ちあがり、母親の方へ降りてきた。聖域の門で母と幼い息子は出会った。子供は立ち止まって顔をあげると、母親と厳粛に平和の祈りのキスを交わした。

エイドリアンがバーバラにたどり着くより早く、大執事は祭壇の階段を上り始めたが、最初のステップに足を乗せると、静かに床に沈んだ。

その瞬間、かれらが一瞥すると、教会内には自分たち四人、それと床でひれ伏した格好の人物のほかにはだれも見あたらなかった。陽の光が祭壇を照らしていたが、その上には祭壇前の身廊と同じようになにもない。暴力も別れもなく、聖杯《グラール》とその〈主《ロード》〉は消えていた。

かれらはひざまずいて祈った。そしてようやく動き出したのは、子供特有の退屈さから、エイドリアンが母親に、「もう家に帰ろうよ?」と言ったからだった。その言葉は、まるで運命のいたずらのように、ふたりを呪縛していた力を解き放った。バーバラは立ちあがり、ライオネルを一瞥してから、エイドリアンに微笑みかけ、子供といっしょに教会を出た。公爵が身廊を歩いてきた。

「きみが住民たちに伝えるか、それともわたしが?」公爵がたずねると、ライオネルは同じように平然と答えた。「どうぞお好きなように。あなたが行って伝えてくれるなら、ぼくはここに残ります」

「よろしい」公爵は死体を見ながら、ため息をついた。それからライオネルに微笑みかけて言った。「心臓が弱かったとでも言われるんでしょうね」

「ええ」ライオネルは答えた。「きっとそう言われるでしょう」突然、空想の愉悦が心に湧きあがるのを感じた。玄関まで歩いていき、公爵が教会の墓地を横切るのを見守り、急いで教会に向かってくるミスター・ベイツビーの姿が垣根の向こうに見えるまで待った。それから、かれを出迎えに行った。

「まあ、まあ」ミスター・ベイツビーは言った。「ほんとうに悲惨なことだ！〈人生の正午〉に……大執事もまた……ヤシの木のように切り倒されて、かまどの薪《まき》にされた……頭を打ったことがかなり影響していたにちがいない」

訳者あとがき

〈扶桑社ミステリー〉文庫の熱心な読者であれば、チャールズ・ウィリアムズと聞いて、即座に思い浮かべるのは、『絶海の訪問者』（矢口誠訳／扶桑社ミステリー）や『スコーピオン暗礁』（鎌田三平訳／創元推理文庫）、『土曜を逃げろ』（青木日出夫訳／文春文庫）で知られるクライム・ノヴェルの作家だろう。だが、本書の著者は、サスペンスやハードボイルドを得意とするアメリカ作家ではなく、高名な〈インクリングズ〉のメンバーのひとりとして知られる、同姓同名のイギリス作家である。

今、〝高名な〟と記したが、〈インクリングズ〉を知る人は、わが国では英文学徒や海外ファンタジー・マニアぐらいだろう。一言で述べれば、オックスフォード大学の教員や職員が週に一度集って、自作の朗読や研究発表を行っていた文芸同好会だ。そのサークルの中心人物が〈ナルニア国〉シリーズで知られるC・S・ルイスで、かれの盟友が『指輪物語』で名高いJ・R・R・トールキンである。そして、〈インクリングズ〉第三の男と称されたのが、本書の作者チャールズ・ウィリアムズである。かれが三番目に指を屈せられるのは、先のルイスやトールキンと比べて一般的な知名度が低いということもあるが、〈インクリングズ〉に参加したのがかなり遅かったためである。ともあれ、わが国であまり知られていないかれの経歴を記しておこう。

チャールズ・ウォルター・スタンスビー・ウィリアムズ（一八八六〜一九四五）は、ロンドンで誕生したが、八歳の時にハートフォードシャー州に転居。その地のセント・オールバンズ・スクールで教育を受け、卒業後はロンドン大学ユニバーシティ・カレッジで奨学金を受けて学んだが、父親が失業したために授業料が払えず中退している。その後、一九〇八年にオックスフォード大学出版局に入社。当初は校閲を担当していたが、すぐに編集者になる。当時、出版局はロンドンのワーウィックスクウェアのアーメン・ハウスにあったが、第二次世界大戦の勃発にともないオックスフォードに移転。一九三九年十月のことである。それ以降、彼が早くして亡くなる一九四五年までの六年間、C・S・ルイスに誘われて〈インクリングズ〉のサークルに顔を出すことになる。

こうしたチャールズ・ウィリアムズの経歴、および〈インクリングズ〉がどのような文芸サークルだったのかを、そしてルイスとトールキン、ウィリアムズの間で交錯する絶賛と否定、愛憎渦巻く三角関係を詳しく知りたい向きは、ハンフリー・カーペンターの優れた評伝『インクリングズ』（中野善夫・市田泉訳／河出書房新社）の一読をお勧めする。

さて、ウィリアムズは生涯をオックスフォード大学出版局の編集者として過ごしたが、そのかたわら詩人・小説家・劇作家・評伝作家・文芸評論家・神学者として四十冊ほどの著作を発表している。本人は詩人を自称していたようだが（六冊の詩集を刊行）、今日では〈インクリングズ〉における幻想小説の作者として名を残している。その作品は全七冊。

『天界の戦い（War in Heaven）』（一九三〇、本書）
『Many Dimensions』（一九三〇）
『ライオンの場所（The Place of the Lion）』（一九三一、横山茂雄訳／国書刊行会）
『The Greater Trumps』（一九三二）
『Shadows of Ecstasy』（一九三三）
『Descent into Hell』（一九三七）
『万霊節の夜』（一九四五、蜂谷昭雄訳／国書刊行会）

ご覧のように、本書『天界の戦い』はウィリアムズの小説家デビュー作である。かれの初期の傑作は長編第三作『ライオンの場所』であり、代表作は彼が亡くなった年に刊行された長編『万霊節の夜』だと言われている。しかし、作家のすべては、その処女作にあると俗に言われるように（実は、長編五作目『Shadows of Ecstasy』が最初に執筆された作品だが、出来が良くないために出版にこぎつけるまでに時間を要している）、本書にはウィリアムズのエッセンスが粗削りながら凝縮されている。

ウィリアムズの小説は、神学的スリラー、オカルト・ミステリー、形而上学的ショッカーなどと称されるが、そうしたレッテル（神学的・オカルト・形而上学的）がすでに暗に語っているように、はっきり言って小難しい。ことに、キリスト教の神の概念、および西欧の陰の秘伝や思想——秘教《エソテリスム》に通じていないとわからないことが少なくない。

とは言え、〈インクリングズ〉三羽ガラスの中で最も複雑で奇妙な男の異名を頂いたウィリアムズの文字通りミステリアスなロマンス群にあって、本書はきわめて読みやすい。出版社のオフィスに正体不明の男の死体が転がっている冒頭シーンからもそれはあきらかだろう。まずは殺人ミステリーとして幕を上げ、それが聖杯探求譚（アーサー王伝説）につながり、やがて黒魔術とキリスト教のオカルト合戦に発展し、きわめて荘厳で美しい大団円を迎える。ミステリー、スリラー、サスペンス、ファンタジーとして普通に楽しめる。最初は予測不能な物語展開に翻弄されながら通読し、あとで深遠な物語内容を考察するために再読すればいい。

参考までにいくつか記しておく。ウィリアムズは一九一七年に、十九世紀末オカルティズムを代表する魔術結社〈黄金の夜明け団〉に興味を持ち、そこから派生した〈薔薇十字会〉のメンバーになっている。その教団のリーダーが学究的魔術師A・E・ウェイトで、かれの唱える秘伝から聖杯のシンボルや黒魔術の知識を得たらしい。熱心なカトリック教徒であるにもかかわらず、オカルティズムにただならぬ関心を抱くウィリアムズのことを、トールキンは「妖術師」呼ばわりして好感を抱いていなかったようだ。

あるいは、ウィリアムズ独自の神学概念の「共内在」。これは、超自然と自然は対立するものではなく、日常生活の中に超自然がすでにあるという考えである。生と死、時間と空間、善と悪、秩序と混沌、肉体と精神、現世と彼岸、みなひとつのものとして共存している。森羅万象は相互連関にあるのだ。

本書のタイトル「天界の戦い」は、知られているように新約聖書の「ヨハネの黙示録」で語られる天国での大天使ミカエル（神に忠実な信者）とドラゴン（悪魔）の戦いのことである。天上で起こったことは地上でも行われることのアナロジー。ただし、本書を「善と悪」との闘争を語ったモラルとしてではなく、先に述べた「共内在」の観点から解釈すべきだろう。

最後に、物語内に登場する正体不明の青年プレスター・ジョン（司祭ヨハネ）について。西欧ではあまりにも有名な中世の伝説上の神官王。中世に東の最果てにキリスト教国を建設し、十字軍を助けてイスラム教徒からエルサレムを奪還すると噂された王であり司祭でもある。やがてこのプレスター・ジョン伝説は聖杯伝説と融合した。

ウィリアムズにオカルティズムの知識を教授したA・E・ウェイトの代表的な研究書『聖杯の隠された教会　その伝説と象徴主義』（一九〇九、未訳）には、ヴォルフラム・フォン・エッシェンバッハの叙事詩『ティトゥレル』に触れて、かつて聖杯がプレスター・ジョンに守護者として託された経緯が紹介されている。したがって、本書における物語半ばでのプレスター・ジョンの登場は、複雑になりすぎて手に負えなくなったプロットを解決するための機械仕掛けの神《デウス・エクス・マキナ》＝ご都合主義と思われるかもしれないが、聖杯の守護者といえばプレスター・ジョンであることを思えば、かれの出現は必然なのである。というより、プレスター・ジョンの登場は、愛である神が全宇宙を支配しているというウィリアムズの信念の顕現である。

本書が刊行された一九三〇年前後は、英国本格ミステリーの黄金期である。ウィリアムズはジョン・ディクスン・カーやヴァン・ダイン、アガサ・クリスティー、エラリー・クィーンなどの作品のレビューを二百点ほど執筆しているほどのミステリー通だった。だが、本書はミステリー全盛期にあって、当時のドロシー・L・セイヤーズの衒学的ミステリー『ナイン・テイラーズ』（一九三四、浅羽莢子訳／創元推理文庫他）やG・K・チェスタトンの不条理ミステリー『木曜の男』（一九〇八、吉田健一訳／創元推理文庫他）、そしてサックス・ローマーの冒険活劇スリラー『怪人フー・マンチュー』（一九一三、嵯峨静江訳／ハヤカワ・ポケット・ミステリ）などと並んで書棚に置かれるべき異端ミステリーとして気楽に手にしてもらえれば、訳者としては幸いである。とは言え、本書のミステリーは「謎」の意味ではなく、キリスト教の「神秘」――秘法、秘儀、秘跡、そして聖体を表す大文字のM《ミステリー》だが。

◉訳者紹介
風間賢二（かざま　けんじ）
1953年東京生まれ。武蔵大学人文学部卒。出版社勤務後、幻想文学研究家・翻訳家。著書に『怪異猟奇ミステリー全史』(新潮選書)、『スティーヴン・キング論集成』(青土社)他。訳書に、ネッター『ブッカケ・ゾンビ』、クーンツ『チックタック』(以上、扶桑社海外文庫)、キング《ダークタワー》シリーズ(角川文庫)他、多数。

天界《てんかい》の戦《たたか》い

発行日　2025年5月10日　初版第1刷発行

著　者　チャールズ・ウィリアムズ
訳　者　風間賢二

発行者　秋尾弘史
発行所　株式会社 扶桑社
〒105-8070
東京都港区海岸1-2-20　汐留ビルディング
電話　03-5843-8842 (編集)
03-5843-8143 (メールセンター)
www.fusosha.co.jp

DTP制作　アーティザンカンパニー株式会社
印刷・製本　中央精版印刷株式会社

ISBN 978-4-594-09408-9　C0197